포식의 군주

포식의 군주 5

초판 1쇄 인쇄일 2017년 3월 23일 ┃ **초판 1쇄 발행일** 2017년 3월 28일

지은이 풍류랑 ┃ **펴낸이** 곽동현 ┃ **담당편집 팀장** 이범수
편집부 신연제 이윤아 홍현주 김유진 조서영 임소담

펴낸곳 (주)조은세상 ┃ **출판등록** 제 2002-23호
주소 경기도 연천군 미산면 청정로 1355
TEL 편집부 02)587-2966 ┃ FAX 02)587-2922
e-mail bukdu@comics21c.co.kr

풍류랑 ⓒ 2016
ISBN 979-11-5832-925-9 ┃ ISBN 979-11-5832-810-8(set) ┃ 값 8,000원

포식의 군주

풍류랑 현대판타지 장편소설

NEO MODERN FANTASY STORY

5

북두
(주)조은세상

CONTENTS

포식의
군주

포식의
군주

1. 오우거 사냥

태랑은 아직까지 리치킹의 분노 특성을 사용하지 않은 채였다. 만약 해당 특성을 사용했더라면 아무리 스켈레톤 전사라고 해도 저렇게 쉽게 쓰러지진 않았을 것이다.

'힘들긴 해도 보스전을 위해선 최대한 아껴야 돼.'

리치킹의 분노는 강력한 특성이지만 재사용대기 시간이 10시간이나 되었다. 한번 사용하면 그날 하루는 봉인하는 것이나 다름없었다. 결정적인 순간에 쓰기 위해 그는 힘든 전투를 선택했다.

태랑은 순차적으로 들이밀던 소환수들을 일제히 돌격시 켰다. 앞뒤 사방으로 태랑의 소환수들이 오우거를 향해 돌 진했다.

전방에선 스켈레톤 전사들이 칼을 휘두르고, 양옆의 스톤 골렘들은 옆구리를 후려갈겼다. 등 뒤에선 좀비 들개가 뛰어올라 물어뜯었다.

아무리 오우거라도 팔은 두 개 뿐, 죽음을 두려워하지 않고 달려드는 태랑의 소환수들이 오우거의 체력을 급속도로 갉아먹었다. 먹이를 향해 달려드는 피라냐 같은 악다구니에 오우거의 전신이 피로 물었다.

"꾸오오오오!"

마침내 오우거가 폭주를 일으켰다.

광분한 놈의 무시무시한 주먹질에 소환수들이 우수수 나가떨어졌다. 방어를 도외시한 폭주. 놈은 눈앞의 소환수를 때려 부수는데 온 정신이 팔려있었다.

'지금이다. 안면이 완전히 열렸어!'

태랑은 해골 궁수들을 조정해 머리를 집중 사격했다. 뼈 화살이 상대적으로 가죽이 약한 오우거의 얼굴을 향해 비처럼 쏟아졌다.

투두두둑—

화살 한 대가 눈에 꽂히자 놈이 흥분하여 화살을 뽑아내려다 눈알이 딸려 나왔다. 시신경이 주욱 삐져나온 눈알이 멀쩡한 눈알과 서로 마주쳤다.

"꾸에에엑!"

놈이 화살촉에 걸린 눈알을 보고 괴성을 질렀다.

'됐다. 한발만 더 맞추면 아예 실명시킬 수 있어!'

그때 놀라운 일이 벌어졌다.

오우거가 화살에 박힌 자신의 눈알을 입에 넣고 씹어 삼켜버린 것이었다.

"헉, 무슨 저런 또라이 같은!"

서리화살을 날리던 태랑이 잠시 주춤하는 사이, 갑자기 오우거가 태랑을 향해 돌진해 왔다. 눈에 화살을 맞고 나자, 멀리서 화살을 쏘아대던 태랑에게 갑자기 어그로가 끌린 것이었다.

오우거는 소환사와 소환수의 관계를 인식할 만큼 지능이 높지 않았지만, 공교롭게도 태랑을 주목함으로써 순식간에 상황이 반전되었다.

태랑은 물러서지 않고 달려오는 오우거의 안면을 향해 화살을 정조준했다.

'나랑 한번 해보자 이거냐?'

"위험해!"

다른 오우거를 물리치고 합류하던 은숙이 태랑을 향해 쇄도하는 오우거를 보고 비명을 질렀다. 그러나 거리가 너무 멀었기에 도와줄 방법이 없었다.

태랑은 무소처럼 돌진해오는 오우거 앞에 침착하게 거리를 가늠했다. 괴물과의 거리가 순식간에 가까워졌다. 태랑이 오른팔의 근육이 터질 듯 뒤로 당겼다.

화살에 맺힌 냉기의 기운은 부르르 떨리고 있었다. 당장에라도 폭발할 것처럼 웅웅거렸지만 태랑은 인내심을 갖고 기다렸다.

눈앞에 오우거의 모습은 시시각각으로 커져갔다. 눈 한쪽에 구멍이 뚫리고 온몸에 뼈화살과 뼈창을 주렁주렁 매단 모습은 공포 그 자체였다.

'한방이다. 한방으로 성공시킨다.'

피슉-!

마침내 빙궁이 발사되었다. 지척의 거리에서 쏘아진 화살은 엄청난 속도로 오우거의 구멍 난 눈으로 쏘아졌다.

쉴 새 없이 움직이는 표적이었지만, 태랑의 정확한 사격으로 얼음 화살을 눈구멍에 꽂아 넣었다. 텅 빈 구멍에 틀어박힌 화살은 내부에서 산탄처럼 폭발하며 오우거의 뇌를 헤집어 놓았다.

겉은 질긴 가죽으로 덮혀 있지만, 몸속의 기관까지 근육으로 이루어진 건 아니었다. 오우거는 머릿속에서 폭발한 얼음 화살의 충격으로 태랑의 정면에서 철퍼덕 고꾸라졌다.

쿵-!

어찌나 가까웠던지 쓰러진 오우거의 머리가 태랑의 발치에 이를 정도였다. 조금만 더 달려왔더라면 태랑마저 오우거의 시신에 깔리고 말았을 것이다. 그러나 태랑은 마지막 순간까지 한발자국도 물러서지 않으면서 담대한 배짱을 과시했다.

"와우! 태랑, 완전히 명사순데?"

은숙이 헐레벌떡 달려와 태랑을 칭찬했다.

"어떻게 한 방에 보내 븐거시여? 이리고 질긴 놈을?"

"머리 안에서 얼음 파편을 터뜨렸어요. 놈이 눈알을 뽑아내는 바람에 빈틈이 생긴 셈이죠. 흥분해서는 막을 생각도 않더라구요."

"요 괴물 자식 대가리가 확실히 약점인 갑구만."

"맞아요. 질긴 가죽 덕분에 어지간한 공격에는 상처도 안 나는 데다, 고유의 특성 때문에 마법 저항력까지 높으니까요. 하지만 머리 쪽은 확실히 약하군요. 계속 얼굴을 공격하니까 정신을 못 차리던데요."

잠시 후 쓰러진 두 마리의 오우거가 차크라로 변해 사라지고 두 개의 물건이 떨어졌다. 각각 바지와 벨트였다.

"어? 아까맹키로 장갑이 아닌디?"

"같은 몬스터라도 100% 같은 아티펙트를 떨구는 건 아니에요. 또, 같은 아티펙트가 떨어진다 해도 등급이나 내용도 천차만별이죠. 주어진 옵션의 최대치와 최저치 안에서 랜덤으로 결정되니까. 스킬도 전혀 다른 게 붙을 수도 있고. 아티펙트도 스펙이 좋으려면 운이 따라줘야 해요."

"뭣이 겁나게 복잡하구만. 쉬운 게 없어."

"아까 4등급 장갑이 나온 건 정말 운이 좋았던 거죠. D급 몬스터에서 나올 수 있는 최대등급이었으니까."

태랑은 새롭게 나온 아티펙트를 감식의 눈으로 확인했다.

[오우거의 가죽바지] 3등급 아티펙트

-오우거의 가죽으로 만든 바지.

+물리마법에 대한 저항력 20% 상승.

+쉴드 14% 상승효과.

+표면에 상처를 스스로 치유한다.

[오우거의 벨트] 3등급 아티펙트

-오우거가 차고 다니는 벨트

+쉴드 8% 상승효과.

+포션을 8개까지 넣을 수 있음.

+ '블러드 더스트'(1Lv) 마법을 펼칠 수 있음.

"와, 이 벨트 좋은데요. 블러드 더스트 마법이 붙었어요."

"그게 뭣인디?"

"설명 한 번 확인해 보세요."

한모가 감식 창에 나온 +버튼을 활성화시키자 아래로 설명글이 스크린처럼 펼쳐졌다. 증강현실과 같은 스텟창은 언제 보아도 신기했다.

스킬 : 블러드 더스트(1Lv)

+오우거의 피를 끓게 하는 고유의 마법.

-쉴드의 30%를 소모시켜 점차적으로 공격력을 200%까지 끌어 올린다. 공격을 당할수록 증가수치가 빠르다.

-단, 쉴드가 40% 미만으로 떨어질 경우 자동으로 효력이

사라진다.

　-다음 스킬레벨에 도달하면 공격력 상승치가 300%로 올라감.

　-다음 스킬레벨에 도달하면 일시적으로 고통을 경감시킴.

"아아! 오우거가 쓰는 게 바로 이 마법이구먼!"

"그렇죠. 공격력 상승치가 어마어마하지만 사용할 때마다 쉴드가 깎이니까 신중히 써야 하는 스킬이에요. 살을 주고 뼈를 깎는 스킬이라고 할까."

"그나저나 아티펙트 분배는 어떻게 할까? 태랑이 너 다 쓸래?"

이제껏 태랑은 항상 양보를 해왔기 때문에 한모나 은숙은 태랑의 결정에 따르기로 했다. 그가 근접전사로서 아티펙트가 필요하다는 것을 알고 있는 것이었다.

"이렇게 하죠. 전 어차피 오우거 메이지 잡으면 블러드더스트 스킬과 유사한 특성을 얻을 수 있어요. 그러니 벨트는 한모 형님이 갖고, 제가 가죽바지를 가질게요."

"힝, 그럼 나는 콩고물도 없네."

은숙이 귀엽게 툴툴대자 태랑이 위로했다.

"오우거 메이지를 잡고 쓸 만한 게 나오면 챙겨줄게. 아무래도 마법사용 아티펙트가 나올 공산이 커."

"정말? 히히 약속한 거야!"

아티펙트 욕심이 많은 은숙이었다.

❖　❖　❖

"무전은 좀만 더 기다려보자. 순간적으로 난청 지대에 들어갔을 수도 있어."

"그래요. 설마 태랑이 형도 같이 있는데 허접한 몬스터 따위에 당하겠어요. 우리끼리도 어떻게든 해치우는 수준인데."

"엇, 근데 저거 아티펙트 아니에요?"

젤리 괴물이 쓰러진 자리로 무언가 둥근 물체가 떨어져 있었다.

"아티펙트는 아니고… 아이템 같은데?"

민준이 감식을 통해 아이템을 확인했다.

[슬라이머의 체액] 3등급 아이템
+슬라이머의 정수가 깃든 체액
-타이탄 아머의 관절부에 들어가는 주재료.
-사용 시 '클린징(1Lv)' 마법의 효과를 발휘한다.

"슬라이머? 혹시 이 괴물 이름인가?"

"그런가 봐요. 슬라임이랑 생긴 것도 비슷하던데 이름도 비슷하네요."

"타이탄 아머는 뭐지?"

"갑옷 종류가 아닐까요? 암튼 제작재료 같은데 챙겨놓을게요."

포식의
군주 5

수현이 품속으로 슬라이머의 체액을 넣었다.

그때 태랑 쪽에서 회신이 왔다.

—치짓… 나야. 방금 전투가 있었어. 그쪽은 별일 없어?

"어. 방금 전 액체 괴물하고 싸웠는데 다행히 수현이랑 유화가 해치웠어. 슬라이머라고 혹시 알아?"

—…슬라이머면 슬라임의 진화형 괴물이군. C급 몬스터지만, 물리공격에 이뮨이라 꼭 마법 스킬로만 죽여야 해.

"아, 어쩐지… 안 죽더라니. 앞으론 그렇게 할 게. 얼마쯤 왔어?"

—칫… 우린 지금 엘리베이터 앞이야. 정전으로 가동이 안 돼서 강제 개폐해서 내려갈 거야. 너희들은?

"우리도 계단 앞이야. 거의 다 왔어."

—치직… 오케이. 몸조심해 밑에서 보자. 트랩 조심하고.

민준은 태랑과의 무전교신을 마치고 말했다.

"다 들었지? 이제 밑으로 내려가기만 하면 바로 합류한다."

"네. 계단이 좀 깊긴 하네요. 거의 3층 높이네."

"트랩이 있을 수도 있으니 다들 조심해."

민준이 철혈도를 들고 앞장섰다.

차례로 지하로 향하는 계단으로 발을 디뎠다. 네 명이 모두 계단에 오르자 갑자기 등 뒤에서 파직— 하는 스파크가 튀었다.

"헉, 뭐야?"

돌아보니 계단 입구 쪽이 겹겹의 빨랫줄을 쳐놓은 것처럼 뇌전의 기운으로 가로막혀 있었다. 그 모습이 사각의 링에 걸린 로프를 연상시켰다.

"헉, 뭐야. 갇혔다!"

"계단 입구에 트랩을 설치한 것 같아요."

"앞까지 막히기 전에 빨리 내려가자!"

네 사람은 급하게 계단 밑으로 달렸다. 그러나 한참을 뛰어도 계단이 줄어들질 않았다. 계단이 갑자기 수십 배 늘어난 것 같은 기분이었다.

"이, 이게 뭐야? 왜 끝이 안 나?"

"제자리걸음 하는 것 같아요!"

"혹시 마법인가?"

슬아가 가속의 능력을 발휘했음에도 불구하고 마찬가지였다. 그녀는 훨씬 빠르게 움직였지만, 다른 사람과의 격차를 벌릴 수 없었다. 계단은 여전히 줄어들지 않았다.

"뭔가 이상해요. 제가 확인해 볼게요."

슬아가 번쩍 천장으로 뛰어오르며 동시에 천장으로 단검을 쑤셔 박았다. 그녀는 단검 손잡이에 몸을 지탱한 체 계단 아래를 내려 보았다.

놀랍게도 계단이 에스컬레이터처럼 달려나가는 속도에 맞춰 올라가고 있었다.

빠르면 빠른 대로, 느리면 또 느리게 사람의 속도에 맞춰졌기 때문에 다들 한 발자국도 밑으로 내려갈 수 없는 형편이었다.

"잠깐, 멈춰봐요."

천장에 매달린 슬아의 말에 다들 뛰기를 멈췄다. 가만히 있자 말려 올라가던 계단도 동시에 정지했다. 사용자의 움직임에 감응하는 마법 종류로 보였다.

"뭔가 보여?"

"트랩 같아요. 움직이는 만큼 계단이 따라서 말려 올라가요. 결국 쳇바퀴만 도는 꼴이에요."

"뭐야? 이런 트랩도 다 있었어?"

"어떡하지? 벗어날 방법이 없는 건가?"

계단을 밟지 않고 건너지 않고선 트랩을 통과할 수 없었다. 그러나 스파이더맨도 아니고 벽에 달라붙어 갈 수도 없는 입장이었다.

"젠장 전깃줄 때문에 다시 뒤로 갈 수도 없잖아?"

그때 수현이 뭔가를 떠올렸다.

"혹시 이걸 활용할 순 없을까요?"

그의 배낭에서 굵은 밧줄이 나왔다. 일전에 고가도로를 오를 때 요긴하게 사용한 뒤로 쭉 가지고 다니는 비상품이었다.

"위로 던져 봐."

슬아가 한 손은 단검을 잡고, 나머지 손에 밧줄을 받아 들었다.

"매달 수 있겠어?"

"천장에 환풍구가 있어요. 밧줄 갈고리에 걸어 고정시켜 볼게요."

슬아는 한 손으로 단검 손잡이를 붙잡아 매달린 상태로 힘겹게 밧줄 끝을 고정시켰다.

이어 밧줄을 허리에 두른 슬아가 가속 스킬을 발휘해 옆의 벽면을 밟고 달려나갔다.

"우아! 대박! 옆으로 달리고 있어!"

빠르게 벽을 타고 달리던 슬아는 몸이 추락하기 직전 다시 도약 스킬을 발휘해 계단 출구 쪽 천장에 매달렸다. 그녀의 전신에서 땀이 비 오듯 쏟아졌다.

"슬아야, 너무 무리하지 마!"

"괜찮아요. 이쪽에도 밧줄 매달게요."

슬아는 계단의 위에서 아래까지 레펠을 만들 생각이었다. 그 순간 지진이라도 난 것처럼 계단이 흔들리기 시작했다.

쿠르르릉─!

엄청난 진동에 바닥이 쩍쩍 금이 가고 벽면에서 돌가루가 쏟아졌다.

"헉! 다른 장치가 작동하나 봐! 계단이 곧 무너지겠어!"

"슬아야 빨리!"

그러나 천장에 매달려 작업을 하고 있던 슬아도 갑작스런 진동에 몸을 가누기가 힘들었다. 휘청하며 떨어질 뻔 그녀는, 단검 손잡이를 겨우 붙잡고 대롱대롱 매달렸다.

"최대한 빨리해볼게요!

슬아가 다시 힘을 내서 밧줄의 고정을 마쳤다. 이제 계단으로 내려가는 천장 위로 긴 슬로프가 연결되었다.

슬아가 먼저 계단 입구에 착지하여 기다리는 동안 한 명씩 차례로 로프에 올랐다. 로프 사이에 손잡이형 랜턴을 끼우고 레펠을 타는 것처럼 고정시켰다.

"혹시 인간이 가장 공포를 느낀다는 11미터 아닌가요?"

"잔말 말고 출발해!"

"와학캭학할라카악가악카락카학캭!"

수현이 괴상한 비명을 지르면서 출발하자 이번엔 유화가 올랐다. 오름 줄을 잡고 한방에 뛰어오른 그녀는 겁도 없이 타고 내려갔다. 완벽한 자세가 조교의 시범을 보는 듯 깔끔했다.

마지막으로 민준의 차례.

계단의 떨림은 더욱 심해져 이제 가뭄 든 논바닥처럼 쩍쩍 균열이 가고 있었다. 밑으로는 시꺼먼 틈이 보였다.

'얼마 못 버티겠군.'

민준이 서둘러 레펠을 탔다.

빠르게 밑으로 내려가던 중 갑자기 천장이 무너지며 줄이 끊어졌다.

뚝-

"오빠!"

"민준이 형!"

바닥은 끝도 없는 무저갱.

어떤 마법인지 알 수 없지만 계단이 있던 곳은 끝도 보이지 않는 구멍으로 변해 민준을 집어삼켰다.

추락하던 민준은 순간적으로 질풍참을 밑으로 펼쳤다.

"질풍참!"

그의 검 끝에서 회오리바람이 형성되며 그를 밀어 올렸다. 바닥으로 쑥 꺼지던 민준이 회오리의 상승기류를 타고 솟구쳐 오르자 수현이 재빨리 손을 내뻗었다.

"형! 제 손 잡아요!"

민준이 가까스로 수현과 손을 맞잡는 순간, 이번엔 수현이 딛고 있던 땅이 무너져 내리기 시작했다. 균열이 계단 전체를 집어삼킨 것이었다.

"어어?"

"안 돼!"

벼랑 끝에서 추락하듯 두 사람이 다시 곤두박질쳤다. 수현 마저 떨어지기 직전, 유화가 헤드퍼스트 슬라이딩 자세로 몸을 날렸다. 그녀의 팔이 추락하던 수현의 발목을 움켜쥐었다.

"으악!"

"수현아 절대 놓지 마!"

"네, 네!"

"유화야 이러면 너까지 위험해! 그냥 놔!"

"제 힘 몰라요?"

유화가 착용한 오우거 장갑이 힘을 발휘했다. 그녀는 민준과 수현을 동시에 끌어 올렸다. 엄청난 괴력에 입이 쩍 벌어지는 순간이었다. 가까스로 지상으로 올라온 수현은 바닥에 널브러져 한동안 헉헉댔다.

"누나, 고마워요. 진짜로 죽을 뻔했어요."

"용기 있는 행동이었어. 위험한 줄 알면서 손을 뻗다니."

"뭘요. 당연한 건데."

"고맙다 유화. 신세 크게 졌어."

담대한 민준도 이번만큼은 무척 놀랐는지 식은땀을 흘리고 있었다. 대체 저 끝도 없는 구멍은 어디로 연결된 것이었을까?

슬쩍 내려다본 무저갱의 바닥이 심연을 드러냈다. 물리적으론 설명이 안 되지만, 지하철 밑으로 지구 반대편까지 구멍이 뚫려있다고 해도 믿을 수 있을 것 같았다.

다시 정신을 수습한 네 사람은 태랑과 합류하기 위해 빠르게 발걸음을 옮겼다.

엘리베이터 문을 강제로 개폐시킨 태랑 일행은 쇠줄을 잡고 차례로 밑으로 이동하는 중이었다. 태랑이 선두에, 은숙이 가운데, 마지막으로 한모의 순서였다.

승강기가 맨 위층에 걸려있었으므로 최대한 조심스럽게 움직여야 했다. 자칫 엘리베이터가 추락한다면 싸그리 몰살당할 수밖에 없었다.

태랑은 쇠줄을 움켜쥐고 조금씩 몸을 아래로 끌어내렸다.

'오우거 메이지는 머리가 비상한 놈이야. 분명 엘리베이터 입구 쪽에 대비를 해놨을 거야.'

보통의 던전들도 마찬가지지만, 엘리베이터는 지상에서 지하까지 곧장 침투해 들어갈 수 있는 지름길이나 마찬가지.

놈이 던전 전반에 함정을 설치할 만큼 완벽하게 지하철의 구조를 파악하고 있다면, 분명 엘리베이터에도 그에 상응하는 조치를 취해 놓았을 것이다.

태랑은 그 점을 우려하고 있었다.

아니나 다를까, 목적지인 지하층에 다다르자 엘리베이터 문 뒤로 몬스터들의 소리가 들려왔다. 웅성거리는 크기로 보아 대규모 무리가 진을 치고 있는 것으로 여겨졌다.

'제길… 예상대로군. 오우거 메이지의 부하들이 저기 다 모여 있구나.'

태랑이 잠시 머뭇거리자 아무것도 모르고 내려오던 은숙이 어느덧 태랑의 머리맡에 발이 닿을 정도까지 근접했다.

"엇, 더 안 내려가고 뭐 해?"

"쉿-. 멈춰봐. 밖에 지금 몬스터들이 잔뜩 깔려 있어."

"뭐? 나 지금 팔 아픈 데."

"우선 한모 형한테 전달해. 지금 내려와도 저길 못 나가."

은숙이 수신호를 통해 맨 위에 있는 한모에게 멈추라는 사인을 보냈다. 그러나 그 와중에 한 손에 지탱하던 힘이 달려 밑으로 주르르 미끄러져 버렸다.

"어머!"

겨우 다시 줄을 붙잡았지만, 은숙과 태랑은 묘한 자세로 포개어졌다. 마치 태랑의 어깨 위에 은숙이 목마를 탄 것처럼 얹혀진 것이었다. 그것도 다리 방향이 목 뒤가 아니라, 태랑의 얼굴을 향해 있었다.

은숙이 떨어지지 않기 위해 다리를 꼭 감싸자, 태랑은 졸지에 은숙의 허벅지에 끼어 초크 슬램을 당하게 되었다.

"으윽. 숨 막혀."

"미, 미안. 손이 미끄러져서."

"아니 그게 아니라…."

태랑은 난감한 상황에 이도 저도 못하고 있었다. 그나마 다행인 건 은숙이 긴 청바지를 입고 있다는 점이었다.

'치마였으면 큰일 날 뻔.'

태랑은 갑작스레 은숙의 무게가 실리긴 했지만, 강철의 건틀릿의 효능으로 버티는 데는 무리가 없었다.

"니들 괜찮은 거냐?"

위에서 한모의 목소리가 들려왔다.

이들은 몬스터에게 들키지 않기 위해 빛의 완드를 끄고, 랜턴에 의지해 이동 중이었기에 위에선 아래쪽 상황이 잘 보이지 않았다. 그저 밑에 사람이 있는 정도만 눈에 들어왔다.

은숙이 최대한 소리죽여 대답했다.

"살짝 미끄러진 거야. 이제 괜찮아."

태랑은 난감한 상황을 어찌해야 할지 고민이었다. 은숙이 눈앞을 막고 있으니 아무것도 보이지 않았다.

"너 위로 좀 더 올라갈 수 있어?"

"팔이 아파서 힘들어. 매달려 있는 게 고작이야."

은숙은 일부러 그러는 것인지 모르지만, 허벅지로 태랑의 목을 점점 조여 왔다. 낯 뜨거운 자세에 태랑이 더 이상 버티지 못하고 고개를 빼내려고 자세를 낮추자, 그에게 무게를 지탱하던 은숙은 더욱 미끄러져 내려왔다.

"으앗, 왜 움직여 자꾸! 위험하게."

"아, 아니 난 그냥…."

이제 은숙의 다리는 태랑의 허리를 졸라매고 그녀의 가슴이 태랑의 얼굴에 위치하게 되었다. 어둠 속에서 요상한 자세로 포개진 두 사람은 서로 얼굴을 붉혔다.

"아이참 이게 뭐니. 남사스럽게."

"쉿, 조용히 해! 문밖에 들리면 안 돼."

"알았어."

"꽉 잡아 떨어지면 위험해."

"어, 야 너 어디다 얼굴을 부비는데…."

"아니 그게, 일부러 그런 게 아니고… 너무 커서…."

"으이구. 진짜 그러게 왜 움직여가지고 이 난리야."

"나한테만 뭐라고 하지 마! 네가 첨부터 꽉 잡고 있었어야지."

"버티기 힘들단 말이야. 너야 그 장갑이라도 끼고 있지."

태랑은 이대로 있다간 하루 종일 매달려 있어야 할 판이었다. 위에 있는 한모나 은숙도 오랜 시간 버티진 못할 것이다. 뭔가 수를 내야 했다.

"저 문 뒤에 몬스터들을 어떻게든 물리쳐야 하는데…."

"앞뒤로 협공하는 건 어때?"

"협공? 아! 민준이? 그렇지. 우리에겐 민준이가 있었지. 연락해 봐야겠다."

태랑이 허리 뒤에서 무전기를 꺼냈다.

"나야. 태랑, 지금 내려왔어?"

ㅡ치짓… 어. 방금 죽다 살았어.

"왜? 무슨 일인데?"

ㅡ설명하긴 복잡하고… 암튼 트랩 때문에. 너희들은? 괜찮은 거야? 별 기상천외한 트랩이 깔려있어. 조심해.

"지금 엘리베이터에 거의 다 내려오는 중인데, 나가는 입구에 몬스터들이 진을 치고 있어. 단독으로 싸우긴 너무 애매해서 너희가 앞에서 덮치면 우리도 호응할게."

ㅡ오케이. 그렇게 하자. 오버.

태랑은 민준이 지원을 올 때까지 꼼짝없이 은숙과 겹쳐 매달려 있어야 했다. 그것은 남자인 태랑으로서는 무척이나 곤혹스러운 경험이었다.

정보상 조현동은 VIP와 접선 테이블에서 긴장된 마음을 감출 수 없었다.

오페라의 유령에 나오는 반 가면을 둘러쓴 의뢰인은 언제나 얼음처럼 차가운 남자였다. 검은색의 망토, 긴 가죽 부츠, 그리고 가죽 장갑까지.

그것이 모두 어마어마한 아티펙트라는 것을 안 다음부터는 더욱 그를 두려워하게 되었다.

적어도 그 정도 아티펙트를 수집했다면, 분명 이름난 헌터거나 골드를 많이 갖춘 부자여야 했다. 그러나 헌터에 대한 정보로 먹고사는 자신조차, 눈앞의 VIP에 대해선 아는 바가 전혀 없었다. 물론 알려고 노력하지도 않았다. 어쩌면 자신을 아직까지 기용하는 것은, 그에 대해 궁금해하지 않기 때문일지도 모르니까.

"…놈을 찾은 것 같다고?"

철저하게 감정이 배제된 음성.

안드로이드 로봇이 인간을 흉내 낸다면 딱 그러할 것이다.

"네, 네. 영상도 여기 구해왔습니다. 한번 보시겠습니까?"

조현동이 가방에서 태블릿을 꺼내 책상 위로 올렸다. 그 안에는 자신에게 CCTV 영상을 넘겼던 여인의 파일이 옮겨져 담겨 있었다.

조현동은 가면 뒤에 감춰진 그의 눈매를 넌지시 훔쳐보다가, 그의 눈이 자신을 똑바로 쳐다보자 대경하여 물러섰다.

"힐끔거리지 마. 난 그런 거 질색이다."

"죄송합니다."

사내는 말없이 영상 전체를 훑어보았다. 최대한 쓸 만한 장면 위주로 잘라 붙인다 했는데도, 영상의 내용은 10분이 넘었다. 그는 한 장면도 놓치지 않겠다는 듯 뚫어지게 태블릿 화면에 집중했다.

한참을 영상에 집중하던 가면의 사내가 살짝 갈증이 나는지 테이블 위에 놓인 물컵을 잡았다. 그러자 그가 낀 가죽 장갑에서 차가운 냉기가 흘러나오며 물컵 주위가 순식간에 얼어붙었다. 안에 든 물이 살짝 살얼음이 끼자 그가 냉수를 벌컥 들이켰다.

'으, 저 손에 잡혔다간 냉동인간이 되고 말겠군.'

지켜보던 조현동이 침을 꿀꺽 삼켰다.

영상 재상이 모두 끝나자 가면의 사내가 태블릿을 반으로 접어 부숴 버렸다,

파직-!

"이 영상 원본은 어디 있지?"

"여기 있습니다."

조현동이 정장 주머니를 뒤졌다. 그의 안주머니서 권총이 살짝 잡혔지만, 그는 더 깊숙한 곳에 손을 넣어 하드디스크를 꺼냈다.

"저택에 설치된 CCTV 영상이었다고 합니다. 이게 원본이 든 하드디스크고, 방금 보신 것은 제가 태블릿에 파일을 옮겨 담은 겁니다. 그런데 이자가 확실합니까? 알려주신 것과 거의 일치하긴 합니다만….".

"그래. 잘 찾았다. 정보를 가져온 사람이 카피본을 가지고 있을 가능성은 있나?"

"없습니다. 확인결과 복사된 흔적은 없었습니다. 입막음도 마쳤구요."

"일처리 시원한 건 맘에 드는군. 지난번처럼 5000골드 상당의 다이아다."

사내가 검은 벨벳 주머니에 담긴 다이아를 꺼내 통째로 던졌다. 조현동은 안에 내용물을 확인하고는 만족스러운 표정을 지었다. 전에도 느꼈지만 그는 신용 하나는 철저한 사람이었다. 어디서 났는지 모르지만 최상급 다이아를 잔뜩 가지고 있었다.

"다음에도 부탁하지. 아직 3명이 더 남은 건 알고 있지?"

"네. 전에 말씀하신 인상착의와 특성을 보고 계속 찾고 있는 중입니다. 대한민국에 있는 헌터라면 저의 눈을 피하기 어려울 겁니다."

"그래. 그럼 가봐."

조현동이 고개를 꾸벅 숙이며 물러서자, 책상에 앉은 가면의 사내가 나직하게 중얼거렸다.

"…드디어 찾았구나. 김태랑. 하지만 실망이군. 회귀까지 했는데, 너무 성장이 더디지 않은가. 훗."

그가 천천히 가죽 장갑을 벗었다. 놀랍게도 그의 손은 크리스탈처럼 금속의 재질로 되어 있었다.

"…이래서야 어디 프로스트 핸즈에 상대가 되겠냐는 말이지. 크큭…."

사내가 망토를 휘두르자 하얀 눈보라가 실내에 휘몰아쳤다.

그리고 눈보라가 걷혔을 땐, 그곳엔 아무도 없었다.

민준 일행은 엘리베이터를 향해 조심스럽게 접근했다. 과연 태랑의 말대로 승강기 입구 주변에 수십 마리의 괴물들이 진을 치고 있었다.

"너무 많은데요? 지하층의 괴물들 집합장손가 봐요."

"오크 패거리에 아까 본 슬라이머도 세 마리씩이나 있어. 적의 보스가 근처에 있을 수도 있겠는데…."

"일단 기습으로 놈들의 주의를 끌어내면 내가 문을 개방할 게. 지금 엘리베이터 안에 태랑이 갇혀 있어. 그와 빨리 합류해야 돼. 수현이 너 마법 얼마나 쓸 수 있어?"

"포스 30 남았어요."

"좀 딸리긴 하네."

"천둥 군주의 심판만 안 썼어도…."

"그건 어쩔 수 없었지. 일단 되는 대로 적들이 뭉쳐진 곳에 라이트닝 스피어부터 날려. 슬아는 수현이를 지키고, 유화랑 나는 번개가 떨어지는 데로 급습을 가할 거야. 태랑이가 합류하면 저 정도 병력도 충분히 쓸어버릴 수 있어."

수현은 민준의 말대로 사거리까지 몰래 다가 번개 창을 일으켰다. 체인 라이트닝의 효과가 최대한 퍼질 수 있도록 타켓 선정에 신중을 기해야 했다.

'우선 슬라이머를 노려야겠군. 마법으로밖에 못 죽인다니, 될 수 있는 한 내가 잡아야 돼.'

수현이 오크 무리에 둘러싸인 슬라이머를 노리고 번개 창을 집어 던졌다.

파지지지직-!

갑작스런 기습에 몬스터들에게서 일대 혼란이 벌어졌다. 수현은 이어서 빛의 폭탄을 적진의 한가운데 던져 터뜨렸다.

빛이 폭발하며 주변이 환하게 밝혀졌다.

"지금이다!"

민준과 유화가 달려나가며 스턴에 빠진 놈들을 차례로 쓰러뜨렸다. 슬아는 수현의 곁으로 달려와 번개 창의 쿨타임이 돌기 전까지 그를 지켰다.

"오러 블레이드!"

민준은 처음부터 작정하고 포스 소모가 심한 오러 블레이드 스킬을 일으켰다. 그의 철혈도가 빛무리에 휩싸이며 피를 갈구했다.

"단숨에 썰어주마!"

민준은 덤벼드는 오크들을 한칼에 양단하면서 앞을 뚫고 나갔다. 막아서는 오크들이 글레이브를 내밀어 보았지만, 무기와 함께 두부처럼 썰려 나갔다.

어느덧 엘리베이터 앞에 당도한 민준이, 엘리베이터의 문틈 사이로 검을 찔러 넣었다.

"으아아합!"

검을 좌우로 흔들자 엘리베이터의 철문이 벌어지며 그 틈으로 줄에 매달려 있던 태랑이 몸을 날려 뛰쳐나왔다.

"나이스 타이밍!"

민준이 엘리베이터에서 다른 일원을 구출하는 사이 태랑은 곧바로 소환수를 불러일으켜 오크에 맞섰다. 놈들의 숫자가 많긴 했지만, 태랑이 모든 소환수를 불러들이자 얼추 균형이 맞추어졌다. 태랑이 버티는 사이 이제 모든 멤버가 한 대 모였다.

"아따, 갑갑해 죽는 줄 알았네!"

맨 마지막으로 엘리베이터에서 탈출한 한모는 그간의 답답함을 풀려는 것인지 갑옷을 착용하자마자 종횡무진으로 날뛰었다.

조폭 출신인 그는 누구보다 난전에 익숙했고, 서리 마녀의 판금 갑옷은 어지간한 공격에는 끄떡도 없을 만큼 단단했다. 이제 무기까지 확보한 그는 단순한 탱커를 넘어 딜러를 겸할 수 있는 전천후 딜탱으로 거듭나 있었다.

약점이 간파된 슬라이머 역시 수현과 은숙의 교차 마법에 견제를 당해 제대로 힘을 쓰지 못했다. 무적에 가까운 신체였으나 마법에 있어서만큼은 비정상적으로 취약했다. 한 가지에 극단적으로 강화된 신체는, 역시나 부작용이 따르기 마련이었다.

"저게 니들이 말한 슬라이머 맞지? 쫀득이 같이 생긴 애. 별거 아닌데?"

"근접 무기로는 절대 못 잡아요. 아무리 찌르고 잘라도 끄떡없거든요. 근데 마법사에는 유난히 약하네요."

"그럼 우리 오늘 밥값 좀 하는 거야?"

각성자끼리의 대결에 상성이 존재하는 것과 마찬가지로 몬스터마다 특성은 천차만별이었다. 이러한 특성은 단순히 등급의 고하를 떠나 천적관계처럼 작용했다.

가령 화염계 마법에 이뮨을 가진 몬스터를 상대할 땐, 아무리 강력한 화염계 마법사라도 제압이 불가능했다. 오히려 화력을 더할수록 체력을 회복하는 놈들도 있었다.

그것은 마법사에게만 국한하는 것이라, 슬라이머처럼 근접전사들에게도 적용되는 것이었다. 이는 레이드에 있어서 솔로잉의 한계를 극명히 드러냄과 동시에 파티플레이의 당위성을 증명했다.

태랑이 처음부터 파티를 꾸린 이유도 여기에 있었다. 만약 세이버 클랜이 전사들로만 구성된 파티였다면 슬라이머를 맞아 큰 낭패를 보았을 것이다.

전원이 합류하게 된 태랑 일행이 신나게 몬스터를 때려잡고 있을 때 갑자기 후방에서 괴성이 들려왔다.

"끼요요오옷!"

"뭐야?"

"나왔다. 오우거 메이지야!"

마침내 던전의 지배자가 모습을 드러냈다.

육중한 살 색의 덩어리가 지원군을 몽땅 이끌고 나타났다. 놈의 주위로는 생김새가 다른 오크들과, 두 마리의 오우거가 함께였다.

"오크 투척병과 트윈헤드 오우거다!"

오크 투척병은 오크 전사들 중 원거리 공격을 전담하는 놈들이었다. 그들은 허리춤에서 일제히 도끼를 뽑아 들더니 피아를 가리지 않고 무차별적인 난사를 시작했다.

붕붕붕―

회전하는 도끼가 매서운 기세로 날아들었다.

도끼는 화살보다 사거리는 떨어지지만, 그 위력은 투창에 비견될 정도로 강력했다. 또 화살이나 투창이 점을 찌르는 것에 비해 면을 강타하는 도끼는 타격범위가 넓은 장점이 있어서 제대로 적중당하면 일격으로도 큰 상처를 입을 수 있었다.

"바람의 벽!"

민준이 날아오는 도끼를 방어하기 위해 스킬을 펼쳤다. 그러나 그의 기술로 모든 사람을 커버하기엔 불가능했다.

바람의 벽에서 떨어져 있던 슬아는 가속 능력을 발휘하여 쏟아지는 도끼를 요리조리 피했고, 한모는 싸우고 있던 오크의 멱살을 잡아채 고기 방패로 활용했다. 그에게 잡힌 오크는 등짝에 무수한 도끼 세례를 맞아야 했다.

마지막으로 태랑은 소환수들을 소집하여 장벽으로 활용했다. 단단한 스톤 골렘이 날아오는 도끼를 온몸으로 받아냈다. 그의 스톤 골렘은 단단한 성벽과 같이 버티고 서 주인을 보호했다.

투두둑 투둑–

회심의 도끼 투척이 무위로 돌아가자 이번에는 트윈 헤드 오우거가 움직였다. 머리가 두 개씩 달린 오우거는 일반 오우거의 변종으로 막강한 힘을 자랑했다.

'부하들을 모조리 끌고 나왔나 보군.'

세이버 클랜을 잡기 위한 트랩이 모두 허사로 돌아가자 오우거 메이지가 정공법으로 승부를 걸어왔다. 놈은 던전 내 있는 모든 몬스터들을 불러 모은 것 같았다.

승강기 주변에 뭉쳐있던 오크 전사와, 슬라이머 그리고 자신이 데리고 온 오크 투척병에 트윈헤드 오우거까지 도합 100여 마리에 육박하는 대규모 병력이 지하를 가득 메웠다. 러시아워 시간대의 지하철처럼 지천에 몬스터가 깔렸다.

"민준이랑 슬아, 유화랑 한모 형이 각각 2:1로 오우거 한 놈씩 맡아! 혼자선 감당하기 어려울 거야."

"저 쌍두 돼지 말이지?"

"네, 참고로 형이 쓰는 무기는 쟤들이 쓰는 거랑 같은 거예요."

"오메, 그럼 나한테 죽자고 달라 들겠네?"

현재 가장 위협적인 놈들은 당연히 F등급에 달하는 오우거 메이지와 그의 심복 E등급의 트윈헤드 오우거였다. 그밖의 나머지 잡다한 몬스터들은 잔챙이에 불과했다.

'…하지만 잔챙이들이 성가시게 굴면 싸우기가 곤란할 거야. 이것들을 한 방에 쓸어버려야겠는데 그렇다고 놈들과 상대하다간 오우거 메이지가 날뛸 테고….'

태랑은 갑자기 좋은 생각이 떠올랐다. 꼭 자신의 소환수를 동원해 싸울 필요는 없었다. 그에겐 좀비 부활이라는 스킬이 있었던 것이다.

'현재 나의 포스와 쉴드 량이면 C등급까진 일으켜 세울 수 있어.'

좀비 부활 스킬은 죽은 몬스터를 다시 부활시키지만 제약이 두 가지 존재했다.

하나는 주입된 포스가 사라지기 전까지만 부릴 수 있다는 것, 그리고 또 하나는 시전자보다 포스나 쉴드가 낮을 경우만 가능하다는 점이었다.

태랑의 포스와 쉴드량은 몬스터로 치면 D등급에 근접

했으므로 C등급 이하의 몬스터들은 모두 스킬의 적용대상이었다.

"다들 놀라지 마! 내가 지금부터 슬라이머를 부활시킬 거야!"

"뭐라고? 그 녹색 괴물 말이야?"

"그래, 같은 편이니 절대 공격하면 안 돼"

태랑은 체액으로 흩어진 슬라이머에 좀비 부활 스킬을 써 마력을 주입했다. 세 마리 중 한 놈은 이미 차크라로 흩어졌지만 아직 두 놈은 사체가 흐느적거리고 있었다.

"일어나라! 나의 종이여!"

태랑이 스킬을 발휘하자 물처럼 흩어져있던 슬라이머의 체액이 점성을 띄고 꾸물꾸물 뭉치기 시작했다. 그것은 마치 상온에 노출된 수은 알갱이처럼 강한 표면장력을 띄고 있었다.

완전히 뭉쳐진 슬라이머가 다시 몸을 일으켰다. 본래의 모습과 다른 점은 녹색의 몸체가 살짝 진녹색으로 변했다는 점이었다. 시체를 다시 일으켰기 때문에 본래의 피부색을 잃은 것이었다.

하지만 모습만 변했을 뿐 놈은 생전의 모든 스킬과 능력을 고스란히 지닌 채 태랑의 명령에만 절대복종하는 괴물이 되어 있었다.

"저것들을 모두 쓸어버려라!"

태랑의 명령에 두 마리의 슬라이머가 몸을 튕기며 각기 흩어졌다.

한 놈은 오크 전사를, 나머지 한 놈은 오크 투척병을 노렸다. 고무공처럼 탄성으로 날아간 놈들은 뭉쳐있는 적들에게 포탄처럼 낙하했다.

콰광-!

몸통 박치기에 짓눌린 오크들이 볼링 핀처럼 쓰러졌다.

"우아! 쟤 이제 그럼 우리 편이야?"

"나이스, 마법을 못 쓰는 놈들에겐 재앙이나 다름없지!"

태랑이 슬라이머를 부활시킨 이유가 바로 그것이었다.

녹색의 고무 괴물은 마법을 사용 못 하는 오크 같은 하급 몬스터들에겐 도저히 물리칠 수 없는 괴물이었다.

오크의 글레이브나 투척도끼가 수없이 쏟아졌지만, 슬라이머는 아랑곳하지 않고 놈들을 때려눕혔다. 아무리 베이고 잘려도 다시 액체로 변해 흡수되어 버리니 상대할 방법이 없었다.

태랑은 잔챙이들을 두 마리의 슬라이머에게 맡기고 오우거 메이지에 집중했다.

"수현이랑 은숙이는 나를 도와 오우거 메이지를 상대하자!"

태랑은 묵직한 스테프를 들고 있는 오우거 메이지 앞에 모든 소환수를 집결시켰다. 자신의 좌우에는 수현과 은숙이 나란히 섰다.

"쟤 무지하게 뚱뚱한데? 다른 오우거들이 근육돼지라면 저건 그냥 퍼진 돼지 같아."

"방심해선 안 돼. 놈의 두꺼운 지방층은 갑옷이나 마찬가지야. 게다가 마법스킬도 굉장히 많이 가지고 있지."

"이럴 땐 선공이 필승이지!"

은숙이 두 손을 앞으로 내밀며 매직 미사일을 날렸다. 오우거의 약점인 머리를 노리는 공격이었다.

날아오는 매직 미사일을 본 오우거 메이지가 스태프를 들고 땅바닥을 가볍게 두드렸다.

그러자 그의 주위로 반구형의 투명막이 형성되더니 영역을 침범한 매직 미사일의 속도가 급속도로 느려지기 시작했다.

"이런! 감속 지대 마법이다!"

"그게 뭔데?"

"저 막을 뚫고 들어가면 투사체들이 1/50의 속도로 느려져 버려. 원거리 공격을 원천 차단하는 고위 마법이야."

해골 궁수의 화살도 마찬가지로 투명막을 통과하면서 거북이처럼 느려졌다. 공중에 떠서 느리게 전진하는 화살은 신기하게도 정지화면처럼 멈춰서 있었다.

물론 자세히 보면 미세하게 움직이고 있긴 하지만, 그것은 게으른 나무늘보도 피할 수 있을 법한 속도.

"젠장, 원거리 공격은 통하지 않겠어. 직접 상대해야 돼."

태랑이 아껴두었던 리치킹의 분노 특성을 활성화 시키며 소환수를 돌진시켰다. 두 기의 스톤 골렘을 축으로 해골 전사와 좀비 들개가 열을 맞춰 진격했다.

오우거 메이지는 이에 산성 구름 마법으로 대항했다.

갑자기 천장에서 구멍이 난 것처럼 녹색의 액체가 쏟아지며 소환수를 덮쳤다.

"아니!"

공중에서 퍼부어진 산성 용액이 소환수의 몸에 닿자, 소환수들이 빠르게 녹아내렸다. 신체가 부실한 스켈레톤이나 좀비 들개는 말할 것도 없고, 스톤 골렘의 단단한 외피마저 촛농처럼 허물어져 버렸다. 지독한 산성 마법을 맞은 소환수들이 연기를 뿜으며 무너졌다.

태랑이 황급히 소환수를 물렸지만 벌써 절반이 넘는 병력이 손해를 본 상황이었다. 산성 구름에 피해는 지속적으로 이어져 마법에서 벗어난 이후에도 끊임없이 소환수들의 몸을 갉아먹었다.

'젠장, 놈의 마법을 너무 쉽게 봤구나. 투사체 감속과 산성 구름 때문에 공격이 불가능할 정도야.'

태랑은 곧바로 작전을 변경했다.

"수현이랑 은숙이 넌 마법을 있는 대로 쏟아부어."

"뭐? 저 장막 안에서 마법이 느려진다며?"

"괜히 포스만 낭비하는 거 아니에요?"

"설명할 시간 없으니까 있는 대로! 포스 다 바닥날 때까지 몽땅 퍼부으라고!"

"알았어."

두 사람이 마법을 시전하는 동시에 태랑의 스켈레톤 마법사 역시 원거리 마법을 있는 대로 쏘아냈다. 각각 화염과 번개의 마법이 감속의 장막을 향해 날아갔다.

그러나 감속의 장막으로 들어간 순간 마법들은 굼벵이처럼 느려졌다. 시간차를 두고 날아온 마법이 연이어 중첩되며 어느새 거대한 덩어리로 변했다.

'마법이 느려진다 해서 그 위력까지 감소하는 건 아니지. 중첩된 마법이 적중하기만 한다면 오히려 엄청난 폭발력을 가질 거야.'

이제 오우거 메이지를 마법이 뭉쳐진 곳으로 유인하는 게 관건이었다.

'소환수들은 산성 구름의 독성을 감당 못 해. 면역의 팔찌를 믿고 내가 직접 나서야겠다.'

태랑은 오우거 메이지를 붙잡아 두기 위해 창을 들고 달려들었다. 예상대로 놈은 가까이 다가오는 태랑에게 산성 구름 마법을 퍼부었다.

머리 위에서 쏟아지는 독성의 액체를 피해 있는 힘껏 달렸지만, 어느 정도의 피해는 감당할 수밖에 없었다.

"크흑!"

마치 뜨거운 물에 화상을 당한 것처럼 산성 구름에 맞은 부위로 통증이 몰려왔다. 쉴드의 방호효과로도 육체의 고통은 피할 수 없었다. 독액이 침투하자 면역의 팔찌가 빛을 발하며 해독을 시작했다.

'조금만 더. 감속 장막 안으로 접근하면 놈의 마법도 똑같이 느려진다.'

태랑이 마침내 반구체 안으로 진입하자 놈의 마법 공격도 멈추었다. 모든 마법을 느리게 하는 효과로 인해 오히려 감속 지대 안에서는 마법이 무용지물이 되는 것이나 다름없었다.

이제는 순전히 육탄전뿐이다.

"와라 돼지!"

태랑은 왼쪽에서 날아오는 마법 덩어리의 위치를 확인하고 놈을 한쪽으로 몰아붙일 계획이었다.

오우거 메이지가 스테프를 먼 거리에서 휘저었다. 도저히 닿지 않을 거리라 방심하고 있는데, 스테프의 둥근 머리 부분이 분리되며 도리깨처럼 휘둘러졌다.

'이크! 저게 뭐야!'

자세히 보니 스테프의 몸체와 머리 부분이 마력의 사슬로 엮어져 있었다. 처음부터 사슬 낫처럼 사용하는 무기였던 것이다.

쾅-!

머리 부분의 둥근 쇳덩이가 바닥을 때리자 지진이 난 것처럼 땅이 흔들렸다. 놈의 공격은 마력으로 강화되어 강한 지진파를 동반하고 있었다.

'한모 형의 대지 격동에서 보는 여진과 같은 거구나. 제대로 맞으면 스턴에 걸릴 거야. 조심해야겠다.'

태랑이 창을 꼬나 쥐고 자세를 낮췄다. 이제 그동안 연마한 창술을 믿는 수밖에 없었다.

태랑이 오우거 메이지를 상대할 때 나머지 멤버들도 둘씩 짝을 이뤄 트윈헤드 오우거와 접전을 벌이고 있었다.

트윈헤드 오우거는 보통의 오우거와 달리 커다란 몽둥이를 쥐고 있었기 때문에 리치가 훨씬 길었다.

민준과 한 조를 이룬 슬아는 펄쩍펄쩍 뛰면서 공격을 피했다. 아크로바틱한 자세로 몽둥이의 스윙궤적을 넘나드는 그녀의 모습은 탄성을 자아낼 정도였다.

슬라이딩하듯 몸을 바짝 눕는가 하면, 그 자세에서 그대로 몸을 일으켜 후속 공격을 피해 공중제비를 돌아 벗어났다. 그 와중에도 꾸준히 투검을 놈의 얼굴을 향해 날렸다.

트윈헤드 오우거는 영리하게 머리로 날아오는 투검을 손바닥을 펼쳐 막아냈다.

"슬아야, 단독 공격으론 안 돼. 내가 시선을 끌 테니 기회를 노려!"

"네!"

민준은 마지막 포스를 쥐어짜 오러 블레이드를 펼쳤다. 철혈도를 둘러싼 맹렬한 빛이 먹이를 노리고 번뜩였다.

민준의 소드 마스터 특성은 몬스터가 자신보다 포스가 낮을 때만 발동되었다. 따라서 트윈헤드 오우거 같은 E급 몬스터를 상대로는 칼날이 박히지 않았다.

'어쩔 수 없이 쓰긴 하지만, 오러 블레이드는 포스 소모가

너무 커. 속전속결로 끝장내지 않으면 오히려 위험해질 거야.'

그의 필살기 오러 블레이드는 포스를 태워버리는 스킬이었다. 기름에 불을 붙인 것처럼 유지시키는 상황에서는 10분도 안 돼 포스가 바닥까지 급전직하했다.

민준은 제다이의 광선검처럼 변한 철혈도를 들고 트윈헤드 오우거에 맞섰다. 그의 검과 오우거의 몽둥이가 부딪치며 격렬한 충돌음을 냈다.

부딪히는 민준의 손목으로 굉장한 충격이 밀려왔다.

과연 인간의 레벨이 아니었다.

'오러 블레이드가 아니었다면 무기를 맞대기도 힘들었겠군.'

머리가 두 개인 오우거는 눈도 역시 네 개나 돼서 한 머리가 민준에 집중하는 사이 나머지 다른 머리는 슬아의 움직임을 시시각각으로 체크했다.

빈틈을 만들어 기습을 가하려 하면, 어김없이 수비적으로 돌변하며 얼굴을 가렸다. 심지어 머리도 두 개였기 때문에 하나를 해치운다 해도 한 번에 죽지 않는다는 것 역시 큰 부담이었다.

'이건 뭐 오우거 두 마리를 동시에 상대하는 기분이군. 힘은 훨씬 세고. 뭐 이런 괴물이 다 있지?'

포스가 급속도로 소진되자 민준도 슬슬 불안감이 밀려왔다. 장기전으로 끌고 가면 결국 지치는 건 자신이다.

'어떻게든 승부를 봐야 한다. 일격 필살로 가자.'

민준이 슬아에게 소리쳤다.

"슬아야, 내 뒤에 바짝 붙어."

슬아가 그의 뒤에 섰다. 민준이 빠르게 속삭였다.

"이대로 가면 승산이 없어. 위험하지만 모험을 해보자."

"어떻게요?"

"내 뒤에 그림자처럼 숨어 있다가 한순간에 도약으로 놈의 머리를 노려. 머리가 두 개라 시야가 넓으니 각개로 움직여 봤자 따돌리긴 무리야."

"일종의 분신술 같은 건가요?"

"그런 셈이지. 할 수 있겠어?"

"해볼게요."

슬아가 민준의 뒤로 몸을 숨겼다. 그녀의 체구가 민준에 비해 작기도 했고, 가속으로 빨라진 움직임 덕에 두 사람은 거의 한 몸처럼 움직였다. 그녀의 말처럼 분신이 생겨나 동작을 따라 하는 것 같았다. 이는 슬아의 놀라운 속도가 아니었으면 불가능한 합격술이었다.

트윈헤드 오우거의 입장에서는 갑자기 한 사람이 사라진 것처럼 보였을 것이다. 목표를 잃은 머리 하나가 한동안 두리번거리며 슬아를 찾았다.

"어딜 보나! 네 상대는 나다! 집중해!"

민준이 본격적으로 공세를 높였다. 철혈도의 라이프 스틸 효과에 의지해 다소간 부상을 감안한 동작이었다. 그의 빨라진 검격에 트윈헤드 오우거의 손발이 꼬이기 시작했다.

"지금이야!"

민준의 뒤에 숨어 있던 슬아가 무릎을 구부린 민준의 어깨를 밟고 높이 도약했다. 에어워크를 연상시키는 가공할 점프를 선보이며 슬아가 오우거의 머리를 향해 곧장 날아갔다.

그녀는 단검을 머리 뒤로 젖힌 채 오우거의 왼쪽 머리를 향해 쑤셔 박았다. 쉴드를 무시하는 그녀의 공격에 오우거의 이마 정중앙에 단검이 박혀 들어갔다.

푸욱-

얼마나 세게 찔러 넣었던지 단검의 손잡이 부분까지 몽땅 들어갈 정도였다.

"꾸엑!"

오우거가 비명을 지르며 나머지 머리가 슬아를 쳐다보며 성난 표정을 지었다. 거인의 머리통에 매달린 슬아는 이어 나머지 머리를 공격하기 위해 단검을 회수했다. 그러나 단검은 어딘가에 걸린 것처럼 빠져나오지 않았다. 아무리 용을 써도 수축된 근육에 사로잡힌 듯 요지부동이었다.

"이, 이게 왜 이러지."

원래 계획은 머리 두께를 동시에 타격하는 것이었으나, 단검이 빠지지 않으면서 허둥대는 사이 오우거의 거대한 손이 그녀의 허리를 낚아챘다.

오우거의 괴력에 단숨에 슬아의 가냘픈 허리가 부러지기 직전.

"갈!"

민준이 타이밍 좋게 달려들어 오우거의 팔목을 가로 베었다.

오러 블레이드가 깃든 그의 철혈도가 슬아를 쥔 손을 동강 냈다. 슬아는 손아귀에 붙잡힌 채 바닥으로 떨어졌다.

"슬아야 괜찮아?"

"네! 어서 놈을!"

한쪽 머리에 단검이 박히고, 왼팔마저 싹둑 날아간 놈은 거의 제정신이 아니었다. 놈은 민준을 짓이겨 버릴 것처럼 몽둥이를 들고 땅바닥을 쿵쿵 내리찍었다.

'몹시 흥분한 모양이군. 하지만 그럴수록 빈틈만 늘 뿐이야.'

민준은 놈의 공격을 피하며 복부를 난도질했다. 아무리 두꺼운 지방층으로 둘러싸여 있다지만, 오러 블레이드의 무시무시한 절삭력은 놈의 몸을 헤집기에 충분했다.

"꾸으으윽!"

상처투성이가 된 놈의 얼굴로 슬아의 비도가 날아들었다. 한 손이 날아간 놈은 날아오는 무기를 막을 방법이 없어 재빨리 고개를 흔들어 피했다.

그러나 민준은 그 순간을 놓치지 않았다.

"방심은 금물이라니까!"

신속의 물약을 들이킨 그가 엄청난 속도로 달려들었다. 갑작스레 빨라진 그의 움직임은 트윈헤드 오우거의 반응 속도를 훨씬 넘어 있었다.

민준은 놈의 복부에 검을 쑤셔 넣고, 참치 캔 뚜껑을 돌려따 듯 반 바퀴 휘젓고 지나쳤다.

민준이 반대편으로 넘어갔을 때, 몸이 반 토막 난 오우거가 철퍼덕 쓰러졌다. 오우거의 피를 흠뻑 뒤집어쓴 민준의 몸이 철혈도의 효과로 쉴드가 차오르며 하얗게 빛나고 있었다.

검귀 같은 그의 모습에 슬아가 살짝 놀랐다.

'…민준 오빠는 싸울 때면 정말 돌변하는구나. 평소에 침착한 모습이랑은 전혀 다른 것 같아.'

반전이 있는 남자, 민준에 대한 슬아의 시선이 조금 달라졌다.

한편, 맞은편에서 유화와 한모 역시 치열한 싸움을 전개하고 있었다.

투검을 통해 원거리 공격이 가능한 슬아 쪽에 비해, 이쪽은 둘 다 근접 파이터였기 때문에 오우거를 상대하기 훨씬 까다로운 상황이었다.

"와, 이 자식 진짜 맷집 좋은데요?"

유화가 잠시 뒤로 물러서서 호흡을 가다듬었다. 빠르게 파고들어 스킬을 퍼부어도 놈의 두터운 지방층은 그녀의 펀치를 스펀지처럼 흡수했다. 더욱이 몽둥이를 휘두르며 거리를 내주지 않았기 때문에 유화가 다가가기조차 쉽지 않았다.

'아, 이래서 근접은 너무 힘들어. 빨랑 원거리 스킬 하나 얻었으면….'

"유화야, 나가 놈한테 스턴 한방 먹일 랑께, 그 틈을 잘 노려봐라잉."

"네!"

한모는 여태껏 대지 격동을 스킬을 안 쓰고 아껴두고 있었다. 쿨타임이 긴 기술이니만큼 완벽한 타이밍을 노려야 했다. 실패한다면 두 번은 없다.

"아따메 먼 놈의 돼지 새끼가 이렇게 힘이 쎄냐잉!"

한모가 몽둥이를 젖혀 들고 달려들자 놈이 곧장 맞받아 쳤다. 방패를 들고 버텨 보았지만, 맞는 즉시 충격이 전해져 몸이 들썩였다.

"크헉. 니미, 안 되겠네. 새로운 스킬 한번 써봐야 겠어."

한모는 남은 쉴드를 확인한 후 벨트에 걸린 '블러드 더스트' 스킬을 펼쳤다. 순간 그의 전신에 붉은 색의 오라에 뒤덮이며 전신에 마법의 기운을 전달했다.

'오메, 요거 완전 뽕 맞은 것 기분인디?'

그의 근육 역시 극도로 부풀어 오르며 몸에 꼭 맞는 갑옷을 압박했다. 착용형 아티펙트는 사용자의 신체에 맞추어 사이즈가 조절되기 때문에, 갑옷이 갑작스레 펌핑된 그의 신체에 순간적으로 적응 못 한 것이었다.

한모는 스테로이드제를 과다 투여한 것처럼 기운이 용솟음쳤다. 마치 헐크로 변한 것 같은 기분이었다.

"다시 한번 해보자잉!"

한모가 트윈헤드 오우거와 과감하게 몽둥이를 맞부딪혔다. 이제껏 튕겨 나가던 몽둥이가 이제는 대등하게 힘을 겨루었다. 블러드 더스트 스킬로 오우거의 괴력과 맞먹게 변한 것이었다.

"끄으으으우!"

놈도 한모의 달라진 모습에 놀랐는지 눈을 치켜떴다. 어쩌면 그가 쓴 기술이 오우거 고유의 마법이라서 그랬을지도 몰랐다.

그렇잖아도 종족의 가시방망이를 들고 설치는 놈이, 이제는 오우거의 고유 마법까지 사용하자 놈의 적개심이 더욱 치솟았다.

"아따, 힘이 넘쳐븐디! 산도 뽑아 버리겠어!"

한모가 왼손의 방패를 휘둘러 놈의 몸을 후려쳤다. 맹렬한 파동 스킬에 오우거가 들썩거리며 물러섰다. 한모는 그대로 몽둥이를 후려갈기는 동시에 크게 발을 굴렀다.

쾅-!

순간 지하철 바닥이 한모의 발자국을 중심으로 파동을 그리며 박살났다. 동심원을 그리며 무너지는 바닥을 따라 강렬한 기운이 전달되었다.

아껴두었던 대지 격동 스킬이 시전 되자 육중한 거구의 트윈 헤드 오우거가 정신을 못 차리고 휘청거렸다.

"지금이여!"

"알았어요!"

유화가 스턴에 해롱거리는 오우거를 향해 샌드백 두들기듯 펀치를 갈겼다. 주먹 한 방 한방에 엄청난 힘이 실려 거대한 오우거의 지방이 출렁거리며 피부에 파문이 생길 정도였다.

"죽어, 이 뚱돼지야!"

양손으로 퍼붓는 유화의 소나기 펀치가 고스란히 오우거에게 충격을 주었다. 그녀의 전매특허인 주먹 연타의 수법.

그녀의 특성에 힘입어 스킬의 계수가 폭발적으로 상승하며 말도 안 되는 데미지가 전달되었다.

퍼버버버벅-!

스턴이 풀릴 때쯤 그녀는 두 손바닥으로 배를 밀치는 동작으로 칠보장법을 갈겼다.

팡-!

거대한 오우거가 유화의 쌍장을 맞고 뒤뚱거리며 물러서는 모습은 우스꽝스러울 정도였다. 마치 유치원생이 어른의 가슴을 밀치자, 어른이 뒤로 넘어가는 형국이었다.

"쓰러져라!"

엉덩방아를 찧은 오우거가 몸을 일으키려고 하는데 장법의 효과가 발동하며 내부에서 폭발이 일어났다. 막타로 쓰면 시체폭발을 일으키는 그녀의 수법은 쉴드가 잔존할 경우엔 내장을 으깨버리는 힘이 있다.

"구에에엑!"

오우거는 온몸의 구멍이란 구멍에서 피를 흘리며 괴로워했다. 그대로 즉사하지 않은 것만 봐도 놈의 놀라운 맷집을 알 수 있었다.

마무리를 위해 한모가 몽둥이를 들고 덤볐다.

"이게 무슨 돼지 멱따는 소리여? 아직 매타작은 시작도 안했다잉?"

한모는 주저앉은 트윈헤드 오우거를 향해 몽둥이를 쥐고 풀스윙으로 머리를 후려쳤다.

퍽- 퍽-

"돼지 잡을 땐 대갈빡을 오함마로 찍어브러야 제 맛이제!"

인정사정없는 그의 몽둥이질에 오우거의 골통이 빠개지며 쩍쩍 뼈가 금가는 소리가 났다. 이쯤 되자 아무리 단단한 오우거라도 버텨낼 재간이 없었다.

주저앉아 있던 오우거는 끝내 벌러덩 누워버렸다. 사지를 대자로 뻗은 모양새로 보아 완전히 숨통이 끊어진 것 같았다.

유화는 장갑에 붙은 놈의 살가죽을 거칠게 털어내며 말했다.

"아, 담배 땡기네."

"크크, 원래 시원하게 땀 흘리고 나믄 그라제. 한 대 펴 브러."

"그럴 여유가 없네요. 다른 사람들은 어떻게 됐지?"

유화가 시선을 돌려 주변을 보자, 민준과 슬아 팀 역시 오우거를 베어 넘기고 있었다.

이제 오우거 메이지와 상대하는 태랑만이 남아있었다.

태랑은 날아오는 둥근 쇠뭉치를 피해 창을 내질렀다.

날카로운 파이크가 놈의 몸뚱이를 찔렀지만, 어찌나 뱃가죽이 두꺼운지 피 한 방울 흐르지 않았다.

'무슨 이런 놈이 다 있어?'

태랑은 되돌아오는 쇠뭉치를 피해 다시 땅바닥을 굴러야했다. 오우거 메이지는 마법도 그렇지만 맷집 역시 다른 오우거보다 훨씬 뛰어난 것 같았다.

'숙련도가 조금만 더 차오르면 삼조격을 쓸 수 있는데….'

태랑이 가진 불카투스의 창술은 25%에 이를 때마다 특수기를 제공했다. 태랑은 이번 레이드를 통해 벌써 창술의 숙련도를 23%까지 끌어 올린 상황.

'잘하면 싸우는 중에 숙련도가 맞춰질 수도 있겠어. 최대한 버텨보자.'

쇠도리깨처럼 휘둘러지는 놈의 공격은 쉽게 종잡을 수가 없었다. 마력의 사슬은 자유자재로 길이가 늘어나며 태랑을 향해 폭격을 가했다.

이미 땅바닥은 군데군데 크레이터가 패여 제대로 딛기도 힘든 상황이었다.

'24%… 좋아 조금만 더!'

등급이 높은 몬스터를 상대하니 숙련도의 오르는 속도도 그만큼 빨랐다. 그러나 그만큼 위험부담은 훨씬 커져 있었다.

몇 번이나 죽을 고비를 넘기는 와중에도 태랑은 꿋꿋이 창을 놓지 않았다. 슬쩍 쳐다보니 느리게 다가오는 마법의 집합체가 어느새 중간지점까지 도달해 있었다.

'25% 좋아! 달성했다.'

태랑은 마침내 특수기가 활성화된 것을 확인하고는 창을 옆구리에 비껴차고 소리쳤다.

"이제 나도 좀 공격하자!"

오우거 메이지는 아랑곳 않고 쇠뭉치를 붕붕 돌려 태랑을 향해 집어 던졌다. 태랑은 과감하게 앞을 향해 돌진하며 가까스로 공격을 피해냈다. 기술을 발휘하기엔 최적의 거리까지 좁혀졌다.

"삼조격!"

발카투스의 창술, 그 첫 번째 특수기 삼조격이 발동했다.

　이제껏 뱃가죽에 흠집조차 못 내던 공격이기에 오우거 메이지는 찌르고 들어오는 창을 보고도 피할 생각도 하지 않았다.

　그러나 삼조격은 단순한 찌르기가 아닌, 마력이 발동하는 스킬이었다.

　첫 번째 찌르기가 들어가자 놈의 몸이 벼락을 맞은 것처럼 찌릿한 충격이 밀려왔다.

　두꺼운 뱃가죽이 헤집어지며 놈이 고통에 인상을 썼다.

　'일타! 뇌전의 일격!'

　연이어 찌른 자리를 향해 또 한 번 고속의 찌르기가 행해졌다.

　'이타! 빙한의 일격!'

　이번에는 벌어진 상처가 급속도로 얼어붙으며 놈이 괴성을 질렀다.

　"꾸에에에엑!"

　"아직 안 끝났어!"

　마지막 찌르기가 같은 곳으로 한 번 더 들어갔다.

　'삼타! 화염의 일격!'

　순간 태랑의 창끝에서 불길이 뿜어지며 상처를 불살라 버렸다.

　삼조격은 각기 뇌전, 빙한, 화염의 마법이 번갈아 가면서 충격을 주는 것으로 특히 마지막 삼타는 앞의 두 번에 비해 훨씬 관통력이 뛰어난 공격이었다.

'찌른데 또 찌르니까 정신없지?'

삼조격이 적중하자 오우거 메이지가 극심한 충격을 받고 뒤로 물러섰다.

똑같은 곳을 연거푸 세 번 찌르는 동안 3가지 마법이 차 례로 발동하는 삼조격은, 오우거의 두꺼운 지방층으로도 버텨내기 힘든 공격이었다. 특히 뇌전, 빙결, 화염의 마법 은 상처를 지지고 얼리고 불태우는 공격으로 치명적인 상 처를 입혔다.

뒤로 물러서는 오우거 메이지를 향해 태랑이 계속 전진 하며 공세를 이어갔다. 이제껏 수비만 하던 울분을 풀기라 도 하듯 상처난 곳을 집요하게 노리자, 오우거는 방어에만 급급해 반격할 엄두도 내지 못했다.

"어디까지 도망칠 셈이냐!"

종전의 양날창과 달리, 지금의 파이크는 찌르기에 최적 화되어 있었다. 날카롭게 벼루어진 금속제 창 촉에 유린당 하던 오우거는 더 이상 참지 못하고 마법의 스테프를 들어 올렸다.

백병전을 포기하고 완전히 마법으로 나가기로 결심한 것 이었다.

"꾸우으으으!"

하지만 감속 지대 안에선 모든 마법이 느려진 상황, 오 우거 메이지가 마법을 쓰기 위해선 일단 감속의 장막부터 거두어야 했다.

오우거 메이지가 스테프를 휘젓자 반구형으로 둘러쳐진 투명한 장막이 스르륵 자취를 감췄다.

"멍청한 놈. 그걸 기다렸다."

"꾸어?"

감속의 장막이 사라지자 태랑이 황급히 뒤로 물러섰다. 잠시 뒤 감속 지대에 뭉쳐있던 마법의 덩어리가 오우거 메이지를 향해 빠르게 쇄도했다. 그것은 바짝 당겨진 화살이 튕겨 나간 것처럼 엄청난 추진력을 담고 있었다.

응축된 마법은 각각 라이트닝 스피어 세 개, 매직미사일 일곱 개, 거기에 태랑의 소환수들이 쏘아낸 화염과 전격의 마법까지 몽땅 혼재된 종합 선물 세트나 다름없었다.

퍼버버버벙! 펑펑!

오우거 메이지가 생각 없이 마법 감속 지대를 해제하는 순간, 제 속도를 되찾은 마법들이 답답함을 떨쳐내듯 한순간에 놈을 향해 쏟아진 것이었다. 맹렬한 폭음에 지하 역사 전체가 작은 흔들림이 있었다.

'굉장하구나. 대체 몇 개의 마법이 동시에 터진 거지?'

면적이 큰 오우거 메이지는 순식간에 쏟아진 마법에 대응도 못 하고 난자당했다. 폭음이 그치자 드러난 오우거의 메이지의 몸뚱이는 걸레짝처럼 만신창이가 되어 있었다.

상반신은 절반 가까이 날아가 있었고, 까맣게 탄 머리에선 연기가 피어났다. 고기 타는 역한 비린내가 훅 풍겼다.

태랑은 창을 들고 뚜벅뚜벅 걸어가더니 아직 숨이 붙어 있는 오우거 메이지의 심장을 향해 창을 꽂아 넣었다.

"꾸윽—"

F급 몬스터 오우거 메이지가 끝내 숨을 거두었다.

잠시 후 차크라로 화한 몬스터들이 세이버 클랜의 멤버들에게 각기 흡수되어갔다.

태랑을 제외하고는 대부분 스킬 포인트가 꽉 찰 정도로 굉장한 경험치의 폭발적인 축적이 이루어졌다. 오늘 하루 동안 잡은 몬스터가 그만큼 굉장했다.

"미션 컴플리트!"

"야호, 스킬 포인트다!"

"전리품 챙기기도 빡세겠는데?"

태랑은 소환수를 시켜 바닥에 굴러다니는 아티펙트와 아이템을 한곳으로 긁어모았다. 트윈헤드 오우거와 오우거 메이지, 그리고 슬라이머에게 떨어진 아티펙트가 상당히 풍족했다.

"이게 다 이번 사냥으로 나온 거?"

세이버 클랜은 황홀해 하는 표정으로 전리품들을 감식했다. 몇 개는 아까 본 것들이었고, 대부분은 처음 보는 것이었다.

"이건 슬라이머의 체액이네."

좀비 부활이 끝나고 다시 쓰러진 슬라이어에게서 아까와 같은 '슬라이머의 체액' 아이템이 나왔다. 그러나 나머지는 처음 보는 아티펙트였다.

　[슬라이머의 팔] 3등급 아티펙트

　–손목에 장착하여 채찍처럼 늘어나는 신기한 팔.

　+끝에 찐득한 성분이 묻어 있어, 높은 곳에 붙여 오를 수 있음.

　+잘려나가면 액체로 변해 다시 흡수됨.

　"우아, 여기 신기한 게 있어요."

　"태랑아 이거 뭐야?"

　"오, 진귀한 게 나왔네. 이건 쉽게 설명하면 스파이더맨이 쓰는 거미줄하고 유사한 거야. 채찍처럼 공격용으로도 쓰긴 하는데, 그것보단 도심에서 이동수단으로 사용할 때 활용도가 높을 거야."

　"이걸 누가 쓰지?"

　"음, 슬아가 쓰면 딱 이겠는데?"

　"그렇네. 도약이랑 섞어서 쓰면 진짜 빌딩 숲을 날아다닐 수도 있겠다."

　"트윈헤드의 투구? 이건 4등급짜리네?"

　[트윈헤드 오우거의 투구] 4등급 아티펙트

　–트윈헤드 오우거가 서로 자기가 쓰기 위해 다투는 투구.

　+쉴드 18% 상승효과.

+착용 시 2티어 이하의 몬스터들에게 위압감을 주어 전투력을 20% 떨어뜨림.

　+'해제/장착' 명령으로 인장에 소지할 수 있음.

　"그놈들 대가리도 크던데 이건 왜케 작은겨?"

　"무기도 그렇잖아요. 놈들이 휘두르는 몽둥이는 훨씬 커도 아티펙트는 인간에게 딱 맞춰지죠."

　"하기사 그러고 보면 장착하는 물품은 대부분 착용하는 사람에 맞춰지더만."

　"네. 마법효과예요."

　"2티어면 B급 몬스터 말하는 거야?"

　"낮은 구간에선 얼추 비슷해. 인간들은 포식력으로만 등급을 구분하니까 살짝 다르긴 하지만…."

　또 다른 트윈헤드 오우거는 스킬 스크롤을 남겼다.

　[오우거의 함성] 3등급 스크롤

　-스킬 스크롤 소모 시 다음의 스킬을 배울 수 있음.

　+위협의 포효(1Lv)

　-함성을 질러 적들의 3M 근방에 있는 적들의 방어력을 10% 끌어내림.

　+다음 스킬 레벨에 도달하면 반경 범위가 4M로 증가.

　+다음 스킬 레벨에 도달하면 적의 방어력 디버프가 15% 하락.

"이건 완전히 한모형 꺼네요."

"그려?"

"탱킹을 하다보면 아무래도 적들에게 둘러싸일 때가 많잖아요. 그때 써주면 방어력에 디버프를 줄 수 있으니까 좋을 것 같아요."

"오오. 그렇게 쓰는구만. 오케이 그럼 이건 내가 접수."

마지막으로 F급 몬스터 오우거 메이지는 2개의 아티펙트와 1개의 스킬 북을 남겼다.

"우아, 역시 F급이라 떨구는 것도 남다른데요?"

[오우거 메이지의 워 스테프] 5등급 아티펙트

-오우거 메이지가 애용하는 전투 지팡이

+주문력 30% 상승효과.

+마법 스킬의 포스 소모량 25% 감소.

+ '탐지' (1Lv) 스킬이 제공됨.

"우와, 태랑! 이거 나 줘!"

"형 저두요!"

마법사 전용 아티펙트가 나오자 수현과 은숙이 동시에 욕심을 냈다. 태랑은 내용을 쭉 훑어보더니 말했다.

"수현이 너 앞으로 근접전을 병행할거면 스테프 들고 있는 건 불편하지 않겠어?"

"아… 또 그렇네요."

수현은 힐끔 유화 쪽을 쳐다보았다.

그녀에게 맨손 격투를 배우는 입장에서, 갑자기 무기를 바꾸는 것은 적절치 못한 선택이었다. 까딱하면 하루 중 가장 즐거운 시간을 포기해야 할지도 몰랐다.

"전 그냥 포기할게요. 은숙이 누나 가지세요."

"호호 고마워 수현아. 참, 태랑 주문력은 또 뭐야? 처음 보는데?"

"응? 뭐가?"

"아니, 포스가 아니라 주문력이라고 써 있길래. 보통 포스 수치 상승이라고 나오잖아."

"아하. 포스는 크게 물리 공격력과 주문공격력으로 나뉘어 있어. 쉴드도 마찬가지로 물리 방어와 마법방어로 나뉘고."

"진짜? 왜 여태껏 그걸 몰랐지?"

"스텟에서 포스랑 쉴드 부분 활성화 시키면 상세정보가 나올 거야. 한번 해봐."

은숙이 자신의 스텟을 띄워 포스와 쉴드를 각각 누르자 보다 상세한 설명이 펼쳐졌다.

[성명 : 박은숙, 우(27)]

포스 : 34.43 {해방의 목걸이-회복계열 포스 소모 18%↓}

-물리 공격력 : 34.43

+물리 공격력 상세정보

-마법 공격력 : 34.43

+속성별 주문력 상세정보

쉴드 : 32.12

-물리 방어력 : 32.12

+물리 방어력 상세정보

-마법 저항력 : 32.12

+속성별 마법저항력 상세정보

"우아, 이렇게나 복잡했네?"

"눈에 보이는 정보는 여러 수치를 종합적으로 반영해서 나타나는 거야. 음, 쉽게 말하면 수능 성적표 같다고 할까?"

"아하! 그러니까 과목별로 점수가 다르지만 평균값으로 등급을 내는 것처럼?"

"그렇지. 각각의 상세정보를 보면 포스를 구성하는 힘이나 스피드, 체력 등의 요소로 구분 돼서 표시될 거야. 마법도 마찬가지로 화염이나 빙결 등의 속성도 자신이 주로 쓰는 스킬에 따라 십수 가지로 구분되어 있어."

"어, 정말이네?"

"방어력의 경우도 근거리냐 원거리 방어냐에 따라 수치가 다르고, 또 속성별 마법에 따른 저항 수치는 제각각이야."

"아! 그래서 공격력 전체가 증가하는 게 아니라, 주문력 증가라는 옵션이 따로 있는 거군요? 저도 속성마법 증가 아티펙트 있는데."

"그렇지. 뇌전이나 화염 같은 원소마법 계열 같은 걸 속성마법이라고 하는데, 서로 다른 종류의 마법 스킬에 대해선 해당되는 속성에 대해서만 강해지는 거지."

은숙이 감탄하는 목소리로 말했다.

"으아, 이제껏 엄청 단순한 시스템인 줄 알았는데 포스랑 쉴드 쪽도 복잡하기 짝이 없네?"

"그거야 평균값이니까. 가령 특정 종류의 마법에 대해 완벽한 면역을 갖는 것도 가능해. 아티펙트 전체를 화염저항으로 두르면, 불구덩이에 뛰어들어도 아무렇지 않을 정도로?"

"우아!"

"아무튼, 스텟 보는 건 나중에 아지트 가서 하고, 마저 아티펙트 나누자."

태랑이 다음 아티펙트를 손에 들었다.

[오우거의 가죽 갑옷] 4등급 아티펙트
-오우거의 질긴 가죽으로 만든 갑옷.
+날카로운 무기에 쉽게 손상되지 않음.
+사용자의 힘을 증가시킴.
+쉴드 17% 상승효과.

"이건 내가 쓸게."

"그래. 그래. 태랑이 너도 뭐 하나 건져야지."

"너무 양보 안 해도 돼요. 오빠. 필요한 게 있으면 먼저 찜하세요."

"근데 신기하네, 갑옷인데 힘을 늘려 주네?"

"오우거 관련된 건 대부분 힘수치를 올리나봐."

태랑은 걸치고 있던 좀비 조련사의 상의를 벗어 유화에게 건넸다.

"이건 소환사용 아티펙트라 애매하긴 한데 유화 네가 입고 있어. 어차피 나도 두 개가 중복 안 되고, 근접 전사들에겐 갑옷이 꼭 필요할 거야. 그래도 나름 3등급 아티펙트라 쉴드는 14% 정도 올려줄 걸?"

"엇, 고마워요. 오빠."

유화가 선물을 받고 애처럼 기뻐하자, 슬아가 슬며시 눈을 흘겼다.

'치… 여자 친구라고 챙겨주나 보네.'

자신도 아까 슬라이머의 팔을 받아놓고선 그걸 생각 못 해내는 슬아였다.

이어 오우거 메이지의 스킬북이 등장했다.

"어라, 3등급짜리?"

"상대가 F급 몬스턴데 고작 3등급 밖에 안 돼? 저번에 서리마녀 잡았을 땐 그래도 4등급짜리였잖아?"

태랑이 대답했다.

"그게 꼭 몬스터 등급에 맞게 떨어지는 건 아니라고 했잖아. 운이 좋으면 5등급짜리 한방에 나오기도 하지만, 완전

낮은 등급이 나오거나 아예 안 나올 수도 있는 거거든."

"칫! 어쩔 수 없지."

[폭력과 광기] 3등급 스킬북

-스킬북 소모 시 다음의 2가지 스킬을 배울 수 있음.

+분노의 일격(1Lv)

무기에 마력을 걸어 데미지를 증폭시킴.

+광란의 춤사위(1Lv)

몬스터나 소환수를 폭주하게 만들어 피아를 가리지 않는
광전사로 돌변시킴.

"광란의 춤사위는 딱 형껀데요?"

"그래, 소환수에도 걸 수 있다니 짱이네."

"분노의 일격은 어떻게 할까?"

무기를 쓰는 사람이라면 누구나 탐낼만한 스킬.

한모가 어깨를 으쓱했다.

"나는 몽둥이에다 오우거의 벨트까지 챙겼으니까 이번
거는 양보 할란다. 요것까지 다 받아블믄 염치가 없제."

"나도 철혈도만으로 충분해. 그리고 나에겐 오러 블레이
드가 있어서 강화 스킬은 크게 필요하지 않군."

"그냥 오빠 써요."

"그래요. 오빠도 창을 쓰잖아요."

"알았어. 그럼 이건 내가 접수."

태랑은 사실 오우거 메이지를 해치우고 얻는 특성만으로도 충분했지만, 스킬이 많아지는 것이 나쁠 것도 없었다. 당장 무기가 없는 상태에서 쓸 만한 스킬이기도 했다.

'그나저나 이 특성, 정말로 맘에 드는군.'

태랑은 특성 창을 열어 새롭게 포식한 트윈 헤드 오우거와 오우거 메이지의 특성을 확인했다.

괴수 : 쉴드가 깎일수록 방어력이 증가함.

전투 각성 : 쉴드가 떨어지는 수치에 반비례하여 공격력이 증강됨. 최대 공격력 증가, 3배.

'오우거 관련 특성을 모두 얻으니 정말 대박이군. 이젠 쉴드가 떨어질수록 방어력과 공격력이 동시에 오르겠어.'

이젠 보다 센 적을 만나도 위의 특성 덕에 훨씬 자신 있게 상대할 수 있었다. 창술의 숙련도는 이미 25%를 넘었고, 궁술 역시 18%를 넘겼기 때문에 다음번 레이드까지 궁술 특수기를 마스터하는 것도 시간문제였다.

'궁술 첫 번째 특수시가 다발사격이었지? 빙궁이 다발로 나가면 잡몹 정리에 최고겠군.'

다발 사격은 화살을 부채꼴로 펼쳐 사격하는 것으로 동시에 15발을 옆으로 펼쳐 쏘는 기술이었다. 각각의 화살들이 얼음 파편이 되어 폭발한다면 엄청난 위력을 선보일 것이다.

태랑이 모든 아티펙트의 분배를 마치고 말했다.

"일단 스킬 포인트는 아지트에 가서 쉬면서 생각해 보자. 너무 급하게 골라도 좋을 건 없잖아."

"그래요. 전 좀 씻고 싶어요."

"나도 동감!"

"오토바이는 잘 있겠죠?"

"별게 다 걱정이다. 누가 그런 걸 훔쳐가겠어? 사람도 없는데."

"난 태랑이랑 탈래."

"내가 사양할게."

"왜? 우리 엘리베이터에서 좋았잖아. 별루였어?"

"뭐시여 니 둘이 뭔 일 있었어?"

"아, 아니에요. 형님, 은숙이가 장난치는 거예요."

"요것이 서방을 앞에 놓고 못 허는 말이 없네?"

"흐흐. 오빠 질투하니까 쫌 귀여운데?"

"나야 원래 귀엽고."

"아저씨, 진짜 그건 아니거든요?"

태랑 일행은 오우거 메이지 사냥을 마치고 기쁜 마음으로 아지트로 복귀했다. 이번 레이드는 얻은 전리품도 그렇지만, 이제 단독으로 E등급이나 F등급까지 사냥할 만큼 멤버들이 성장했다는 알 수 있는 계기기도 했다.

태랑의 생각대로 세이버 클랜은 차근차근 성장해 가고 있었다.

이런 식으로 몇 번만 던전을 털고 나면, 타워 공략도 슬슬 가능해질 것이다.

포식의
군주

2. 연합 전선(1)

기지에 도착한 세이버 클랜은 완전히 뻗어버렸다. 누가 먼저랄 것도 없이 차례로 곯아떨어졌다.

태랑은 모두 잠든 것을 확인하고는 홀로 남아 외부 경계를 강화했다. 좀비 들개를 불러 순찰을 세우고, 직접 울타리를 돌며 취약지점을 체크했다.

자신 역시 죽을 만큼 피곤했지만, 누군가 해야 할 일이라면 남들에게 미루고 싶지 않았다.

'레이드를 떠난 직후 그리고 레이드를 마치고 나서가 가장 위험해. 클랜의 규모를 더 키우지 않는다면 앞으로도 피로누적이 큰 부담이 되겠어.'

빈집털이도 문제지만, 레이드를 뛰고 피곤에 지쳐 있을 때

맨이터들이 쳐들어오는 것 역시 큰 문제였다. 비겁한 자들은 전면전을 피하고 이런 기회를 놓치지 않을 것이다.

가장 최선은 클랜의 인원을 보강하여 레이드를 교대로 운용하거나, 아니면 기지에 수비 병력을 상시 배치하는 것이다.

'그렇지만 쓸 만한 멤버를 모집하기가 너무 어려워. 소설에 등장했던 능력자들이 어디서 어떤 모습으로 등장할지 예측할 방법도 없고….'

클랜과 길드의 인재 영입전은 이미 시작되었다. 특출한 각성자들은 언제나 스카우트 대상 1순위다.

유화와 민준, 슬아까지는 초반에 운 좋게 같은 클랜으로 끌어들일 수 있었지만, 더 이상 그런 에이스급 각성자를 확보하기란 쉬운 일이 아닐 것이다.

고민을 거듭하던 태랑은 발상의 전환을 생각했다.

'우수한 인재를 받는 것이 최선이지만, 키워 내는 방법도 있지 않을까?'

그것은 인재 등용의 원칙을, 영입에서 육성으로 바꾸는 것이었다.

물론 타고난 특성은 중요하다.

그것은 탤런트와 같은 것으로, 개인에겐 축복이자 신의 선물이다.

사람에 따라 날 때부터 남들보다 지능이 높은 사람이 있다. 절대음감을 갖거나 절대 미각을 갖는 사람도 존재한다.

좀 더 힘이 강할 수도 있으며, 반사 신경이 뛰어날 수도, 혹은 공간 감각이 탁월한 사람도 있다.

헌터도 이와 마찬가지다.

각성의 시작은 포스 10, 쉴드 10, 스킬 없음으로 일견 공평해 보이지만 결국 주어진 특성에 따라 그 차이는 천양지차로 벌어진다.

하지만 과연 재능이 모든 것을 결정하는가?

세상엔 주어진 조건이 열악해도 끝끝내 성공하는 사례가 무수히 많다.

땡전 한 푼 없이 맨몸뚱이 하나로 수천억 원의 자산을 일군 부자들, 피땀 흘린 노력으로 재능의 차이를 극복해낸 인간 승리의 표본들.

이는 주어진 것도 중요하지만, 그에 못지않게 노력 역시 중요함을 증명하고 있다.

'결국은 각성자도 마찬가지야.'

스킬의 연마, 스텟의 누적, 그리고 아티펙트의 존재로 인해 각성자는 끝없이 강해질 수 있다.

한모나 수현 그리고 은숙 역시 소설 속에선 이름 없는 각성자 중의 하나였을 뿐이다. 하지만 꾸준한 성장을 통해 지금은 충분히 자기 몫을 다하고 있었다.

'어쩌면 내가 잘못 생각했을지도 몰라. 처음에는 뛰어난 각성자들을 포섭하는 게 전부라고 생각했어. 하지만 소설이란 게 고정된 미래가 아니라, 벌어질 수 있는 수많은 가능성 가운데 하나일 뿐이라면 내가 하는 것에 따라 전혀 다른 방식으로 전개될 수 있다는 소리야. 꼭 소설 속의 인물만 고집할 필요는 없다는 거지.'

따지고 보면 슬아는 원래 자신을 암살하는 적으로 만나게 된 인물이었다. 최근에 만난 막고라의 마스터 박성규도 원래 현재까지는 전혀 접점이 없어야 정상이다.

하지만 자신으로 인해 뒤바뀐 미래에선 슬아는 둘도 없는 듬직한 동료가 되었고, 박성규와도 상당한 친분을 쌓게 되었다.

아티펙트와 몬스터 특징 같은 것이 고정된 조건이라면 인물의 성장 가능성, 그리고 인간관계와 관련된 것들은 수시로 바뀔 수 있는 가변적인 것들.

애초부터 소설의 진행 전체를 똑같이 복기할 필요는 전혀 없었던 것이다.

'인재의 영입 역시 훨씬 유동적으로 할 수 있어. 자질이 조금 부족하다면 키워 내면 그만이야. 적합한 아티펙트를 쥐여주고 스킬을 몰아준다면 충분히 성장의 폭을 넓혀 줄 수 있어.'

태랑은 그런 생각을 하면서 마지막으로 잠을 청했다.

아침부터 모두 들떠 있었다.

오랜만에 스킬 포인트를 채워 태랑을 제외한 대부분 스킬 레벨을 올리게 된 것이다. 태랑은 최근 들어 F급 몬스터를 두 번이나 사냥했지만, 할당치의 절반 정도만 겨우 넘길 정도였다.

"우리도 이 다음 레벨업부턴 태랑이 형처럼 한참 걸리겠죠?"

"요구치가 3배씩 늘어나니까 어쩔 수 없지. 그래서 점점 더 강한 몬스터를 사냥하게 되나봐."

"하긴 스킬 레벨업이 쉬웠다면, A등급 몬스터만 찾아서 주구장창 사냥하고 있을지도 모르죠."

"그랬다간 포인트 채우는 데만 몇 달씩 걸릴걸?"

"으아 그나저나 뭐 올리지?"

"새로운 스킬? 아니면, 강화?"

"스킬은 스킬북으로 획득하고 기존 스킬을 강화하는 쪽이 낫지 않아요?"

"하긴, 1레벨짜리 스킬의 위력이랑, 2레벨 또 3레벨은 완전히 다르니까."

"태랑이형 뭐가 좋아요?"

태랑이 뜨끈한 스프로 배를 채우며 대답했다.

"정답은 없어."

"네?"

"스킬북을 통해서도 원하는 스킬이 안 나올 때도 있고, 새로운 스킬을 골랐는데 대박이 나는 경우도 있지. 그 반대의 경우도 충분히 존재하고. 기존 스킬을 강화하는 것은 가장 안전한 선택이 되겠지만, 그것이 꼭 최선이라는 것은 누구도 장담 못 해. 결국은 해봐야 아는 거야."

"음, 근데 스킬북으로 얻을 수 있는 스킬은 너무 레벨이 낮으니 강화 쪽이 낫지 않을까요? 스킬 레벨을 올릴 기회는 오직 강화뿐이잖아요."

태랑이 고개를 가로저었다.

"꼭 그건 아냐."

"네? 아니에요?"

"F급 몬스터가 떨어뜨리는 스킬북은 당연히 1레벨짜리가 많지. 하지만 G, H 급만 가도 2레벨, 3레벨짜리가 떨어지기도 하거든."

"아하, 더 강한 놈을 잡을수록 아티펙트 등급 올라가듯 스킬북의 레벨도 올라가는군요?"

"맞아. 또 어떤 아이템은 특정 스킬을 한 등급 올려주기도 하고, 전설급 아티펙트인 조던링 같은 반지는 올스킬 +1이라는 사기적인 특성을 갖고 있기도 하거든. 꼭 스킬 강화를 통해서만 레벨업 시킬 수 있는 건 아니라는 말이지."

"우아. 그런 게 있었다니…."

"아무튼, 그래서 스킬 레벨보다는 얼마나 자신의 특성과 맞는 스킬을 구하느냐가 포인트야."

"하. 진짜 고민이네."

포인트가 찰 때마다 느끼는 것이지만, 스킬 선택은 항상 선택 장애를 동반했다.

다들 망설이는데 과감한 유화가 제일 먼저 새로운 스킬을 선택했다.

"어쨌든 전 모험해볼게요. 중장거리 스킬이 필요해서요."

"잘 되길 바라."

"유화 화이팅!"

유화는 스텟창을 띄워 새로운 스킬을 선택했다. 잠시 후 새로운 스킬이 활성화되며 그녀의 스테이터스에 추가되었다.

"어엇!"

"뭔데? 잘 떴어?"

유화는 일부러 태랑에게 다가가 고개를 빼꼼 내밀었다.

"오빠가 좀 봐주세요."

"그래?"

'칫, 한글 못 읽나.'

슬아는 유화가 일부러 스킨십을 유도한다는 것을 눈치채고 못마땅한 표정을 지었다.

슬아의 마음을 아는지 모르는지 태랑이 유화의 귀를 매만졌다. 은숙이 분위기를 묘하게 몰아갔다.

"오오, 태랑이 터치가 예사롭지 않은데?"

"뭐가 또."

"스킬을 보는 건지 애무를 하는 건지…."

태랑은 짓궂은 은숙의 농을 무시하고 유화가 새롭게 얻은 스킬을 유심히 살폈다.

'기공파' (1Lv)

+포스의 10%를 사용해 전방으로 에너지의 파동을 쏘아냄. 재사용 대기 10분.

+가까울수록 파괴력이 증대되고, 최대 3M까지 사거리가 유지됨.

+충격을 받은 상대는 에어본(Airborne) 효과를 받고 떠오름.

-다음 스킬레벨에 도달하면 연속 2회까지 충전이 가능함.

-다음 스킬레벨에 도달하면 최대 사거리가 5M까지 늘어남.

"이거 혹시 장풍하고 비슷한 건가요? 그 파동권 같은 거."

"음, 살짝 다른 거 같은데… 그러니까 파동권은 날려 보내는 기술이고, 이건 손바닥에서 시작돼서 전방으로 쏘는 거야."

"아하. 뭔 말인지 알 것 같아요."

"아무튼 축하해. 원거리 기술까진 아니어도, 충분히 거리가 벌어져도 타격을 줄 수 있겠다. 게다가 에어본까지 걸리니까 더 좋고."

"에어본은 뭐야?"

태랑이 궁금해하는 일행들에게 설명했다.

"민준이 가진 질풍참하고 비슷한 거야. 맞은 상대를 떠오르게 하는 기술이지."

"아하."

"참고로 수현의 번개 창이 갖고 있는 스턴 효과, 혹은 한 모형의 맹렬한 파동이 가진 넉백, 내 서리화살이 가지고 있는 둔화나 빙결 같은 특수효과가 걸려있는 게 좋은 스킬이야. 연속으로 기술을 넣기도 유리하니까."

"으. 그나저나 저도 새로운 기술 배워야 하는데 좀 걱정되네요."

수현이 말했다.

"왜? 천둥군주 올리는 게 낫지 않아?"

"물론 3레벨로 올리면 파괴력은 크긴 한데… 제가 가진 기술들이 대부분 쿨타임이 커서요."

"딜로스 문제구나."

"딜로스?"

"아무래도 마법사들은 한방 한방 데미지는 강력하지만 쿨타임이 긴 스킬이 대부분이라 전투 시에 공백이 많거든. 그나마 은숙의 매직 미사일은 연사가 가능한 편이지만 번개창은 자주 쓰기 어렵잖아. 천둥군주 스킬은 말할 것도 없고."

"맞아요. 지속적으로 사용 가능한 스킬이 있었음 좋겠어요."

"한번 도전해 봐."

"그럴까요?"

유화가 수현에게 용기를 줬다.

"잘 될 거야. 새 스킬 찍어봐."

"그럼 누나 믿고 해 볼게요."

수현이 용기를 내 새로운 스킬을 골랐으나 곧 울상이 되고 말았다.

"으악. 망했다."

"왜?"

"뭐 나왔는데?"

'적외선 투시' (1Lv)

+벽 너머의 상대를 응시할 수 있음. 최대 30M.

+상대의 포스 크기에 따라 더욱 진하게 보임.

+사용시간에 따라 포스가 감소함.

-다음 스킬 레벨에 도달하면 두 개의 벽을 뛰어넘을 수 있음.

-다음 스킬 레벨에 도달하면 최대 응시 거리가 40M로 증가.

"으잉? 이게 뭐야?"

"공격 기술이 아니에요. 완전 꽝 걸렸어요."

태랑은 내용을 면밀히 살펴더니 수현을 위로했다.

"괜찮아. 던전에선 상당히 쓸모가 많은 기술이야. 적이 어디에 얼마나 있는지, 또는 은신 기술을 가진 적도 찾을 수 있으니까."

"그래요?"

"이런 유틸성을 가진 기술들은 팀 전체 전력을 상승시킬 수 있어. 원하는 스킬은 아니지만, 꼭 나쁘게 생각할 필요 없어."

"…네."

그때 은숙이 놀라는 표정으로 말했다.

"가만, 투시라면 설마 사람 몸도 다 보이고 그러는 거 아니야?"

"네?"

"어머, 얘가 어딜 쳐다봐!"

수현이 당황하며 유화를 쳐다보자 유화도 화들짝 놀라 가슴을 가렸다.

"야! 눈 안 깔아 이게!"

수현이 억울한 표정으로 등을 돌리며 말했다.

"안보여요! 그런 투시가 아니고, 그냥 적외선으로 빨갛게 보이는 거라구요."

"어쨌든! 너 그 스킬 남발하면 가만 안 둘 줄 알어!"

엄한 스킬 덕에 치한으로 몰린 수현은 혼자 벽을 마주 보고 서 있어야 했다. 난데없는 수현의 면벽 수련에 민준이 피식하고 웃었다.

유화와 수현을 제외한 나머지는 대부분 기존 스킬 강화를 선택했다.

슬아는 암기 발출을 2Lv로 끌어올려, 동시에 두 개까지 암기를 투척할 수 있게 되었고, 무기에 맞은 적을 중독시킴으로써 지속적인 데미지를 줄 수 있게 되었다.

민준은 오러 블레이드 스킬을 올렸다. 이제 절삭력이 3배까지 올라가 더욱 강력한 공격이 가능해졌다.

한모는 고민을 거듭한 끝에 도발 스킬을 올렸다. 자주 쓰진 않지만, 본격적인 탱거로서 어그로를 끌기엔 그만한 스킬이 없을 것 같았다. 개인보다는 팀의 전력을 생각하는 마음이었다.

은숙은 매직 미사일을 3Lv까지 올려 공격력을 강화했다. 자주 애용하는 스킬이니만큼 3Lv까지 투자해도 아깝지 않았다. 특히 이번에 추가된 3발의 멀티미사일 기능은 공격력을 3배로 끌어올리는 효과가 있었기 때문에 큰 도움이 될 터였다.

비록 수현이 원하는 스킬을 못 얻긴 했지만, 전체적으로 보아 이번 레이드는 클랜의 전력이 급상승시키는 계기가 되었다.

일행들은 한동안 새로운 스킬 연습과 아티펙트에 적응하는 시간을 보냈다.

다음 레이드까지는 한동안 여유가 있었기 때문에 오랜만에 평화로운 시간이었다.

수현은 여전히 유화에게 혼나며 무술을 배웠고, 민준과 태랑은 대련을 통해 숙련도를 끌어 올렸다. 나머지 셋도 아지트의 운영과 훈련을 병행하며 점점 더 완벽한 클랜의 체계를 잡아갔다.

그렇게 보름가량이 흘렀을 때 태랑에게 메일이 한 통 왔다.

"어? 이게 뭐지?"

발신 : 막고라 길드

-그간 별 일 없으셨습니까.

다름이 아니라 본 길드에서는 이번에 고속버스터미널 던전을 공략할 예정입니다.

고속버스터미널 역은 굉장히 방대한 던전으로 주변의 백화점까지 몬스터가 들어차 있는 것으로 확인된 상황입니다.

단독으로 도모하기엔 녹록지 않기에 저희 막고라 길드에서는 모두 두 개의 길드, 네 개의 클랜을 연합하여 공략에 도전할 계획입니다.

현재 참가가 확정된 팀은 저희 막고라와 철십자 길드, 그리고 사울아비 클랜과 아쳐스 클랜, 적법사 클랜입니다.

세이버 클랜까지 동참해 준다면 훨씬 공략이 수월할 것 같습니다.

던전 보스가 G등급에 이르는 만큼 막대한 아티펙트를 챙길 수 있을 것으로 예상됩니다.

공략일시는 앞으로 3일 뒤, 장소는 센트럴 시티 주변입니다.

답변 부탁 바랍니다.

귀 클랜의 건승을 기원하며.

-마스터, 박성규

"그러니까 연합을 꾸려서 던전을 공략하자는 소리죠?"

"지금 그 말 아녀?"

"근데 고속버스터미널이면 내가 고등학교 때까지 살아서 잘 아는데, 진짜 어마무시하게 큰 곳인데…."

은숙이 지하철역 크기를 떠올리다가 소름 끼친다는 표정으로 말했다.

지하철이 깊고 넓을수록 서식하는 몬스터도 그에 비례해 강해진다. 모르긴 몰라도 이제껏 경험했던 그 어떤 던전보다 험난할 것으로 예상되었다.

"그래서, 태랑이 넌 어쩌고 싶은데?"

민준이 철혈도를 지팡이처럼 짚으며 물었다.

그는 새로운 검에 익숙해지기 위해 늘 손에서 검을 떼지 않았다. 밥 먹을 때나 잠을 잘 때도 늘 함께였다. 오죽하면 은숙이 무기를 애인처럼 끌어안고 산다며 여자친구냐고 놀릴 정도였다.

민준의 무공에 대한 집착은 상상 이상으로 대단하여, 그 열의가 태랑을 비롯한 다른 클랜원에게도 긍정적인 영향을 끼치고 있었다. 전투가 없는 평시에도 수련을 게을리하지 않는 민준의 모습에 보며, 동료들 사이에 묘한 경쟁의식이 생겨난 것이다.

덕분에 세이버 클랜 전체 훈련량도 덩달아 늘어, 태랑은 그것에 매우 흡족해했다.

'민준을 영입하길 잘했어. 참 성실하고 믿음직스럽단

말이지. 승부욕도 강한 편이고.'

태랑이 그의 손에 꼭 쥐어진 철혈도를 흐뭇하게 바라보며 대답했다.

"원래 고속버스터미널 역은 한참 나중에나 공략할 예정이었어. 거긴 환승역인 데다 위로 빌딩까지 연결된 구조라 자칫 타워 몬스터까지도 어그로가 끌릴 수 있거든."

"타워라면… 던전보다 더 강한 몬스터들이 산다는 거기 말이어요?"

"그래. 필드보다 던전, 던전보다는 타워 순으로 몬스터의 평균 등급이 상승하지. 던전의 중간보스라도 타워의 문지기만 못 한 수준이야."

"와, 진짜 장난 없네요."

"근데 어찌 보면 더 좋은 상황 아닌가요? 어차피 예정에 있던 곳이면 하루라도 빨리 해치우는 편이 낫잖아요."

수현이 눈을 반짝였다.

그는 강해지는데 한참 재미를 붙이고 있는 상태. 함께 레이드를 가자는 막고라 길드의 제안이 몹시 매력적으로 여겨졌다.

"하지만 그만큼 여럿이서 나눠 먹는단 소리잖아. 우리끼리 다 먹을 수도 있는 것을 쪼개는 셈인데 과연 그걸 좋다고 봐야 할까?"

유화가 우려스러운 목소리로 말했다.

불현듯 아쳐스 클랜과의 일이 떠오른 것이었다. 당시

태랑의 교묘한 언변으로 좋게 넘어갔기 망정이지, 하마터면 전리품을 두고 사달이 날 뻔했다.

"하지만 벌써 6팀 이상이 참가를 확정한 상황이잖아요. 우리 하나 빠진다고 그들이 과연 레이드를 포기할까요? 가만히 있다 눈뜨고 뺏기는 것보다는 나을 것 같은데…."

수현의 말도 일리가 있었다.

제안이라고 하지만, 사실상 이것은 막고라 길드의 통보나 다름없었다. 이미 확보한 연합만 해도 상당한 규모. 그들의 집장에서 세이버 클랜 소속 일곱 명은 사족에 가까웠다.

어쩌면 세이버 클랜에 참여를 권유한 것도 꼭 필요해서라기보다는 태랑에게 호의를 가진 박성규의 배려심 때문일지도 몰랐다.

설왕설래가 오가는 중에 민준이 핵심적인 질문을 던졌다.

"다른 건 제쳐놓고, 성공 가능성은 얼마나 될 것 같아? 던전 공략이라는 게 숫자만 많다고 되는 일은 아니잖아. 태랑이 너가 뒤로 미룰 정도였음 그만큼 위험하단 소리 아냐?"

태랑이 고개를 끄덕였다.

"물론 우리 일곱으론 어림없지. 쪽수에서부터 상대가 안 되거든."

"음… 역시 무린가."

"하지만 2개 길드에 4개의 클랜이 함께라면 얘기가 다를 수도 있겠지. 맞다, 수현이 너 저번에 정리한 자료 가져와 봐. 그것 좀 보면서 생각해 보자."

태랑은 수현을 시켜 일전에 조사해 놓은 클랜의 간략 정보를 가져오게 했다.

정보상을 통해 얻을 수 있는 것처럼 상세하진 않더라도, 어느 정도 이름난 클랜의 경우엔 대략의 규모나 헌터의 숫자 정도는 게시판을 통해 공유되는 상황이었다.

수현이 틈나는 대로 정리해온 도표를 훑으며 말했다.

"막고라 길드는 이미 잘 아니까 생략할게요… 철십자 길드는 잘 모르시죠? 비교적 신설 길드예요. 활동 기반은 강서 부근이고, 특이한 게 마스터가 둘인데…."

"마스터가 둘이라고?"

"혹시 공동 대표 같은 거야?"

"네, 아마도요? 두 개의 클랜이 합쳐질 때부터 권력을 이원화한 것 같아요. 투 마스터 중 한 명은 마법사고 한 명은 전사계열이란 정도만 알려져 있어요. 길드 규모는 대략 50명 정도."

"그럼 막고라의 절반 수준인가?"

"그래도 어지간한 클랜들보단 크네."

"다음, 아쳐스랑 싸울아비는 둘 다 구면이죠?"

"아쳐스라면 그 활 쏘는 여자 마스터가 있는데 말이지?"

"네. 속사의 석궁으로 유명한 곽시은이 마스터죠. 그땐 잘 몰랐는데, 대단한 여장부더라고요. 레이드 게시판에선 나름 네임드예요. 얼굴이나 몸매도 그만하면…."

"흥, 욕심쟁이 마귀할멈같이 생겼더만 뭐! 수현이 너

그런 타입 좋아하니? 흥 실망이야."

유화가 버럭 짜증을 냈다. 수현은 얼굴이 빨개져 항변했다.

"아니, 이건 제 생각이 아니라 레이드 게시판에 있는 평판을 읽어드린 건데…."

'전 누나밖에 없는데 왜 제 맘을 몰라요?'

"아무튼, 난 걔네들 별로야. 아쳐스, 재수 없어."

"싸울아빈 지난번 경매장에서 나랑 한바탕 했던 클랜이고만."

한모 역시 인상을 굳히며 말했다.

당시 그는 싸울아비의 공대장인 윤대운과 시비가 붙어 싸움을 벌이기 직전까지 갔다. 잠자코 지켜보던 은숙이 두 사람을 타일렀다.

"그게 뭐 어때서 한모씨? 직접적으로 원수진 사이도 아니잖아… 따지고 보면 경매장에서 흔히 벌어지는 해프닝 같은 건데 뭘 그래. 벌써 다 잊었을 거야. 그리고 유화 너도, 그렇게 싫은 티 팍팍 내지 마. 어제의 원수가 오늘의 동지가 되는 세상이야. 필요하면 바짓가랑이라도 붙들어야 되는 거고, 쓸모없다고 판단되면 울고불고 매달려도 얄짤 없는 거라구."

현실적인 은숙의 발언에 한모와 유화가 더 이상의 투덜거림을 멈췄다.

태랑은 그녀의 지독한 현실 감각이 때론 무서울 정도였다.

다혈질인 한모나, 단순 과격한 유화로선 결코 저런 유연한 생각을 하지 못할 것이다.

　'…은숙은 가끔 보면 지나치게 합리적이란 말이지.'

　수현은 한순간에 분위기를 반전시킨 은숙의 언변에 놀라워하며 클랜 소개를 이어갔다.

　"마지막으로 적법사 클랜인데, 얘네들은 별 정보가 없어요. 신생 같기도 하고, 아니면 우리처럼 게시판 활동을 거의 안하는 것 같아요."

　"이름만 봐선 마법사 모임 같은데?"

　"마법사?"

　"아니, 구성이 그렇잖아. 싸울아비는 전사 위주, 아쳐스는 궁수가 주축, 그러니 적법사는 마법사 관련 계통이 아닐까, 짐작해 본 거야."

　"듣고 보니 또 그렇네요?"

　슬아가 조용히 말했다.

　"그럼 우리가 맡은 포지션은 뭘까요?"

　"우리?"

　"전사, 궁수, 마법사 구성이니까, 우린 혹시 암살자?"

　"잉?"

　"암살잔 너 하나잖아."

　"그럼 특공대 같은 건가?"

　"하긴 소수정예로는 우리만한 클랜이 없지."

　의견이 분분한 가운데 태랑이 일목요연 정리했다.

"어쨌든 박성규가 꼼꼼히 연합을 짠 것은 분명해 보이네. 전체 다 더하면 헌터 수만 거의 200에 육박하겠어."

"와, 헌터가 200? 몬스터도 아니고…."

"이 정도면 정말로 공략이 가능할지도 모르겠는데?"

"진짜요?"

"거기 던전 보스는 지난번 서리 마녀같이 군단 지휘자 스타일이야. 기본적으로 거느린 병력이 많지. 내가 우려했던 부분도 압도적인 병력차를 극복하기 힘들다는 점이었거든. 하지만 헌터 200이면 결코 적을 숫자는 아니지."

"참, 형은 웬만한 던전 보스는 다 알고 있었죠? 고속버스 터미널의 보스는 뭐예요?"

"래그나돈."

태랑이 소설 속의 설정을 떠올렸다.

"래그나돈?"

"응, 무려 G급 괴수야. 도살자라는 별칭으로 더 유명한 악어 괴물."

"헉, 이번엔 하다하다 악어야? 덩치 엄청 큰 거 아냐?"

"악어머리를 가진 인간형 괴수야. 키는 오크보다는 큰데 오우거보단 작어. 서리마녀가 후방에서 통솔하는 전략가 타입이라면, 놈은 전방에서 진두지휘하는 맹장 스타일이야. 여포나 장비 같은 장수를 연상하면 이해가 빠를 거야."

"아! 그러니까 대충 감이 온다."

"근데 G등급이면 너무 강한 거 아니에요? 막고라 클랜은 그걸 알고 이번 공략을 결심한 걸까요?"

"알고 있을 가능성이 커."

"어떻게?"

"말했지만 놈은 병력을 끌고 선두에 서는 걸 좋아해. 던전 깊숙이 처박혀 있는 타입은 아니기 때문에 필드에도 자주 모습을 드러냈을 거야."

"한마디로 야전 사령관 같은 놈이네요?"

"맞아. 어쩌면 연합의 전투도 필드전이 될 가능성이 커. 호전적인 래그나돈은 부하를 이끌고 정면으로 응전해 올 가능성이 농후하니까."

헌터 200명과 그보다 많은 몬스터들의 도심 속 대격돌!

철혈도를 움켜쥔 민준의 손이 부르르 떨렸다. 한모는 흥분으로 콧바람을 불렀고, 유화는 벌써부터 두 주먹을 팡팡 두드리며 몸을 풀고 있었다.

태랑은 연합 전선에 참여하는 길드의 전력과, 래그나돈이 이끄는 늪지대 군단과의 우세를 점쳐본 뒤 말했다.

"우리 한번 해보자. 충분히 승산 있는 싸움이야. 전리품 문제는 차치하고라도 놈을 쓰러뜨리기만 해도 엄청난 이득이거든."

"그게 무슨 소리야?"

"놈이 가진 특성, 래그나돈의 특성이 나에게 꼭 필요해."

태랑이 흥분을 감추지 못하고 말했다.

적법사는 붉은 로브를 두른 마법사들의 클랜이다.

구리시를 기반으로 성장하여 그 세를 넓혔고, 특히 버프 계열의 마법에선 탁월하다는 평이 많았다.

공격력, 이동속도, 방어력 향상 버프뿐 아니라, 몬스터에게 거는 디버프 기술 역시 뛰어났다.

럭셔리 버프라 불리는 적법사의 클랜 마스터 이준형은, 혼자서 4개의 버프를 동시에 걸어줄 정도로 탁월한 능력의 소유자였다.

막고라의 수장 박성규는 수소문 끝에 그와 접선하여 이번 연합에 그를 합류시켰다.

그러나 사람들이 잘 모르는 사실이 있었으니, 적법사 클랜이 사실 도둑 길드의 하부조직이라는 점이었다.

그들은 평소 철저하게 정체를 숨김으로써 도둑 길드와 전혀 무관하게 보였다. 그러나 마스터 이준형은 도둑 길드 공식서열 3위에 해당할 만큼 상당한 비중을 지닌 인물이었다.

그는 이번 연합에 대한 계획을 제안받자마자 곧바로 도둑 길드의 마스터 전태규에게 전달했다.

-터미널 공략을 위해 연합팀을 구성한다고?

-네, 빈집털이하기 좋은 기회 아닙니까? 그날 적어도 6개의 길드와 클랜이 텅텅 빌 겁니다.

-아니지… 가만있어봐. 거긴 G급 몬스터가 서식한다는 곳이잖아? 그럼 공략이 성공하면 아티펙트나 아이템도 엄청 쏟아질 거 아냐?

-물론… 성공한다면 그렇겠죠.

-그러면 빈집털이로 만족할 게 아니지. 안 그래도 박성규 그 놈한테 빚진 게 있었는데 잘 됐군. 세이버 클랜인가 뭔가 하는 놈들 있다 그랬지?

-그게 무슨 말씀입니까?

-자잘한 거 말고 크게 한탕 노려보자는 거야.

-혹시 그 말은….

-그래. 니가 박성규 그 놈 뒤통수 거하게 한번 후려 주라. 놈이 네 정체를 모르는 모양이니, 살살 협조하는 척하면서 막판에 확!

-위험하지 않을까요? 저희 길드 강령과도 맞지 않는데….

-임마. 이준형이, 언제까지 좀도둑 행세나 하고 살래? 우리도 이제 큰물에서 놀아야 하지 않겠냐? 내가 요새 암살조 기르는 거 알지? 다 이럴 때 써먹으려고 그런 거 아냐.

-흠… 그게 형님 뜻이라면 네, 알겠습니다.

-일단 너희 쪽으로 쓸 만한 애들 몇 명 추려 보내줄 게. 어차피 너들은 로브 쓰고 다니니까 얼굴도 잘 안 보일 거 아냐?

-네, 그렇습니다.

-그래가지고 말이지….

연락을 마친 이준형은 왠지 그가 모시던 마스터의 성격이 조금 변한 것 같다는 생각이 들었다.

암살조를 만든다 할 적에도 내부의 반발을 힘으로 찍어 누르고 강행했다는 얘기에 조금 놀랐던 그였다.

'도둑 길드를 창설할 때만 해도 이런 사람이 아니었는데….'

-필요한 경우가 아니면 사람을 죽이지 않는다.

-우리는 오로지 물건만 훔친다.

라는 기치를 내걸고 출발한 도둑 길드였다.

나쁜 짓을 하지만, 사람은 죽이진 않는다는 자부심 같은 게 있었다.

그러나 언젠가부터 길드 마스터 전태규는 조금씩 변해갔다. 가끔 본부에서 들려오는 소식에 따르면 최근 들어 유난히 여자를 밝히고, 부하들에게 잔혹하게 군다고 했다.

'…설마 그 악마의 덩굴 때문은 아니겠지?'

그가 도둑 길드에 잔류해 있을 때 가끔 전태규가 했던 말이 있었다.

-너한테만 얘기하는 거지만 언젠가 이놈의 덩굴이 나를 집어 삼켜버릴지도 몰라.

-형님 그게 무슨 말이요? 그건 그냥 형님이 받은 특성일 뿐인데….

-아니야. 왠지 기술을 사용할수록 놈이 내 속을 파먹는 느낌이란 말이지. 식물이 내 몸에 뿌리를 박고 나를 조종하고

있는 것 같아. 혈관 구석구석 줄기가 뻗어 나가는 기분이랄까?

-형님… 설마.

-아 놔, 내가 좀 취했나 보다. 너한테 별 소릴 다했다. 야 이준형. 내가 너 믿는 거 알지? 나 배신하지 마라.

-나야 형님이 살려준 목숨인데 무슨 배신 같은 소리요. 취했거들랑, 얼른 들어가 주무쇼.

불안감이 밀려왔지만, 어쨌든 그는 충성스런 도둑 길드의 일원이었다. 마스터의 말이라면 콩이 매주가 된다 해도, 그대로 믿는다.

적법사의 마스터 이준형이 부하들을 이끌고 연합 전선에 합류한 것은 그로부터 일주일 뒤였다.

그는 갑작스레 추가된 마법사 4명을 포함해서, 모두 스무 명의 부하를 대동하고 집합장소에 나타났다.

"듣던 것보다 인원이 많군요."

"네, 본진 수비 병력까지 모두 끌고 나왔습니다."

"요새 빈집털이가 기승을 부린다던데… 괜찮으시겠습니까?"

"귀중품은 당연히 챙겼죠. 전력에 조금이라도 더 보탬이 되고 싶어서….”

"훌륭한 판단입니다."

'멍청하긴, 그 빈집털이범이 바로 우린데 뭔 소릴 하는 거야.'

적법사의 마스터 이준형이 속으로 코웃음 쳤다.

연합의 실무를 총괄하는 막고라의 부마스터 박용찬은, 최종적으로 참가 인원을 확인한 후 전체를 향해 말했다.

"어쨌든 이곳까지 오시느라 수고 많으셨습니다. 적법사 클랜에서 헌터 4명이 더 추가돼서 6개 단체 총 참가인원 216명입니다. 이 정도면 전례 없는 레이드 규모겠군요."

"막고라의 마스터께선 언제 오시는 거죠?"

스모키 화장으로 눈매를 부각한 여자 헌터가 물었다. 아쳐스의 마스터 곽시은이었다. 그녀는 회동이 시작된 지 30분째 얼굴을 비추지 않고 있는 박성규의 행방을 궁금해 했다.

불꽃의 연금술사라 불리는 그의 모습을 실제로 보고 싶었는데, 대표자 회의에 참석한 것은 현재 부마스터 뿐이었다.

연합 전선을 펼치는 각 클랜에서 모두 두 명씩 회의에 참석하기로 했는데 주최 측인 막고라 길드만 아직까지 부마스터 혼자였다.

"마스터께선 직접 최종 정찰을 마치고 돌아오실 예정입니다. 방금 전 무전으로 연락이 왔던데 10분 후쯤 도착한다고 하시는군요."

"그럼 작전회의도 그때 시작하는 건가요?"

"그렇죠. 일단 적의 동향을 파악해야 작전 계획을 세울 수 있으니까요."

"그나저나 대충 인원 파악도 끝난 거 같은데 다들 소개나 하는 건 어떻습니까?"

말문을 연 것은 반삭으로 짧게 머리를 민 사내였다. 왼쪽 볼은 맹수에 할퀸 것처럼 세 줄의 흉터가 남아있어 무척 강렬한 인상을 줬다. 무기는 평범한 롱소드였는데, 은은한 자주빛을 뿜는 것으로 보아 고급의 아티펙트로 보였다.

"말 꺼낸 김에 저부터 하죠. 철십자 길드의 허재준입니다."

"오, 철십자 기사단의 마스터? 광휘의 기사라 불린다는?"

아쳐스의 곽시은이 아는 체를 했다. 재준은 이가 보이게 환하게 웃으며 고개를 끄덕였다. 남자가 보아도 반할 만큼 상큼한 미소였다. 무서운 얼굴의 흉터와 달리 그는 무척 활달한 사람 같았다.

"근데 생각했던 거랑 이미지가 좀 다르네요?"

"그렇습니까?"

"일전에 십자 투구를 쓰고 레이드를 뛰는 동영상을 본 적 있거든요. 그땐 무척 상남자라고 생각했는데…."

"하남잔가요?"

"네?"

"아니 상남자가 아니니까 하남자. 아님 중남자?"

잘생긴 외모와 달리 무척 질 떨어지는 드립에 시은이 뜨악해했다.

'뭐야, 아재도 아니고… 외모는 딱 내 취향인데 좀 실망이네.'

"하핫 농담입니다. 농담."

"혹시 옆에 계시는 여자분은 그럼 철십자 템플러의 수장인 고민경님?"

고민경이라 불린 수수한 옷차림의 여자가 가볍게 목례했다. 그녀는 재준과 달리 무척 진중한 성격으로 보였다. 그런데 자세히 보면 양쪽의 눈동자 색깔이 서로 달라 매우 독특한 분위기를 자아냈다.

"소문대로 정말 금은요동(金銀妖僮)이군요… 황금색의 왼쪽 눈이 그 유명한 '고르곤의 눈동자' 죠?"

고르곤의 눈동자.

철십자 템플러의 고민경이 가진 능력.

황금색의 왼쪽 눈이 빛을 발하는 순간, 그것을 바라본 상대가 마비된 것처럼 굳어 버린다는 마법.

상위 몬스터 중 '고르곤'이라는 괴물이 가졌다고 전해지는 '중지의 응시' 특성을 고스란히 받은 그녀는, 특성의 발화로 인해 외모에 변화가 생겼다. 그것이 바로 왼쪽 눈동자가 황금색으로 변한 이유였다.

시은의 호들갑에 고민경이 쑥스러워하며 고개를 떨궜다. 사람들은 난생처음 보는 오드아이에, 신기한 동물을 보듯 수근거렸다. 태랑 역시 그녀를 바라보았다.

'놀랍군. 고르곤의 특성을 물려받은 사람이 있었다니. 그런데 고르곤이 가진 '중지의 응시'는 상대보다 쉴드가 높은 경우에만 통할 텐데….'

상대를 바라본 것만으로 발을 묶는다.

어떻게 보면 엄청난 특성 같지만, 사실 제약이 많았다. 전제조건이 '상대방보다 본인의 쉴드가 높을 때만' 적용되었기 때문이다. 또한 상대가 시선을 회피하거나, 시야 개념이 없는 몬스터라면 통하지 않는 특성이기도 했다.

'어쨌든 저들이 철십자 길드의 투 마스터인가 보군. 허재준이 전사, 고민경이 마법사구나. 둘 다 설정 집엔 등장도 하지 않았던 인물들. 하지만 생각했던 이상으로 강자로 보이는군.'

태랑은 그런 생각을 하는데, 머리가 훤히 벗겨진 중년의 사내가 입을 열었다.

"그렇게 말하는 당신은, 아쳐스의 곽시은이군? 들고 있는 화살이 그 속사의 석궁일 테고."

시은이 눈을 동그랗게 뜨며 말했다.

"저 아세요, 아저씨?"

"이봐! 말조심해. 아저씨라니! 이분은 싸울아비 클랜의 마스터 연창모님이다."

연창모 옆에 있던 근육질의 덩치가 발끈했다.

태랑에겐 구면인 사내였다.

'싸울아비 공대장 윤대운… 다혈질인 성격이 한모형이랑 비슷하단 말이지.'

윤대운이 버럭 소리치자 곽시은이 차갑게 표정을 굳혔다.

"흥, 그러는 그쪽이야말로 좀 건방지다고 생각하지 않아? 어디 마스터끼리 얘기하는데…"

"뭐?"

윤대운이 참지 못하고 벌떡 몸을 일으키자, 막고라의 부마스터 박웅찬이 제지했다.

"여기선 서로 예의를 갖추십시오. 윤대운씨, 앉으세요."

"아니 저 여자가 먼저!"

"…내가 분명 앉으라 했습니다."

웅찬이 냉랭하게 말하자 갑자기 분위기가 썰렁하게 변했다.

그는 말속에 은은하게 포스를 실어 담았다. 그의 특성 '사자후'를 응용한 것으로, 상대의 전의를 잃게 만드는 외침이 발휘되자 윤대운이 아연실색하며 꼬리를 내렸다. 확실한 힘의 우위가 대번에 느껴졌다.

박웅찬은 비록 막고라의 부마스터였지만, 다른데 가면 능히 마스터에 준하는 정도의 실력자였다.

웅찬은 대운에게 따끔히 주의를 준 다음, 이번에는 곽시은을 향해서 말했다.

"시은양도 길드나 클랜에서의 지위 고하를 막론하고 대표자로 오신 분들에게 상호존칭의 예의를 갖추길 바랍니다. 우린 서로 힘을 합치기 위해서 온 것이지, 위세를 뽐내려 모인 게 아니니까요. 그게 불만이라면 길드 크기에 따라 서열을 정해 볼까요?"

박웅찬의 말에 다들 서로를 쳐다보며 눈치를 살폈다.

그의 말처럼 전력에 따라 서열을 나눈다면, 무조건 막고라 길드가 우위를 점할 수밖에 없는 상황이었다. 그는 자신의 세력이 가장 강함에도 동등한 대우를 하고 있다는 점을 강조했다.

까불지 마라. 양보를 하고 있는 것은 너희가 아니라, 바로 우리다, 라고.

박웅찬은 다소 가라앉은 분위기를 누그러뜨리려 직접 소개에 나섰다.

"서로 아는 분도 계시지만 초면이 많으니, 제가 전체적으로 소개하는 것으로 하죠. 저쪽에 철십자의 두 마스터분과, 아쳐스의 곽시은양, 그리고 싸울아비의 연창모님까진 얼추 소개가 끝난 것 같고… 연창모님 옆에 계신 분은 공대장인 윤대운님, 그리고 곽시은양과 함께 온 분은 전 UFC 선수 출신인 노윤기님입니다. 예전에 경기는 많이 챙겨 봤습니다. 개인적으로 팬이라서요."

"감사합니다."

"그리고 저쪽에 붉은 로브를 쓰고 계신 마법사분이 적법사의 럭셔리 버프로 불리는 이준형님과 부마스터 알렉습니다. 참고로 알렉스는 캐나다 사람이죠."

알렉스가 로브를 젖히자 서양인 특유의 안와상융기가 뚜렷한 얼굴이 드러났다. 금발에 푸른 눈을 가진 그가 자신이 소개되자 입을 열었다.

"안녕하세요. 나 한국말 잘해."

"어? 외국인인데 한국말을 하네요?"

"나 한국서 원어민 강사했다. 몬스터 인베이젼 때문에 고국에 못 갔습니다."

"아…."

존대와 반말을 맘대로 섞어 쓰는 말투가 조금 특이했지만, 외국인인 관계로 다들 이해하는 분위기였다. 그는 다소 음침해 보이는 적법사의 마스터에 대조적으로 상당히 밝아 보였다.

"그리고… 저기 앉은 남녀 두 분은, 죄송합니다. 마스터께 성함은 들었는데 자세한 약력을 몰라서 직접 소개해주시겠습니까?"

"세이버 클랜의 마스터 김태랑입니다."

"저는 부단장을 맡은 레이첼이에요."

"oh~ 레이첼? Are you foreigner?"

알렉스가 레이첼이라는 이름에 혹시나 하고 물었다.

"No. I'm Korean."

"Ah. OK."

태랑은 굳이 레이첼로 자신을 소개하는 은숙을 보고 속으로 피식했다. 그녀는 의외로 은숙이라는 이름을 창피해하는 것 같았다. 그래도 템프로 시절 쓰던 가명을 당당하게 쓰는 것도 자신이 생각할 땐 잘 이해가 되지 않는 행동이었다. 누가 알아보기라도 하면 어쩌려고.

"세이버 클랜이요? 죄송하지만 좀 생소하군요. 주로 어디서 활동하셨습니까?"

재준이 물었다. 다른 클랜들은 그래도 한두 번씩 이름을 들어본 가운데 유일하게 금시초문인 클랜이었다.

"강동구 부근에서요. 그리고 저흰 게시판 활동을 안 해서 잘 모르실 수도 있을 것 같습니다."

"아까 보니 클랜원도 7명뿐이던데…."

윤대운이 다 들으라는 식으로 중얼거렸다. 그는 세이버와 감정이 좋지 않았기 때문에 괜히 시비를 거는 것이었다. 네임벨류도 없는 데다 인원도 부족한 클랜이, 격에 맞지 않게 이곳에 앉아있다는 불평이기도 했다.

태랑은 그를 똑바로 쳐다보며 말했다.

"인원수가 중요합니까?"

"한 명이라도 많을수록 좋지. 저기 적법사 클랜도 수비 병력까지 탈탈 털어서 데려왔다는 얘기 못 들었소?"

대운의 태도에 부마스터가 살짝 미간을 찌푸렸다. 그가 또 한 번 나서려 하자 태랑이 손을 들어 만류했다.

대표들이 모두 모인 이곳에서 얕보여선 곤란하다.

어쩌면 박웅찬조차 마스터의 사감(私感)으로 세이버를 초대했다 여길지 모른다.

"저희 클랜은 원래 소수정예를 추구합니다. 비록 인원은 적지만, 그간의 레이드 성과로 따지면 절대 꿀리지 않을 겁니다. 그리고 인원수가 부족하다 하셨는데, 그건 제 소환수로 충당할 수 있습니다."

"아, 소환술사셨구나."

이번엔 고민경이 말했다. 소환술사는 무척 희귀하다. 그녀의 오드아이가 신기한 듯 태랑을 향해 있었다.

"네."

"혹시 보여주실 수 있나요?"

"여기서 말입니까?"

"네, 궁금해서요. 듣기만 들었지 한 번도 본 적 없어서요."

"그럴 필욘 없어요. 제가 직접 봤거든요."

아쳐스의 곽시은이 대신 대답했다. 그녀는 태랑과 함께 서리마녀를 처치한 경험이 있었다.

"김태랑씨는 무척 강력한 소환술사가 맞아요. 이름은 별로 안 알려져 있지만, 실력은 제가 보증하죠. 태랑씨, 여기서 다시 뵙네요?"

곽시은이 태랑에게 살며시 윙크했다. 아무래도 그녀는 태랑에게 호감을 갖고 있는 것 같았다.

태랑의 옆에 앉은 은숙이 속으로 생각했다.

'여우 같은 계집애. 방금 전까지만 해도 허재준한테 껄떡대더니 이젠 태랑이한테 들이대네? 무슨 여자애가 저렇게 헤프담? 질질 흘리고 다니기는.'

"저도 다시 만나 반갑습니다."

"뭐 아쳐스의 마스터께서 저렇게까지 보증해 주시니, 실력은 의심할 나위 없겠죠. 사실 김태랑씨는 저희 마스터께서 특별히 초대하셨습니다. 마스터께서 태랑씨를 무척 좋게 보고 계시더군요."

"네. 저번 블랙마켓에서 사건이 있어서요."

"아무튼, 소개도 대충 끝난 것 같은데 인사 좀 나누고 계십시오. 제가 마스터를 모셔 오겠습니다. 방금 도착하셨답니다."

웅찬이 잠시 회의실을 떠나자, 곽시은이 자릴 옮겨 태랑에게 다가왔다.

"그간 잘 지냈어요?"

"아 네, 뭐."

은숙은 시은이 친한 척하는 게 아니 꼬와 불쑥 태랑에게 팔짱을 꼈다.

"어머, 시은씨는 우리 마스터에게 관심이 많으신 가 봐요?"

태랑은 갑자기 물컹하고 닿는 은숙의 가슴에 당황하며 화들짝 팔을 빼냈다.

"…혹시 여자친구?"

"그렇다면요?"

시은은 후다닥 팔을 빼는 태랑의 모습에서 확신을 갖고 다시 물었다.

"잘은 몰라도 김태랑씨가 그쪽 취향은 아닌 것 같은데요?"

"얼마나 봤다고 그새 취향까지 파악하셨을까?"

"뭐, 한번을 봐도 느낌이 올 때가 있으니까요."

태랑은 자신을 두고 두 여자가 실랑이를 벌이자 몹시 난처해졌다. 특히 시은은 지난번 전리품을 두고 실갱이를 벌였던 사이였음에도, 느닷없이 관심을 보이는 통에 정신이 하나도 없었다.

'대체 왜 저러는 거지?'

"참, 태랑씨 덕분에 목숨 한번 건졌어요. 고마워요."

"그게 무슨 말이죠?"

"아니, 저번에 교환했던 프로스트 아머 스킬이요. 지난 레이드에 전갈 같은 몬스터한테 쏘일 뻔했는데, 그 스킬 덕에 운 좋게 살았거든요. 그러니 태랑씨 덕이죠."

"아… 다행이군요."

그때 조용히 있던 철십자의 고민경도 태랑에게 다가왔다.

"바빠 보이시네요. 잠시 얘기 좀 나누러 왔는데…."

"아, 괜찮습니다."

이제 시은과 은숙은 갑자기 끼어든 민경에게 둘 다 시선이 쏠렸다.

민경은 헌터답지 않게 수수한 옷차림을 하고 있었지만, 눈 색깔이 서로 다른 독특한 외양 덕에 자연스럽게 시선이 가는 미인이었다. 어떻게 보면 청순한 여교사 같은 분위기를 풍겼다.

"아까 무례한 부탁을 해서 죄송해요. 사실 소환수 같은 종류에게도 제 이능이 통하는지 궁금했거든요."

"중지의 응시 말입니까?"

"엇, 어떻게 특성의 이름까지?"

보통 '고르곤의 눈동자'로 알려져 있던 그녀의 특성을 직접 아는 사람을 거의 없었다. 태랑이 엉겁결에 내뱉은 말에 난처해하는데, 회의실의 입구가 열리며 마침내 박성규가 모습을 드러냈다.

　"다들 모이셨군요. 늦어서 죄송합니다."

　박성규의 등장으로 민경은 대화를 마무리하지 못하고 자리로 돌아갔다. 그러나 태랑을 향한 의문스런 시선은 거두지 않은 체였다.

　"야, 의외로 인기 많다 너?"

　은숙이 옆구리를 쿡 찔러왔다. 쉬는 시간 동안 여자 두 명이 동시에 다가온 것을 지적하는 것이었다.

　"인기는 무슨… 볼 일이 있으니까 그러지."

　"무슨 볼일?"

　"너도 방금 들었잖아. 곽시은씨는 안부랑 감사 인사 때문에, 고민경씨는 소환수에도 이능이 통하는지 궁금하다잖아."

　"넌씨눈 진짜, 야. 넌 다를 땐 되게 똑똑한데 여자랑 엮이기만 하면 바보가 되더라?"

　"내가 뭘?"

　"세상에 어느 여자가 관심도 하나 없는데 말을 거니? 행간을 읽을 줄 알아야지."

　"그게 무슨…."

　"크흠!"

두 사람이 떠드는 것을 보고 막고라의 부마스터 웅찬이 크게 헛기침했다. 태랑과 은숙은 수업시간에 딴짓하다 걸린 사람처럼 움찔하며 자세를 바로 했다.

"자, 그럼 마스터께서 오셨으니 작전회의를 시작하겠습니다. 다들 스크린을 주목해 주십시오."

리모컨을 조작하자 조명이 꺼지고 천장에서 빔 프로젝터가 내려오며 전방의 벽을 향해 영상을 쏘아냈다. 일전에 경매장에서 사용하던 방식과 똑같은 것이었다.

영상에는 두 장의 사진이 제시되었는데, 높은 곳에서 역사 주변을 찍은 조감도와, 고속버스터미널 역의 내부 전개도였다. 박성규는 조그만 안테나 지휘봉을 뽑아 들더니 군사작전을 지휘하듯 차분하게 설명을 시작했다.

"현재 보이는 이곳이 내일 우리의 레이드 장소요. 오늘 가까이 정찰을 가보니 역 주변에 몬스터들이 어슬렁거리더군. 리저드맨 20~30마리씩 모두 3조로 구성되어 있는데, 정기적으로 순찰을 돌고 있었소."

"순찰이요? 우연히 같은 곳을 맴돈 건 아닐까요? 몬스터들에게 그런 지능까진 없을 텐데요."

어둠 속에서 누군가 대뜸 반문했다. 박성규는 갑작스런 질문에도 차분하게 응대했다.

"음, 물론 리져드 맨들이 그렇게 똑똑한 몬스터는 아니요. 놈들은 그저 도마뱀에게 다리가 달린 정도랄까? 하지만 동선과 시간을 거듭 확인할 결과 명백한 순찰이었소.

참고로 내가 대위로 예편하기 전까지 보병부대 중대장이 었다는 걸 유념해 주기 바라오."

'아, 그래서 브리핑이 군사작전 식이었군?

태랑은 박성규의 과거를 이해하고 바로 고개를 끄덕였 다. 어쩐지 브리핑하는 방식이 낯익다 했더니, 군 장교 출 신이었던 것이다. 그가 작전병으로 군복무 할 적 많이 보던 모습이었다.

"놈들을 지휘하는 몬스터가 있는 게 분명하오. 그리고 현재까지의 정보를 취합한 결과, 고속버스터미널 역의 던 전 보스가 바로 그 지휘관인 것 같소."

"그렇다면 놈은 무리를 이끄는 타입의 몬스터인가 보군 요. 몇 번 들은 적이 있습니다. 독자적으로 행동하지 않고 부하들을 끌고 다니는 놈들이 있다고."

태랑은 '군단 지휘자형 몬스터'에 대해 설명하려다 그만 두었다. 괜히 또 전문 용어를 언급했다가 어떻게 알게 되었 느냐며 구구절절 변명을 늘어놓기 싫었기 때문이다.

그때 곽시은이 선수를 쳤다.

"저도 직접 만나 본 적 있어요. 그렇죠? 태랑씨?"

'에이씨, 조용히 있으려고 했는데 왜 나를 끌어들여?

"아… 네. 그렇죠. 등급이 높은 몬스터 중에선 부하를 수 족처럼 통제하는 타입이 있습니다. 지난번 아쳐스와 연합 해서 한번 싸운 적이 있었거든요."

"와, 그때 태랑씨 진짜 대단했는데!"

이쯤 되면 곽시은이 자신을 편들고 있는 것인지 곤란하게 만드는 것인지 의중을 짐작할 수 없을 정도였다. 태랑이 조금 난처해 하는데 다행히 박성규가 설명을 이어갔다.

"실제 고속버스터미널의 던전 보스를 필드에서 봤다는 헌터들도 있소."

"네? 필드에요?"

"보스가 지상으로 나타났다구요?"

작전회의를 지켜보는 은숙은 입이 간질간질했다. 이미 태랑에게 래그나돈에 대해 설명을 들은 터라, 장님 코끼리 만지기식으로 전개되는 작금의 상황이 답답했기 때문이었다.

그러나 그녀는 눈치가 빨랐고, 그 사실을 언급하는 것이 결코 자신들에게 유리하지 않다는 것을 알기에 시치미를 떼는 중이었다.

"리저드 정찰대를 공격했더니 잠시 후 무리를 이끌고 나타났다고 하오. 단순히 인간을 잡아먹으려고 타이밍 좋게 기어 나온 건지, 아니면 본래부터 전투를 진두지휘하는 스타일인지는 알 수 없지만 참으로 굉장했다 하더군."

래그나돈과 조우한 클랜은 생존자 한 명을 제외하곤 모두 전멸했다고 전해진다.

특히 악어를 닮은 괴수 래그나돈이 직접 나서는 순간 30여 명에 달하는 클랜원들이 한순간에 목숨을 잃었다고 한다.

"그럼 대체 몇 등급 정도나 될까요? 그 악어 괴물."

"전멸당한 클랜이 D급까지 심심찮게 사냥하던 실력 있는 클랜이었다는 걸 감안한다면, 최소 E등급 어쩌면 F나 G을 넘어설지도 모르오."

"와! G급이라니…."

어느 정도 레이드가 체계를 잡힌 이후, 상위등급 몬스터들을 사냥했다는 기록들은 게시판을 통해 속속들이 올라오고 있었다. 그러나 아직까지 G급을 사냥했다는 소식은 없었다.

그것은 태랑의 세이버 클랜 역시 마찬가지.

가장 최근에 사냥했던 오우거 메이지는 F급이었다.

"그럼 마스터의 계획은 어떻게 됩니까? 기습? 암살?"

철십자 클랜 허재준의 질문이었다. 그는 눈을 반짝거리며 회의에 집중하고 있었는데, 다가올 전투가 무척 흥분되는 모양이었다. 타고나기를 호승심이 가득한 성격 같았다.

박성규가 혈기 넘치는 재준의 모습에 인자하게 웃으며 대답했다.

"내 계획은 매복이요."

"매복이요?"

박성규가 다시 스크린을 향해 지휘봉을 두들겼다.

"놈은 분명 우리의 공격을 인지하는 순간 직접 출정에 나설 거요. 우리가 놈을 찾아 굳이 위험한 던전 안으로 발을 들일 필요가 없다는 거지."

"그렇다면…."

"혹시 망치와 모루라는 전술을 아시오?"

"기병 우회 기동 전술 말이군요."

태랑이 자기도 모르게 입을 열었다. 군사 전술에 관해선 누구보다 빠삭한 그로서는 고대 그리스에서부터 확립된 이 유명한 전술을 모를 수가 없었다.

이 전술은 병력을 주공(타격부대)과 조공(저지부대)으로 나누는 것부터 시작한다.

모루 역할을 하는 저지부대가 적군의 공격을 받아내는 사이, 망치 역할을 맡은 타격부대가 우회 기동하여 후방을 치는 것이다.

마케도니아의 필리포스가 확립시켰다고 알려진 '망치와 모루' 전술은 그 후 오랜 시간 기병전술의 근간을 이루게 되었다.

태랑이 자신의 뜻을 곧바로 알아채자, 박성규는 만족스러운 표정으로 태랑과 시선을 마주쳤다.

'역시 뛰어난 젊은이야. 듣자마자 척척 나오는군. 이번 레이드가 무사히 끝나면 한 번 더 영입을 제안해 봐야겠어.'

"그렇소. 혹시 모르는 사람을 위해 좀 더 자세한 설명을 해드리겠소."

리모컨을 통해 다음 장을 넘기자 망치와 모루 전술 대형이 시각적으로 묘사되어 있었다.

단순하지만, 그만큼 그 효과를 충분히 입증해온 전술.

박성규는 상세한 설명을 곁들이며 주공과 조공을 누가 맡을 것인지, 유인과 매복은 어떤 식으로 이루어지는지를 설명했다. 또한 플랜B 계획으로, 만약 래그나돈이 기지로 후퇴할 경우 어떤 루트로 지하철에 침투할 것인지 까지 꼼꼼하게 다루었다.

보병 대위 출신인 그의 설명은 다소 딱딱하긴 했지만, 핵심을 정확히 짚으며 군더더기 없이 명쾌했다. 대표자 회의에 참석한 모든 헌터들은 그의 뛰어난 더불어 전술적 지식에 감탄했다.

'저 정도는 되어야 길드 마스터를 하는구나. 과연 대단한 사람이야.'

곽시은은 열정적인 박성규의 모습을 보고 소문이 과장이 아님을 실감했다. 다만 그의 나이가 적지 않은 게 안타까웠다. 벌써 40을 바라보는 중년에겐 전혀 끌리지 않았다.

'다 좋은데 나이가 많은 게 아쉽구나. 역시 세이버의 김태랑을 꼬셔야겠어. 그는 젊은데다 실력도 출중하고 머리도 좋잖아? 솔직히 그때 당시 아티펙트를 뺏길 때만 해도 열 받긴 했지만, 생각해 보면 그를 꼬셔서 같은 편으로 만들면 되는 거잖아? 이런 게 바로 취집이고, 혼테크지.'

곽시은의 꿈은 자신의 아쳐스 클랜을 거대한 길드로 발전시키는 것이었다. 보다 구체적으로는 자신이 직접 거대 길드의 수장이 되는 것.

다른 길드의 휘하로 들어가거나, 철십자 길드처럼 길드장의 권한을 나눌 생각은 전혀 없었다. 그러기엔 그녀는 너무 욕심이 많았다.

하지만 정상적인 방법을 통해 자신이 길드 마스터에 오르기는 녹록지 않았다. 클랜은 별처럼 무수히 많았고, 그중에 쓸만한 클랜을 합류시켜 길드로 발전시키려면 어느 세월이 걸릴지도 몰랐다.

그래서 시은은 자신의 장점을 이용하기로 했다.

첫째, 무척 뻔뻔하다는 점.

둘째, 몇 안 되는 여자 클랜장이라는 점이었다.

그 뻔뻔함은 태랑과 대립각을 세웠던 것도 잊고 금세 꼬리를 치게 만드는 원동력이었고, 여자라는 장점을 십분 활용하여 다른 클랜과 혼맥으로 이어지는 연결고리를 만들 결심에 이르렀던 것이다.

당연히 결혼 지참금은 서로가 가진 클랜.

그렇게 일단 두 개의 클랜이 연합되고 나면, 이후로 길드까지의 발판을 다지기에 훨씬 수월해질 것이다.

사실 이번 연합 전선에 참여한 것에는 소속 클랜원들의 경험치 진작과 전리품 획득도 있었지만, 결혼할 대상자를 물색하는 것 역시 중점이었다.

다만 면면을 살펴본 결과 쓸 만한 사람이 많지 않았다.

나이가 다소 있는 박성규와 싸울아비의 대머리를 제외하면 남은 클랜장은 고작 적법사, 철십자, 그리고 세이버 뿐.

이중 적법사의 이준형은 사람이 너무 음침해 보여서 탈락.

철십자의 허재준은 외모는 딱이지만, 아재 개그 본능을 유감없이 뽐내다 실격.

물론 그보다는 투마스터 체제로 운영되는 철십자의 권력 구조가 부담되는 것이 사실이었다.

결국, 남은 것은 세이버의 김태랑 뿐.

'태랑을 꼬셔서 세이버의 유능한 헌터들을 내 수하로 만들고 말겠어. 두고 봐, 준다는데 마다하는 남자는 머리털 나고 본적 없으니까.'

곽시은은 그런 각오를 다지며 다시 태랑을 향해 배시시 웃었다. 진한 스모키 화장으로 또렷한 눈매가 부담되었던 태랑은 어깨를 으쓱하며 시선을 회피했다.

"야, 쟤 좀 이상해진 거 같은데?"

태랑은 복화술 비슷하게 입술을 거의 움직이지 않고 은숙에게 말했다.

"누구? 아쳐스 곽시은?"

"응. 아까부터 실실 쪼개는 게, 무슨 관종도 아니고…"

"쳐다 보지 마. 니가 숫기 없이 비실대니까 더 설치는 거 아냐. 너 설마 관심 있는 건 아니지?"

"뭐래? 저런 애 한 트럭 있어도 유화만 못 하거든?"

"그래? 나보다는?"

"물론 너보다도… 가만, 왜 갑자기 너를 갖다 대?"

"왜? 내가 쟤보다 매력 없어? 나 사실 아까 좀 실망했어."

"실망이라니?"

"아니 곽시은 저년이 대놓고 취향이 아니니 어쩌니 하는데 편도 안 들어 주냐 어떻게?"

"딱히 틀린 소린 아니라서."

"뭐!"

"거기 세이버 클랜!"

조용히 속닥거리던 두 사람은 결국 은숙의 샤우팅으로 인해 적발되고 말았다. 참다못한 부마스터 웅찬이 두 사람을 나무랬다.

"두 사람 아까부터 중요한 회의 중에 무슨 짓입니까?"

"죄송합니다."

"면목 없습니다."

그때 박성규가 웅찬을 제지했다.

"그만. 김태랑씨가 회의에 떠들 만큼 그리 경솔한 사람은 아니요. 김태랑씨? 혹시 이 작전에 대해 무슨 할 말 있습니까?"

태랑은 막고라의 마스터가 자신의 편을 들자 고마우면서도 황망한 마음을 금할 길이 없었다. 실제로 둘은 방금 전까지 회의와 일절 관계없는 잡담을 주고받았기 때문이다.

마치 평소에 잘 보인 우등생이 실제로 잘못을 저지르고도 선생님께 무한한 변호를 받는 느낌이었다. 태랑은 그를 실망시킬 수 없어 실제로 다른 얘기를 한 것처럼 꾸며댔다.

"네. 사실 그것에 대해 얘기를 나누던 중이었습니다."

"호오. 역시. 안 그래도 이번 작전에 대한 김태랑씨의 의견을 묻고 싶었소."

"혹시 개별적으로 말씀을 드려도 되겠습니까?"

"…개별적으로 말이요?"

"네."

박성규는 잠시 고민하더니 휴식을 선언했다.

두 사람은 곧 회의장 바깥으로 나갔다.

"한 대 피겠소?"

"물론입니다."

태랑이 담배를 입에 물자 지난번처럼 박성규가 손가락으로 태랑의 담뱃불을 붙여주었다.

"감사합니다."

"아니요. 감사는 오히려 내가 해야지."

"네?"

"지난번에 준 재생의 물약 말이요. 참 잘 듣더군. 덕분에 빨리 회복될 수 있었소. 그 귀한 걸 나한테 주었으니, 내가 더 고맙다 해야지. 다시 한번 호의에 감사드리오. 메일에 쓸까 하다 만나서 얘기하려고 벼르고 있었소."

"아, 아닙니다."

박성규가 담배를 깊게 들이마시더니 연기를 뱉으며 말했다.

"그래. 회의장에서 못할 얘기는 뭐였소?"

태랑이 조심스러운 표정으로 입을 열었다.

"망치와 모루 작전에 대한 이야깁니다."

"왜? 뭐가 잘못되었소?"

"아니요. 작전은 무척 훌륭합니다. 매복 포인트나 이동 경로, 그리고 플랜B까지. 굉장히 많은 고민 끝에 나온 작전이라 생각합니다."

태랑의 칭찬에 박성규의 기분이 좋아졌다. 혹시나 태랑이 자신의 작전을 트집 잡을까 봐 내심 우려했던 것이다.

"다만…."

태랑이 갑자기 말끝을 흐리자, 박성규의 표정도 덩달아 긴장되었다.

"다만?"

"지금 구성이면 분명 모루가 깨지고 말 겁니다. 현재의 저지병력은 절대 래그나돈을 막을 수 없습니다."

"그게 무슨 소리요?"

박성규가 놀란 얼굴로 되물었다.

"아시겠지만 망치와 모루 전술의 핵심은, 망치의 날카로움보다 모루의 끈질김에 있습니다. 적의 예봉을 받아내야 할 모루가 굳건하게 버티지 못한다면, 오히려 각개격파를 허용할 지도 모릅니다."

망치와 모루는 결국 병력을 둘로 쪼개는 전술.

어설픈 분할은 자칫 각각이 무너지는 결과를 낳을 수도
있었다.

"그럼 태랑군은 연합군의 저지력을 의심하는 거요?"

"그보다는 래그나돈의 돌파력을 두려워하는 것이지요."

"놈이 그렇게 강하단 말이요? 마치 상대를 잘 알고 있다
는 말투 같군."

"…네, 우연히 정보를 접했습니다."

박성규는 담배 연기를 깊이 들이마시더니 앞으로 가득
뱉어냈다. 순간 연기 속에 가려진 것처럼 태랑의 모습이 흐
릿해졌다.

'…마냥 허튼소리를 하는 것 같진 않단 말이지. 이 청년
에겐 뭔가 비밀이 있는 것 같군.'

그러나 박성규는 노련한 헌터.

여기서 굳이 태랑의 비밀을 파헤쳐 그를 불편하게 하고
싶진 않았다. 어쨌든 이번 레이드에 승리하는 데 도움이 되
는 정보라면 출처가 어찌 됐건 경청할 필요가 있었다.

"좋소, 그럼 어찌하면 놈을 막을 수 있겠소? 태랑 군의
생각을 듣고 싶소."

태랑은 거대 길드의 수장이면서도, 조그만 클랜장에 불
과한 자신에게 의견을 물어오는 박성규의 태도에 감탄했
다.

'과연 그릇이 큰 사람이구나. 마스터가 지금처럼만 같다
면 막고라 길드는 앞으로 승승장구하겠어.'

태랑은 박성규의 겸손한 자세에 감복하며, 전략의 수정할 부분을 짚어나갔다.

　"래그나돈은 선봉장의 기질을 가지고 있습니다. 전장의 맨 앞에서 진두지휘하며 송곳처럼 적진을 휘젓고 들어오지요. 게다가 놈은 저돌성은 주변 부하들의 사기까지 진작시키기 때문에 놈을 수족처럼 따르는 리저드 워리어의 돌파력 역시 타의 추종을 불허합니다."

　"음… 계속해보게."

　"그렇게 되면 저희가 아무리 두텁게 수비 병력을 쌓아도 중원이 갈라지며 좌우로 쪼개지고 말 것입니다. 그리고·어마어마한 인원을 자랑하는 '놀(Gnoll) 군단'이 뒤를 받치며 밀고 들어오겠지요. 망치가 후방기습에 성공하려면, 우선 모루가 단단하게 버텨줘야 합니다. 하지만 이대로라면 모루는 모루대로, 망치는 망치대로 박살 나고 말 것입니다."

　태랑의 설명을 상상하던 박성규는 차례로 무너지는 연합군의 모습을 떠올리며 소름이 돋는 걸 느꼈다. 자신의 전략이 어쩌면 연합 병력을 사지(死地)로 몰고 갈지도 모른다는 두려움이 일었던 것이다.

　"허면 어찌하면 좋겠나? 모루를 지금보다 더 강화해야 할까?"

　"음… 그것은…."

　태랑은 말을 꺼낼까 말까 머뭇거렸다.

　박성규가 그를 격려했다.

"괜찮네. 기탄없이 말해보게. 나는 내 생각이 언제나 옳다고 확신하지 않네. 잘못된 부분이 있다면 언제라도 고쳐야 하네. 자존심 부리다가 부하를 전멸시키는 것이야말로 미련한 장수의 표본이 아닌가? 아집과 독선이야말로 지휘관이 멀리해야 하는 으뜸이지."

태랑은 박성규의 말에 용기를 얻고 입을 열었다.

"현재로썬 어떤 부대가 모루를 맡아도 진형은 무너지고 맙니다."

"…그 정도인가."

"아예 전략을 바꾸는 것은 어떻습니까?"

"바꾼다고?"

태랑은 그가 세운 전략을 뿌리부터 뒤집을 생각이었다.

"네. 병력을 쪼개서는 놈의 돌파를 막을 수 없고, 정면승부를 벌이자니 출혈이 너무 큽니다. 설사 전투에 이긴다 해도, 상처뿐인 승리가 되겠지요. 몇몇 클랜은 전멸할지도 모르구요."

"그럼 어찌하잔 소린가?"

박성규가 조금 답답한 듯 담배를 뻐끔거렸다. 태랑은 이쯤이면 충분히 뜸이 들었다 생각하고 자신의 전략을 설명했다.

"놈을 역이용하는 겁니다."

"역이용?"

"놈은 야전에 자신 있어 하는 스타일입니다. 그래서 다른 던전 보스와 다르게 전투 시 던전을 비우는 특성이 있죠."

"설마 그 말은?"

"네. 제 전략은 놈을 밖으로 끌어낸 후, 빈 던전을 차지하는 것입니다. 공수가 뒤바뀌는 것이죠."

태랑은 수비전을 생각하고 있었다.

던전은 하나의 성(城)과 같다.

그것은 미로 같은 요새이자, 완벽한 방벽이다.

"기본적으로 공성을 벌이는 쪽은 농성하는 쪽에 비해 엄청난 힘이 듭니다. 과거에는 성을 공략하기 위해선 지키는 쪽보다 10배의 병력이 든다고 하였죠."

"계속 말해보게."

박성규의 태랑의 기발한 착상에 놀라워하며 그를 재촉했다.

적의 던전을 차지하고, 오히려 농성을 벌인다?

전략가를 자부하는 그로서도 생각도 못 한 전술이었다.

"처음부터 모루, 그러니까 저지부대를 기동력이 있는 부대로 구성하는 겁니다. 래그나돈을 최대한 멀리 유인해 고의로 물러서는 것이죠. 놈은 약이 올라 계속 뒤쫓을 것입니다. 그리고 그 틈에 주변에 매복해 둔 병력을 이용해 몬스터가 빠져나간 던전을 무혈입성하는 것입니다. 던전을 빼앗긴 놈은 어쩔 수 없이 다시 돌아올 것입니다. 그때부터 농성하는 것이죠."

"대단한 역발상이군."

"다행히 우리에겐 지하철 내부 지도가 있습니다. 어디를 방비해야 할지, 어느 곳의 수비를 집중해야 할지 처음부터 완벽히 구상할 수 있죠."

"그렇지. 지하철은 바로 인간이 만든 것이니까."

"놈이 소모전을 벌이다 병력을 소진했을 때쯤, 던전의 안팎에서 놈을 덮치면 큰 손실 없이 놈을 해치울 수 있을 것입니다."

박성규는 전율이 이는 것을 느끼며 진정으로 탄복했다.

"대단하네. 자네는 참으로 머리가 좋군. 혹시 몬스터 인베이젼 이전에는 무슨 일을 했었나? 연구원? 대학은 당연히 서울댄가?"

태랑은 과거를 물어오는 성규의 질문에 민망해하며 담배를 하나 더 꺼내 피웠다.

"…부끄럽지만 대학은 별 볼 일 없고, 9급 공무원 시험을 준비했습니다. 다만 병법에 대한 부분은 어찌하다 보니 남들보다 더 많은 책을 읽었지요."

'…거기에다 설정집이란 완벽한 치트키를 서술하기도 했고.'

박성규는 전직 공시생의 수줍은 고백에 너털웃음을 터뜨렸다.

"하하! 하긴 과거가 무슨 상관인가. 혹시 자네. 내가 무슨 일을 했었는지 아는가?"

불꽃 연금술사의 프로필에는 그의 전직이 기록되어 있지 않았다. 따라서 태랑도 그의 이력을 모두 알진 못했다.

"아깐 군에 계시다 나왔다고만…."

"맞네. 군대에선 강제로 예편당했지. 군납 비리를 찔렀더니 매스컴에서 취재가 나오면서 부대가 발칵 뒤집혔거든. 위로 투스타 하나랑 원스타 둘의 목이 날아갔어. 나는 그것을 정의롭다고 여겼네. 육사를 들어갈 적에 항상 부끄럽지 않은 군인이 되고 싶었거든. 그런데…."

박성규는 씁쓸한 표정으로 담배를 하나 더 빨았다. 어느새 3개비째 줄담배를 태우는 중이었다.

"역시 보수적인 군에서 내부 고발자를 곱게 보지 않더군. 각오는 했지만, 별 사유 없이 줄줄이 승진심사에서 누락되다보니 견딜 수가 없더라고. 동기 중 소령 진급을 3차까지 물먹은 사람은 내가 처음이었네. 어쩌면 육사를 통틀어도 손에 꼽을지 모르지."

"듣기만 해도 암 걸릴 것 같은 이야기군요. 그게 현실이라는 게 더 짜증나고."

태랑이 그를 위로했다.

"그래서 그냥 옷 벗고 나와선 고깃집을 차렸지. 우리 집 삼겹살이 참 기가 막혔는데…."

"…고깃집요?"

"우습지 않은가? 영세한 고깃집 사장, 실패한 군인이었던 내가 지금은 우리나라에서 이름난 길드의 마스터가 되었다니… 태랑군도 단지 시대를 잘못 타고났을지 모르네. 조금 조심스러운 이야기지만, 어쩌면 이렇게 바뀐 세상에서야 우리 같은 사람들이 진가를 인정받을 수 있는 거겠지. 이걸 기회라고 봐야 할지는 모르지만."

태랑이 활짝 웃었다.

공시생 출신임을 밝힌 것을 부끄러워하자 자신의 과거를 허심탄회하게 말해주는 그가 왠지 친근하고 정겹게 느껴졌다.

사실 태랑이 불꽃의 연금술사에 대해 가진 기억이 좋지 않았다.

그는 자신의 세력을 강성하게 키워 내긴 했지만, 군주들 간의 이권 다툼에 치중한 나머지 인류의 구원에 대해서 일절 관심이 없는 사람으로 묘사되어 있었다.

하지만 그를 가까이 알면 알수록 인간적인 매력이 느껴졌다.

그는 점잖고 겸손하지만, 강단 있고, 포용력이 있는 사내였다.

의리가 있고, 받은 것을 갚을 줄 아는 미덕도 갖추었다.

'이래서 사람은 겪어봐야 한다는 거구나.'

설정집의 프로필을 곧이곧대로 믿는 것이 얼마나 위험한 것인지 깨달은 태랑은, 앞으로도 그것에 대해 너무 선입견을 갖지 않기로 했다.

어차피 모든 사람은 자신의 이익과 신념에 따라 행동할 뿐이다. 그것이 누군가의 입장에선 이기적으로 보이고 대의를 따르지 않는다고 보일지언정, 본인에게 있어서는 그게 최선의 판단이었을 수도 있다.

자신의 뜻에 따르지 않는다고 나쁜 사람이고, 자신을 동조한다고 좋은 사람인 것은 아니다.

오히려 박성규 같은 호인들은 설득하고 규합하여 커널의 생성을 막는데 합류시킬 수 있다면, 미래 역시 전혀 다른 모습으로 펼쳐질 것이다.

한 가지 중요한 깨달음을 얻은 태랑이 박성규에게 말했다.

"이제 수정된 작전으로 계획을 짜볼 시간인 것 같습니다."

"이런! 자네와 얘기하느라 시간 가는 줄 몰랐군. 사람들을 너무 기다리게 했나 보네. 어서 들어가세나."

두 사람이 다시 회의장으로 돌아간 것은 10분이 훌쩍 넘어서였다.

잠시 회의가 휴식에 들어간 사이 남아있던 헌터들은 심심했는지 삼삼오오 모여 얘기를 나누었다.

완전히 처음 본 사람들도 있었고, 어느 정도 구면도 있었다. 다들 흩어져 얘기는 나누는데 홀로 남게 된 은숙은 자연스럽게 아쳐스의 곽시은에게 다가갔다.

"아깐 제대로 인사도 못 했네요. 오랜만이에요. 곽시은 씨."

포식의 군주 5

은숙은 보란 듯이 허리를 꼿꼿이 세운 자세였다. 몸매를 부각시키는 고의적인 행동.

이곳에 모인 여자 대표들이 다들 미인이라고 하지만, 그 중에서도 은숙의 외모는 유난히 돋보였다. 고민경이 수수하고 단아한 이미지, 곽시은이 도회적인 화장으로 화려함을 뽐낸다면 은숙은 애초에 타고난 미모가 자체 발광하는 스타일.

특히 유난히 커다란 가슴과 잘록한 허리에서 뿜어져 나오는 S라인은 그야말로 씬스틸러였다. 시은은 자신과 비교되는 가슴사이즈에 울컥했지만, 내색하지 않고 웃으며 인사를 받았다.

"아, 은숙씨구나. 아니 레이첼이라고 불러줘야 하나요?"

시은은 과거 서리마녀 레이드 때 그녀의 본명을 기억해내고 일부러 크게 은숙의 이름을 들먹였다.

한 대 맞은 은숙은 더욱 부아가 돋았다.

'이년이 진짜, 보자 보자 하니까. 나랑 한번 해보자는 거지?'

감정을 드러내면 지는 것이라고 생각했다. 여자들의 화법은 직접적인 욕설을 날리거나 성질을 내지 않는다. 최대한 돌려 말하면서 상대의 감정을 살살 긁어야 한다.

"편한 대로 부르세요. 그런데 시은씨는 되게 부지런한가 봐요?"

"네? 그게 무슨 뜻이죠?"

"아니 뭐, 대표자 회의에 오는데 그렇게 진하게 화장을 하고 오시니까요. 시은씨를 보니까 제가 괜히 부끄러워지네요. 전 맨얼굴로 왔거든요."

그러나 은숙의 미모는 압도적이었기 때문에 맨얼굴이라해도 시은보다 훨씬 빛이 났다. 즉 그 말은, 넌 화장을 했어도 나한테는 안 된다는 소리와 같았다.

"…여자는 어딜 가든 꾸미고 다녀야죠."

시은은 은숙의 본의를 눈치챘지만, 내심 태연한 척 대답했다.

'가슴만 큰 젖소 같은 년이 어디서 시비야? 아까부터 영 걸리적거리네?'

"맞는 말이에요. 하… 그나저나 요샌 먹는 게 불규칙적이라 살만 찌는 것 같아요. 제대로 된 식사를 한 적이 언젠지…."

말은 그렇게 했지만 사실 은숙은 전혀 살이 찌지 않았다.

들어갈 데는 들어가고, 나올 곳은 확실히 나온 이상적인 체형이었다. 특히 최근에 훈련을 열심히 하면서 건강미까지 갖추어 몸에 군살 하나 없이 탄탄했다.

'이게 진짜 몸매 좋다고 대놓고 자랑하는 것도 아니고. 어휴 꼴 보기 싫어.'

시은은 더 말을 섞어봐야 자신만 초라해질 것 같아 말을 아꼈다. 은숙의 행동이 의도적인 도발이라는 것을 눈치챈 것이었다. 이럴 땐 말을 섞어봐야 손해다.

시은이 뽀루퉁한 표정으로 별다른 반응을 보이지 않자, 이번에 은숙이 옆에 앉은 노윤기를 공략했다.

'니가 태랑을 꼬실려고 했겠다? 너도 한번 당해봐라.'

"어머, 노윤기 파이터님! 그때 뵙고 또 뵙네요. 정말 반가워요."

은숙은 일부러 콧소리까지 섞어가며 호들갑을 떨었다. 그녀는 테이블 위에 엉덩이를 걸치고 앉아 윤기에게 바짝 다가갔다. 갑작스런 미인의 접근에 근육질의 전사 윤기도 당황하며 쩔쩔맸다.

"어, 어, 네 안녕하십니까."

"저 사실 옛날부터 팬이었어요. 우리나라 최초 UFC 헤비급 타이틀 도전자. 하, 정말 아쉽네요. 대회가 치러졌다면 역사적인 순간이 탄생했을 텐데."

윤기는 타이틀 매치를 앞두고 있다 몬스터 인베이젼이 터지며 흐지부지되고 말았다. 그는 그 대회를 어느 때보다 벼르고 있던 터라, 은숙이 그것에 대해 언급하자 괜스레 고마웠다.

"아닙니다. 챔피언도 만만치 않았으니까. 다만 도전 그 자체에 의미를 두고 있었는데, 해보지도 못한 게 아쉬울 뿐입니다. 동양인은 UFC에서, 그것도 헤비급에선 절대 통하지 않는다는 편견을 깨뜨리고 싶었거든요."

윤기는 은숙의 미모에 혹하여 친절하게 응대했다.

평소 우직한 사내다운 모습만 보이다가, 갑자기 순한 양처럼 돌변한 윤기를 보자 곽시은은 괜스레 뿔이 났다.

'어쭈, 이 자식 침 흘리는 거 봐? 마스터는 안중에도 없다 이거야?'

시은이 골이 난 것을 확인한 은숙은 보다 확실한 도발을 위해 엉덩이를 걸터앉은 자세로 몸을 기울여 윤기의 어깨를 가볍게 터치했다.

"어머, 근육 정말 단단하시네요. 전 듬직한 남자가 좋더라구요. 인기 많으시겠어요."

"하하. 꼭 그렇진 않습니다. 그래도 미인께서 그렇게 말씀해 주시니 영광이군요."

"에이, 맘에도 없는 소리 마세요. 아쳐스 마스터께서 훨씬 더 미인이신데… 그런 분을 옆에서 모시는데 제가 감히 눈에나 차겠어요."

"네? 아닙니다…. 아, 뭐 물론 두 분 다 미인이긴 한데…."

'뭐? 아니야? 이게 씨! 진짜 클랜 마스터를 뭘로 보구! 죽었어! 너!'

윤기는 자기가 말실수를 했다는 것을 깨닫고 뒤늦게 주워 담았지만, 이미 곽시은의 얼굴은 썩어버린 상태였다.

은숙은 이쯤이면 충분히 이간질했다고 생각하고 다시 자리로 돌아갔다. 때마침 태랑과 박성규가 다시 회의실로 들어오고 있었다.

'흥, 이건 태랑에게 껄떡댄 벌이야. 쌤통이다.'

은숙은 태랑에게 꼬리 친 시은이 꼴 보기 싫어 그런 행동을 벌였지만, 왜 그녀가 얄미워졌는지 자신도 알 수 없었다.

❖ ❖ ❖

작전회의가 재개 되었을 땐 많은 부분이 바뀌어 있었다.

태랑은 조언을 받아들인 박성규는 기동성이 빠른 인원들을 한데 묶고, 나머지를 모두 빈 던전 공략을 위한 매복조로 돌리는 계획을 발표했다.

"어라? 망치와 모루 작전을 아예 바꾸신 건가요?"

"그렇소. 여러 요소를 고려했을 때 가장 위험부담이 적은 방법으로 다시 생각해 보았소. 아무래도 이 작전이 더 낫을 듯 하오."

새로운 작전이 소개되자 다들 어리둥절해 하면서도 그 기발한 착상에 놀라워했다.

장시간 회의 끝에 내일의 임무가 확정되었고, 이후 대표자들은 각자의 숙영지로 돌아갔다. 어느덧 해가 저물고 저녁 시간이 되어 있었다.

고속버스터미널 역에서 다소 떨어진 위치에 마련된 임시 숙영지에는 적당한 거리를 두고 각각의 클랜 들이 산개되어있었다. 마치 군부대의 막사를 방불케 하는 모습.

"오빠! 왔어요?"

텐트 앞에서 화덕을 만들고 있던 유화가 태랑을 반겼다.

"어? 유화 너 뭐하는 거야?"

"네, 가스가 떨어져서 벽돌로 화덕을 만드는 중이에요. 막고라 길드에서 식재료는 배급해 주는데, 부탄가스는 안주는 거 있죠?"

"우리가 들고 온 건 어딨는데? 챙기지 않았어?"

"수현이가 하필 다 쓴 걸 들고 왔지 뭐예요?"

"이런…."

양손 가득 장작 거릴 들고 오던 수현이 머쓱한 표정으로 대답했다.

"하하, 이러니까 캠핑 분위기 나고 좋지 않아요?"

은숙이 팔짱을 끼며 한심하다는 눈빛으로 말했다.

"너 여기 MT왔니? 신나? 장기자랑도 하지 그러니?"

"죄송해요. 야전취식은 처음이라 미처 생각을 못했어요."

"됐어. 이미 늦은걸. 근데 어느 세월에 불을 지펴서 밥 얹힐 건데? 그거 불붙는 데도 한참 걸릴 텐데…."

"음… 그럼 어쩌죠?"

"우리 양옆 클랜은 어딘데?"

안에서 텐트를 보수하던 한모가 대답했다.

"아까 한번 돌아보니 왼쪽은 적법사 클랜이고 오른쪽은 철십자 길드더라고. 근디 니들 아직도 식사준비 안 됐냐?"

"네… 불 피울게 마땅치 않아서…."

"그냥 옆에서 부탄가스를 빌려오는 게 빠르겠다. 근데 민준이랑 슬아는 어디 갔어?"

"막고라 본부에서 모포랑 침낭 배급해 준 데서 받으러 갔어요."

"내가 다녀올게."

태랑은 어차피 모든 사람이 모여야 회의 내용을 전달할
수 있을 것 같아 자신이 직접 움직이기로 했다.

보아하니 한모는 텐트 수리에 여념이 없었고, 은숙과 슬
아는 식사를 준비해야 할 입장이었다. 수현을 혼자 보내긴
미덥지 않으니 자신이 직접 움직이는 게 나았다.

"어디로 갈 건데?"

"가까운 데로 가지 뭐."

"왼편 적법사 쪽이 좀 더 가깝긴 할 것이여."

"적법사는 좀 별론데…."

은숙은 회의 내내 조용히 앉아만 있던 적법사의 마스터
를 떠올렸다. 왠지 음흉해 보이는 시선이 마음에 들지 않았
다.

"그냥 철십자 가서 빌려."

"그럴까?"

태랑은 500M쯤 떨어진 철십자 숙영지로 갔다.

인원이 많은 철십자 길드는 24인용 텐트 두 개와 지휘
천막까지 갖추고 있었다.

그들을 벌써 식사준비를 마쳤는지 한데 모여 식사를 하
고 있었다. 다들 표정이 밝은 게 길드의 분위기가 무척 좋
아 보였다.

"안녕하세요. 세이버 클랜 김태랑입니다."

"어, 김태랑 마스터? 무슨 일로?"

부하들과 식사를 하고 있던 허재준이 반갑게 태랑을 맞았다.

"저희가 버너에 쓸 가스가 떨어져서, 혹시 부탄가스 있으면 좀 빌릴 수 있을까요?"

"아, 네. 물론이죠. 어이 좀 챙겨드려."

재준이 부하를 시키고는 태랑을 의자로 안내했다.

"잠시 앉으세요."

"아니에요. 바로 갈 건데요."

"그래도 여기까지 왔는데 차라도 한잔 대접해야죠. 사양 말고 잠시 앉으세요."

태랑은 마냥 거절하기엔 민망하여 캠핑용 의자에 앉았다. 테이블에는 또 다른 마스터 고민경이 식사를 하는 중이었다.

"안녕하세요. 김태랑님."

"네. 안녕하세요."

태랑은 괜히 뻘쭘해 꾸벅 고개를 숙였다. 허재준이 분주히 차를 준비하는 동안 고민경이 태랑에게 물었다.

"아까…."

태랑은 그녀가 뭘 궁금해하는 건지 알고 있었으므로 대충 둘러댔다.

"네. 그 특성 말이죠?"

"어떻게 아셨어요?"

"우연히 들었습니다. 고르곤이란 몬스터가 그런 특성을 가지고 있다고 하더군요. 그래서 당연히 민경씨의 특성도 똑같을 거라고 생각했죠."

민경은 그다지 믿지 못하는 눈빛이었다.

"…태랑씨는 보기보다 비밀이 많으시군요."

"패를 모두 오픈하는 것보단 조금씩 히든은 숨겨야 하지 않을까요?"

"그런가요?"

그때 민경의 왼쪽 눈이 갑자기 빛을 발했다.

그녀의 황금색 눈동자가 맹렬한 기운을 쏟아내며 태랑을 응시하고 있었다.

'뭐야? 설마 지금 나한테 능력을 쓴 거야?'

태랑은 움찔 놀라며 몸을 일으켰다.

"헛! 누나! 손님한테 무슨 짓이에요?"

커피를 들고 돌아오던 재준의 외침에 민경의 황금색 눈이 광채를 잃고 서서히 사그라들었다.

그녀는 사촌 동생의 비난에도 태연히 대답했다.

"김태랑 마스터. 무례를 용서하세요. 근데 역시 제 기술에 걸리지 않으시네요."

'설마 내 쉴드를 가늠해 본 건가? 생각보다 도발적인 여자로군.'

태랑은 아무것도 모르는 것처럼 행동했다.

"방금 저한테 고르곤의 눈동자를 쏘신 건가요?"

"네. 예상은 했지만, 과연 놀랍군요. 제 기술이 전혀 안 먹힐 줄은…."

"도통 무슨 말씀인지…."

"레벨링을 대체 얼마나 올리신 거죠?"

민경이 단독 직접적으로 물었다.

물론 태랑은 전혀 알려줄 생각이 없었다.

"아까 말씀드렸죠? 그건 제 히든입니다."

"그냥 한번 여쭤봤어요. 적어도 저보단 높으시겠죠. 대단해요. 어떻게 그 정도로 레벨링을 했는데 지금까지 이름이 안 알려 지신 거죠?"

"저희 클랜은 조용히 레이드만 했거든요."

"하지만 클랜원을 더 모으려면 이름값을 높여야 하지 않겠어요? 강한 리더에게 모이고 싶은 게 보통 사람들의 심리잖아요."

각성자들이 스스로의 능력을 밝히거나, 업적을 떠드는 것은 단순히 자기과시 목적은 아니었다. 민경의 말처럼 클랜과 길드의 세력을 불리기 위해선 뛰어난 헌터가 얼마나 모여 있는지 알리는 것이 중요했다.

헌터들은 안정적인 사냥을 위해 뭉치기 때문에, 보다 강한 사람이 있는 곳으로 인재가 몰리기 마련.

"듣고 보니 또 그렇군요. 그럼 조언을 받아들여 이번 레이드 끝나면 게시판에 홍보활동이라도 해봐야겠네요."

태랑이 자연스럽게 받아넘겼다.

"감추는 게 너무 많아도, 별로 매력 없는 거 아시죠?"

보다 못한 재준이 사촌 누나 민경을 나무랐다.

"누나! 손님한테 못하는 소리가 없어. 김태랑 마스터 죄송합니다. 원래 안 그러는데 누나가 좀 피곤한가 봐요."

"근데 두 분은 혹시 남매신가요?"

태랑이 자연스럽게 화재를 돌렸다.

"아니요. 외사촌 누나에요. 그러니까 저희 큰이모 딸."

"아! 그래서 성씨가 다르구나."

"네. 저흰 따로 클랜을 키워 활동하다가 나중에 만났어요. 설마 누나가 클랜장이 되어 있을 줄은 꿈에도 생각 못했어요. 원래 되게 조용조용한 성격이거든요."

'흠. 보기만 그렇지 생각보다 도발적이던데 뭘.'

태랑은 갑자기 스킬을 쏘아내던 행동에서 그녀의 성격을 파악했다.

전형적인 외유내강형.

유약하고 소심해 보이는 겉모습 뒤엔 강단 있고, 확고부동한 내면이 받치고 있다. 그렇지 않다면 이런 험한 시기에 여자 클랜장으로서, 더 나아가 길드의 마스터로서 살아남기 힘들 것이다.

태랑은 재준이 건네 준 커피를 홀짝이며 식사 중인 철십자의 헌터들을 훑어보았다. 대부분 건장한 체격의 사내들로 제법 군기가 잡혀 있었다.

"저분들이 내일 유인조를 맡은 철십자 기사단인가 보군요."

"네. 십자투구를 쓰고 다녔더니 어느새 별명이 그렇게 붙더라구요."

"과연 듬직하군요."

"감사합니다. 세이버 클랜은 내일 던전 공략을 맡으셨던가요?"

"네. 4번 출구로 진입하는 역할입니다."

"근데 막고라의 박성규 마스터가 갑자기 작전을 바꿀 줄을 몰랐어요. 저는 망치와 모루 전술도 엄청 인상 깊었는데…."

"그거 태랑씨 생각이었죠?"

한동안 조용히 있던 고민경이 다시 눈을 반짝이며 태랑에게 물었다. 태랑은 자신을 꿰뚫어 보는 듯한 그녀의 시선이 부담스러웠다.

"아닙니다."

"하지만 태랑씨랑 둘이 얘기한 다음 전략이 바뀌었잖아요."

"약간의 조언을 해드렸을 뿐입니다."

"흐음…."

태랑은 더 이상 있다간 더 꼬치꼬치 캐물을 것 같아 후루룩 커피를 마시고 자리에서 일어났다.

"저희 클랜이 아직 식사를 못 해서 먼저 일어나겠습니다.

내일 출정식에서 뵙죠."

"아! 그렇겠네요. 저녁에 심심하시면 놀러 오세요."

"네?"

"아까 패 얘기하시지 않았어요? 같이 포커나 치게요."

"아… 네. 뭐. 시간 되면요."

"태랑씨."

일어서는 태랑을 향해 고민경이 다시 말을 걸었다.

"네?"

"아깐 죄송했어요. 멋대로 시험한 거 사과할게요."

"아닙니다."

"내일 몸조심하세요."

"네. 철십자 길드도 건승을 기원합니다."

"뭐야. 부탄가스 한 통 빌려 오는데 한세월이네?"

"잠시 커피 마시고 가라고 해서 어쩔 수 없었어."

"혹시 고민경이랑 노닥거리다 온 거 아니지?"

은숙이 민경의 이름을 들먹이자 음식을 준비하던 유화도
귀가 솔깃했다.

'오빠가 여자랑?'

유화의 따가운 시선을 느낀 태랑은 자기도 모르게 변명
했다.

141

"무, 무슨 소리야. 철십자 기사단의 허재준이랑 얘기하다 왔어. 내일 유인조 맡은 애들."

"흐음. 당황하는 거 보니까 왠지 수상한 걸?"

"오빠 근데 고민경이 누구예요?"

유화가 의뭉스런 표정으로 태랑에게 물었다.

'아… 진짜 은숙이 도움이 안 되네.'

"철십자 길드의 투 마스터 중 한 명이야. 참, 철십자 길드가 왜 투 마스터 체제로 가는지 알아냈어."

"왜?"

"알고 보니 둘이 친척이더라고."

"어쩐지 남매도 아닌 것이 그렇다고 연인도 아니고, 뭔가 이상하긴 했어."

"그렇지? 보통의 경우라면 투 마스터는 살짝 불안한 체젠데…."

"왜요?"

"사업할 때는 친구끼리라도 동업하지 말라고 하잖아. 그거랑 비슷해. 본래 권력은 한쪽으로 쏠리는 경향이 있거든. 나중에는 서로 일인자를 놓고 갈라서는 경우가 생길 수도 있겠지. 그래도 뭐 친척이라니까 그런 건 좀 덜하긴 하겠다."

세이버 클랜은 저녁 준비가 늦어 남들보다 늦게 식사를 해야 했다. 해가 다 지고서야 식사를 마친 태랑은, 일행을 한데 불러 놓고 내일의 작전에 대해 상세하게 설명했다.

"내일은 긴 싸움이 될 거야. 놀 군단의 병력이 우리 연합 군보다 많아서 사방에서 쳐들어오는 놈들을 입구에서 모두 막아 내야 해. 특히 수현이랑 은숙이가 활약을 해줘야 할 거야. 농성으로 치면 너희들이 궁병의 역할이니까."

"길목 막는 것은 나가 자신 있제."

"그리고 유화랑 슬아는 유인조에 속하게 되었으니 몸 조심하구."

필드에 나갈 유인조는 기동성이 중요했기에, 각 클랜의 능력자 중 이동속도에 버프를 걸 수 있는 사람들이 개별로 차출되었다.

그중 유화는 신속의 바람 오라를 걸어 줄 수 있기에, 그리고 슬아는 좁은 던전보다 필드에서 능력을 발휘할 수 있어 다른 조에 배속되게 되었다.

"그럼 유인조는 계속 도망만 치는 거예요?"

"일단 래그나돈을 최대한 끌어내야 해. 그리고 우리가 지하철역을 접수하면, 나중에 앞뒤에서 협공을 벌이는 거지."

"놈에게는 진퇴양난이겠군요."

"결코, 만만히 봐서는 안 돼. 래그나돈의 돌파력은 정말 무시무시할 거야. 특히 놈의 눈빛이 붉은빛으로 변하면 뒤도 보지 말고 뛰어."

"붉은빛? 그건 뭔데요?"

"놈이 폭주하기 전에 보이는 습성이야."

"폭주요?"

"말 그대로 광전사로 돌변하는 거야. 광전사로 변한 놈은 무찌를 방법이 없어."

"그럼 어떻게 놈을 죽여요?"

"…폭주가 끝나기만을 기다려야지."

태랑이 조심스럽게 말했다.

럭셔리 버프 이준형은 곰곰이 생각에 잠겨 있었다.

'아무래도 일이 좀 틀어진 것 같은데… 박성규의 작전대로 던전을 무혈입성하게 되면, 예상보다 병력의 손실이 없을지도 몰라.'

본래 도둑 길드의 목표는 연합군이 상당한 타격을 받도록 하는 것이었다. 연합군이 몬스터에게 전멸당해도 곤란하지만 그렇다고 지금처럼 큰 손실 없이 전투에 승리하는 것은 더 큰 문제였다.

'그렇게 되면 도둑 길드의 암살자 부대가 온다 한들 전리품을 빼앗을 수 없을 거야. 태규 형님이 아무리 강해도 박성규를 비롯한 막고라의 삼 대장을 모두 이길 순 없을 테니까. 게다가 그 태랑이라는 놈도 신경 쓰이고….'

준형은 혼자 고심하다 도저히 답이 안 보여 마스터에게 연락을 취했다.

    도둑길드에서 어렵게 구한 군용 무전기는 도달거리가
30km에 이를 뿐 아니라, 보안설정도 되어 있어 감청의 우
려도 없었다.

    "…마스터, 접니다."

    —치직… 연락 기다리고 있었다. 준비는 어떻게 됐어?

    "내일 오전 11시경 레이드에 돌입합니다. 그런데 문제가
생겼습니다.

    —문제? 무슨 문제?

    준형은 마스터 태규에게 현 상황을 짧게 설명했다. 내용
을 전해들은 태규는 잠시 고민하더니 대답했다.

    —일이 복잡해졌군. 별수 없지. 너네가 트로이 목마가 돼
줘야겠다.

    "그게 무슨 말씀입니까? 트로이 목마라뇨?"

    —안에서 빗장을 열어 버리란 소리야. 너네들 수비전으로
전략을 바꿨다며? 방어 중에 출구를 개방해 버려. 그럼 몬
스터들이 그쪽으로 밀고 들어가겠지. 성문이 열린 성은 더
이상 성이 아니거든.

    "하지만 자충수가 될지도 모릅니다. 지하철역은 배수의
진이나 마찬가지예요. 몬스터 놈들이 밀고 들어오면 저희
애들까지 다 죽습니다."

    —그건 걱정하지 마. 우리가 지금 어딨는지 알아?

    "네? 어디십니까?"

    —고속버스터미널이랑 한 정거장 떨어진 사평역이야. 하급

던전이라 큰 피해 없이 클리어했지. 네가 신호를 주면 우리가 철길을 따라 땅굴로 침투해 들어갈 거야. 그러니 너희들은 입구 개방한 뒤에 아래쪽으로 내려와서 우리랑 합류해. 설마 밑에서 습격할 거라곤 생각도 못 하겠지.

"과연! 훌륭하십니다. 마스터."

무전을 마친 준형은 일이 잘 풀릴 것 같은 확신이 들었다.

몬스터가 들어오도록 빗장을 열고, 마스터의 암살 부대는 땅굴을 통해 기습한다.

설사 연합군이 몬스터를 해치운다 하더라도 힘이 빠진 상태. 도둑 길드의 마스터 태규의 전략은 어부지리였다.

'크크크. 어쩌면 고속버스터미널 역이 연합군의 무덤이 되겠군.'

준형이 만족스럽게 웃었다.

처음엔 마스터의 명령이라 지시에 따랐지만, 이제는 스스로 임무를 즐기고 있었다.

그도 어쩔 수 없는 악인이었다.

헌터들이 자리한 임시 숙영지는 밤늦게까지 불야성이었다.

술을 진탕 먹고 쓰러지는 사람, 밤새 고성방가를 하며 떠드는 사람, 도박으로 날을 지새우는 사람도 있었다. 혹은 가족들에게 편지를 쓰거나, 유언장을 남기는 감성적인 사람들도 있었다.

세이버 클랜의 숙영지로부터 800M쯤 떨어진 곳에 위치한 아쳐스의 임시 막사의 분위기도 별반 다르지 않았다.

마지막 전투를 앞두며 다들 저마다의 방법으로 시간을 죽이고 있었다.

아쳐스의 마스터 곽시은은 그런 부하들을 보면서도 일절 관여하지 않았다. 아니 오히려 오늘 밤을 마음껏 즐기라며 독려하는 입장이었다.

이는 대다수의 길드나 클랜 역시 마찬가지였는데 헌터들이 엄정한 군기를 발휘하지 않는 이유는 다음과 같았다.

우선 몬스터들이 생각 외로 근거지를 잘 벗어나지 않는다는 점이었다.

안전지대로 확인이 된 곳은 특별한 일이 없는 한 몬스터들이 쳐들어오는 경우가 드물었다. 연합군은 현재 고속버스터미널에서 한참 떨어진 곳에 자리 잡았기 때문에 어그로가 꼬일 걱정이 없었다. 또 배회하는 소규모 몬스터 정도는, 현재 규모의 헌터들에겐 간식거리 수준밖에 안 되는 처지.

지금 몬스터가 연합군을 공격하는 것은 도둑들이 멋모르고 경찰서를 터는 것이나 마찬가지였다.

또 다른 이유는 헌터들은 군인이 아니라는 점이었다.

헌터는 자진해서 마물 사냥에 뛰어든 사람들.

다른 이들처럼 피난을 가거나 안전한 곳에 숨지 않고, 몬스터를 잡기 위해 적극적으로 앞장선 자들이다.

이들에겐 군인처럼 국가를 위한 충성이라든지, 대의를 위한 희생 의식 따윈 없었다.

당장 내일이 마지막 날이 될지도 모르는 사람들에게, 어느 누가 규율을 지키고 질서 있게 행동하라고 요구할 수 있겠는가?

시은 역시 아껴두었던 브랜디를 혼자 홀짝거리는 중이었다.

'…제길, 은숙인가 말숙인가 하는 년 진짜 확 뒤통수에 화살 한 방 갈겨 버리고 싶네.'

그녀는 대표자 회의에서 있었던 일 때문에 기분이 우울한 상태.

'니까짓 게 대놓고 나를 도발했다 이거지? 두고 봐, 눈먼 화살에 맞으면 누가 쏜 지도 모를걸?'

그녀는 난전 중에 확 화살을 갈겨 버릴까 하는 극단적인 생각까지 하고 있었다. 물론 그녀가 실제로 그렇게 행동할 리 없겠지만, 마음은 벌써 그 정도까지 그녀를 미워하고 있었다.

"마스터, 술도 약하신데…."

부하들과 팔씨름을 하고 놀던 윤기가 조심스럽게 그녀에게 다가왔다. 술이 크게 문제가 안 되는 사람이라면 모를까, 곽시은은 평소에도 술이 강한 타입이 아니었다.

저렇게 퍼마시다간 자칫 내일 전투에도 악영향을 끼칠 것을 우려했다.

"야! 노윤기! 너도 꼴 보기 싫어!"

"마, 마스터!"

"아 몰라! 짜증나니까 저리 가!"

"알겠습니다. 물러가겠습니다. 그래도 음주는 적당히 하십시오."

"에이씨 안 꺼져?"

시은이 들고 있던 술잔을 집어 던지는 시늉을 하자 윤기는 더 이상 버티지 못하고 물러났다. 심통이 잔뜩 난 그녀를 말리기엔 적절치 못한 타이밍이었다.

'술 먹고 곯아떨어지면 눕혀야겠군. 지금은 누가 말려도 말을 안 들을 거야.'

군소리 없이 물러나는 윤기를 보는 시은은 더욱 복장이 터졌다.

'윤기 이자식! 나한테 충성을 바치겠다고 할 땐 언제고… 하여간 남자 놈들은 다 똑같아. 은숙이란 년이 꼬리를 살랑살랑 흔드니까 거기 혹해가지고 마스터는 안중에 없다 이거지? 으이구! 내가 부하를 잘못 들였지.'

시은은 너무 속상했다.

여자 마스터는 리더십이 부족하다는 편견을 깨뜨리기 위해 지금껏 이를 악물고 버텼다. 사람들의 손가락질도 애써 모른 체하고 오로지 아쳐스 클랜의 발전을 위해 온몸을 바쳤다.

지독스럽게 이기적이란 평판과, 수단 방법을 가리지 않는다는 험담에도 꿋꿋이 견뎌왔다. 이 모든 게 클랜의 발전을 위한 희생이었다.

　그러나 심복이라 믿었던 윤기마저 은숙에게 놀아나는 꼴을 보니, 세상에 믿을 놈 하나 없었다.

　'내가 지들을 위해 얼마나 참아왔는데…'

　술은 울적한 기운을 더욱 강하게 만들었다.

　시은은 우울감에 스스로를 자책하기 시작했다.

　'내가 정말 그렇게 못났나? 나도 어디 가서 예쁘단 소리 많이 들었었는데…'

　은숙이 워낙 출중해서 그렇지 시은 역시 절대 꿀리는 외모는 아니었다. 그러나 여자의 미모에 대한 욕심은 끝이 없어서, 자기보다 조금이라도 예쁜 사람을 보자 질투심이 치미는 것이었다.

　'…하여간 은숙이 그년 때문에 태랑한테 제대로 작업도 못 걸고.'

　한참 속으로 은숙을 씹고 있던 시은의 눈에 어깨동무를 하며 으슥한 곳으로 사라지는 남녀가 보였다. 아쳐스 클랜의 공식 커플인 그들은, 전투 직전 꼭 진한 애정행각을 벌이는 것으로 유명했다.

　그러나 이곳엔 막사밖에 없었기 때문에 다른 곳으로 자리를 옮기는 모양이었다.

　'으이씨, 저것들이 진짜 속에 염장을 지르는 것도 아니고!'

150

괜히 심술이 난 시은이 멀리 가던 둘을 불러 세웠다.

"야. 강혜정! 너 일루 와봐."

"부르셨어요. 마스터?"

여자 헌터가 잽싸게 달려오자 함께 가던 남자친구도 세트로 따라왔다.

"너, 내가 지시한 예비 화살촉 다 준비해 놨어?"

"네. 출정식 전까지 마무리하라고 해서 오전에 벌써 끝냈죠. 그거 물어보시려고 부른 거예요?"

"아, 아니! 내일은 수비전으로 한다고 했으니, 평소보다 훨씬 더 준비해 놨어야지."

"그럴까봐 추가로 전통 10개 분량 더 준비했지요."

더 이상 추궁할 거리가 없어진 곽시은은 얼토당토않은 이유로 시비를 걸기 시작했다.

"…야! 니들 근데 이 밤에 어디 가는 데? 몬스터라도 만나면 어쩌려고?"

그러나 이번엔 남자 헌터가 대답했다.

"마스터. 저희 막사는 중간에 껴 있어서 양옆으로 다 다른 클랜들이 있잖습니까. 그래서 경계도 안 서는데 대체 어디서 몬스터가 나오겠어요?"

"이, 이 자식이 자꾸 말대꾸할래! 너 마스터가 우스워?"

"죄송합니다."

"응! 너희들 말야! 진짜 치사해!"

"…네?"

"니들끼리만 즐기고! 나는 바빠서 연애도 못 하는구만!"

"마, 마스터 취하셨어요?"

"취하긴 누가 취해! 응! 나도 즐길 줄 안다고!"

보다 못한 윤기가 달려와 시은을 뜯어말렸다.

"야. 너희들 그냥 가. 마스터 좀 많이 취한 것 같다."

"네, 네."

두 남녀가 황급히 자리를 피했다. 시은이 그 모습을 보더니 윤기에게 짜증을 냈다.

"야! 뭐야! 나 안 취했다니까! 너 왜 날 취한 사람 취급해?"

"마스터, 자중하세요. 나중에 술 깨시면 후회합니다."

"에이씨! 진짜 이것들이!"

불쑥 몸을 일으키던 시은은 다리가 꼬이는 바람에 앞으로 넘어졌다. 윤기가 순발력을 발휘해 그녀를 옆에서 부축했다.

"마스터! 조심하세요!"

"바, 바닥이 미끄러워진 것뿐이야!"

"네. 물론 그러시겠죠. 마스터, 이제 그만 주무시죠."

"놔! 내 발로 갈 거야."

시은은 윤기의 부축을 뿌리치고 제 발로 걸어갔다. 윤기는 자신이 옆에 있어 봐야 더 역정만 낼 것 같아서 씁쓸한 표정으로 물러섰다.

'완전히 취해버렸군. 오늘따라 유난히 주사가 심하네.

대표자 회의 끝나고부터 영 저기압이더니….'

비틀거리며 걸어가는 시은의 뒷모습을 보며 윤기가 한숨을 내쉬었다. 어쨌든 마스터가 클랜을 위해 최선을 다하는 것은 변치 않는 사실이다. 그는 시은이 인간적으로 다소 부족한 모습을 보이더라도 진심을 알기에 언제든 충성할 작정이었다.

텐트로 돌아가던 시은이 갑자기 방향을 돌렸다.

'이대론 억울해서 못 자겠어. 세이버 클랜으로 가봐야겠다.'

그녀는 방금 전 으슥한 곳으로 사라진 커플을 보고 살짝 자극을 받은 상태였다.

'어차피 태랑도 결국 남자야. 육탄 돌격엔 당해내지 못할걸? 확 자고 있을 때 덮쳐 버려야지.'

술에 취해 이성이 마비된 시은은 극단적인 계획을 결심하고 있었다.

태랑은 홀로 지휘 텐트에 남아 최종적으로 작전을 점검하고 있었다.

'음… 지하철역 구조가 너무 복잡하군. 적이 몰리는 곳 위주로 최대한 틀어막으며 방어벽을 유동적으로 가져가야겠어.'

전투 중에 지도를 볼 여유는 없을 것이다. 시간이 있을 때 지하철 전체 구조를 머릿속에 각인시켜야 한다.

그때 텐트 문이 젖혀지며 유화가 들어왔다.

"오빠. 커피라도 드시면서 하세요."

유화는 혼자 밤늦게까지 고생하는 태랑이 안타까워 커피를 준비해 왔다.

"고마워. 유화야."

"고맙긴요. 오빠 쉬지도 못하는데… 다들 모닥불에 둘러앉아 맥주 한 캔씩 하고 있어요. 오빠도 얼른 끝내고 와요."

"응. 끝나는 대로 갈게."

"피. 그때쯤이면 다들 들어가 잘 걸요?"

유화가 응석을 부리자 태랑이 벌떡 몸을 일으켰다.

"그럼 담배나 한 대 필래?"

"네?"

"아니. 나도 좀 머리 좀 식히게. 맥주 마실 시간은 없어도, 담배 한 대 태울 시간은 있거든."

"네. 히히."

두 사람은 잠시 텐트 밖으로 나와 담배를 태웠다.

유화가 뭔가 할 말이 있는 사람처럼 머뭇거렸다.

"오빠…"

"응?"

"아까 언니가 말했던 사람 말이에요."

"누구? 고민경?"

"네. 언니 말로는 미인이라고 하던데… 진짜 그렇게 예뻤어요?"

태랑이 황당한 웃음을 터뜨렸다. 그녀는 아직까지 그것을 마음에 두고 있었던 것이다.

"무슨 소리야. 특성이 발화되면서 양쪽 눈 색깔이 달라서 좀 독특하긴 한데 미인은 무슨! 전혀 아냐!"

"진짜요?"

"아이고. 그게 신경 쓰였어?"

유화가 몸을 돌리며 소곤거렸다.

"…피 당연하죠. 누가 내 남자 눈독 들이면 기분이 좋겠어요?"

태랑은 질투하는 유화의 모습이 더욱 사랑스러웠다.

"눈독은 무슨. 내가 무슨 인기가 있다고."

"오빠. 내 눈에 매력이 있으면, 다른 사람도 충분히 그렇게 느낄 수 있는 거라구요."

"그런가?"

"그리고 오빠는 너무 자신을 낮게 보는데 오빠 충분히 잘생겼거든요?"

"그건 너무 나갔다. 솔직히 잘생긴 정돈 아니지. 잘생긴 건 수현이 같은 애들을 말하는 거지."

"걔는 얼굴만 번지르르하지 완전히 찐따잖아요."

"너무 그렇게 괄시하지 마. 수현이도 나름 열심히 하고 있으니까."

"암튼, 딴 여자 눈길 주지 마요. 알았죠? 슬아만 해도 신경 쓰여 죽겠는데."

"슬아는 그냥 동생 같은 애야. 난 한 번도 여자로 느낀 적 없어."

"그 말 정말이죠?"

"그래! 난 너밖에 없다니까."

유화가 활짝 웃으며 태랑에게 안겼다.

"고마워요. 헤헤."

"난 그럼 좀 더 일하고 갈게. 맥주 좀만 마시고 놀고 있어."

"네."

태랑이 다시 지휘 막사로 들어갔을 때, 술에 취한 시은이 세이버 클랜으로 접근하고 있었다.

유화를 돌려보낸 태랑은 다시 지휘 텐트로 돌아와 의자에 앉았다.

막고라 측에서는 클랜의 인원수에 맞춰 텐트를 제공했는데, 마스터들 위해 특별히 지휘 텐트를 하나씩 더 추가 지급한 상황. 태랑은 총원이 일곱 명뿐인 세이버에도 지휘 텐트를 설치해준 것에 고마움을 느꼈다. 그것은 숫자가 적다 하여 가벼이 보지 않는다는 무언의 표현이었다.

'박성규 마스터는 참 사려 깊단 말이지.'

태랑은 박성규의 배려에 응답하기 위해서라도, 또 자신을 위해서라도 내일의 레이드를 완벽하게 성공시켜야겠다고 다짐했다.

"…이동기를 갖추거나 속도 향상 버프를 줄 수 있는 헌터들이 다수 포진했기 때문에 유인조는 큰 문제 없을 거야. 오히려 던전을 지키는 팀들이 문제야."

태랑은 병력 배치를 표시한 지도를 점검하며 혼자서 중얼거렸다. 그는 전투 상황을 머릿속으로 시뮬레이션해가며 작전의 미비 된 점을 보완하는 중이었다.

'적의 병력은 못해도 우리의 3배.'

힘 대 힘으로 맞붙는 필드에서는 숫자가 많은 쪽이 당연히 유리하다. 수적 우위를 바탕으로 포위 공격이 가능하기 때문이다.

'…하지만 전투원의 질적인 측면에서는 우리가 앞선다. 이점을 적극적으로 이용해야 해.'

태랑의 농성 전략의 핵심은 흔히 길막이라고 불리는 통로 봉쇄전법이었다.

레오니다스가 이끄는 스파르타 전사 300이 테르모필레 협곡을 틀어막고 페르시아의 100만 대군을 견뎌낸 것처럼, 길목을 좁아지는 병목지형에서는 병력의 양보다 질이 우선이다.

적과의 접점을 극단적으로 줄임으로써, 적의 포위 공격을 원천 차단하는 것이 태랑의 작전이었던 것이다. 또한 던전에서의 전투는 래그나돈이 가진 풍부한 야전 경험을 상쇄시키는 효과도 있었다.

"…아무래도 한모 형이 장판파의 장비가 되어야겠군."

서리마녀의 판금 갑옷을 입은 한모는 고유의 특성과 스킬을 부가효과로 말미암아 엄청난 탱킹이 가능했다.

방어 아티펙트로 보강된 쉴드 수치는 최상위권이며, 스킬 발휘 시 50% 피해감소에 더불어 대지격동의 여진 동안 절반으로 감해지는 데미지는, 그의 수비력을 극단적으로 끌어올렸다.

과장되어 말하면 버프를 받는 시간 동안 그의 쉴드는 베리어를 친 것처럼 단단해지는 것이었다.

'한모 형이 래그나돈이 들어올 출구를 틀어막아야 해. 원거리 공격력이 뛰어난 아쳐스에게 뒤를 바치게 하고, 박성규 마스터를 위시한 공격 마법사들도 전원 투입해야지. 래그나돈이 진두지휘하는 선봉만 조심한다면, 나머지 출구 쪽은 자력으로 버텨낼 수 있을 거야.'

태랑은 가용한 헌터들의 능력을 고려해 농성의 배치를 완벽하게 가다듬었다. 이는 내일 출정식 때 고스란히 하달되어 작전 수행 능력을 더욱 끌어올릴 것이다.

만약 놈이 던전을 되찾으려고 성급하게 병력을 밀어 넣는다면, 무의미하게 부하들만 소진시키는 결과를 낳을 것이다.

래그나돈이 제아무리 뛰어난 몬스터라도 어쨌든 지휘관 타입. 부하가 없는 상태로는 가진 힘을 100% 발휘할 수 없다. 무리한 공성전을 감행한 놈은, 전투가 끝날 쯤에야 수족이 잘린 것을 깨달을 것이다.

'다만 문제는 놈의 특성이 어느 시점에 발휘되느냐 데…'

태랑이 애초 연합을 받아들였던 이유는, 놈의 특성을 빼앗고자 함이었다. 그는 지난번 오우거 레이드를 통해 강력한 항마 능력과, 쉴드가 깎일수록 공격력과 방어력이 상승하는 특성을 손에 넣었다. 그러나 래그나돈이 지닌 특성이야말로, 태랑에게는 더욱 절실하게 요구되는 것이었다.

'…광폭화. 일시적으로 모든 스킬의 효과를 2배로 만드는 기술!'

오우거의 특성들은 포스나 쉴드 같은 스텟을 직접 상승시키지만, 래그나돈은 스킬의 효과를 강화시키는 특징이 있었다. 태랑처럼 스킬이 많은 헌터에겐 문자 그대로 전투력을 두 배까지 높여주는 특성.

'괴수나, 전투각성 같은 특성은 쉴드의 손상률에 연동되는 문제가 있어. 즉, 특성의 발휘를 위해선 데미지를 감수할 수밖에 없는 거지. 하지만 광폭화는 원하는 타이밍에 제약이 없어. 전투 중 언제라도 스킬의 효과를 두 배로 끌어올릴 수 있어.'

만약 전투각성의 최대 공격력 증가 3배에 광폭화로 인한 스킬 효과 2배까지 동시 적용을 받으면 곱 연산 법칙에 따라 무려 6배라는 전투력 상승효과를 기대할 수 있었다.

그 정도면 단숨에 몇 단계 위의 몬스터를 제압할 수 있을 만큼 강해지는 것이었다.

'…이게 바로 특성 포식이 가진 진정한 힘이지. 여러 특성의 장점을 중복해서 기하급수로 강해지는 것.'

태랑이 가진 특성 포식이 시간이 갈수록 강해지는 것은 바로 이러한 이유 때문이었다. 보통의 각성자가 하나의 특성에 의지해야 한다면, 자신은 특성을 중복 적용받으면서 말도 안 되는 수준까지 뻥튀기할 수 있는 것이었다.

가령 근접전시 5배의 포스 상승효과를 받는 유화의 특성만 해도 손에 꼽히게 강력한 특성이지만, 태랑은 2배 강화, 3배 강화를 겹쳐 받음으로써 한순간에 유화만큼 능력치 뻥튀기가 가능한 것이었다.

만약 여기에 레젼드리 아티펙트인 불카토스의 무기만 획득할 수 있다면 최대 30배 강화도 불가능한 것은 아니었다.

남들보다 곱절로 강해지는 능력!

유일하게 태랑만 가능한 특권이었다.

'시간이 갈수록 나는 강해진다. 래그나돈을 해치우고 나면 타워 공략 역시 가능해질 거야. 이번 연합 전선은 나에게 엄청난 기회를 준거나 다름없어. 기필코 놈을 잡고 말겠어.'

태랑이 그런 생각을 하는데, 갑자기 천막의 전등이 꺼졌다.

'어라 갑자기 웬 정전이람?'

숙영지의 전원은 모두 막고라 길드에서 제공하고 있었다. 듣기론 선박용 디젤 발전기를 구해와 휘발유로 발전한다고 했다. 그러다 보니 출력량이 부족해서 되도록 전등을 켜는 용도로만 써야 한다는 것이었다.

'흠. 아무래도 발전기 자체가 끊긴 것 같은데… 수현이한테 가서 빛의 완드라도 빌려와야겠다. 어두워서 뭘 할 수가 없네.'

태랑이 지휘 텐트 밖으로 나가려고 하는데 갑자기 천막이 젖혀지며 누군가 들어왔다. 어렴풋이 비친 실루엣이 여자였다.

"어? 유화니? 정전 인가 봐."

그러나 들어온 여자는 별 대답이 없었다. 그녀는 어둠 속에 있는 태랑의 위치를 확인하고는 불쑥 안겨 왔다. 갑작스런 포옹에 태랑이 살짝 당황하며 말했다.

"갑자기 이러면…."

"쉿–"

태랑이 유화라고 착각한 인물은 바로 아쳐스의 곽시은이었다.

그녀는 밖에서 전선을 절단해 불을 끈 뒤 침입한 것이었다. 태랑에게 와락 안긴 그녀는 다짜고짜 키스를 퍼부었다.

"흡!"

태랑은 유화가 민망할까 봐 밀치지도, 안지도 못한 자세로 어정쩡하게 서 있었다.

'…갑자기 얘가 왜 이러지? 음? 가만, 이건 양주 맛인데?'

태랑은 타액을 통해 전해져 오는 브랜디의 자극적인 향에 정신이 번쩍 들었다. 아무래도 독한 술을 급하게 마셔 취한 모양이었다.

"유, 유화야, 누가 보면 어쩌려고."

태랑이 조심스레 밀쳐냈지만, 시은은 막무가내였다. 살짝 뒤로 물러섰던 그녀가 다시 한번 태랑에게 입술박치기를 시도했다. 두 번째 키스는 처음보다 훨씬 거칠었다. 노골적으로 혀가 들어오며 태랑의 입속을 마구 휘저었다.

'으헉!? 이, 이게 무슨…! 가만 근데 얘가 이렇게 가슴이 컸던가?'

'그녀와 몇 번 포옹을 했던 태랑은 유화의 가슴이 작다는 것을 인지하고 있었다. 그러나 어둠 속에 안긴 여인은 평소 알고 있던 유화의 사이즈(?)가 아니었다. 풍만한 볼륨감이 타이트하게 태랑을 압박했다.

태랑이 점점 위화감을 느끼는데 갑자기 시은이 태랑의 상의를 들추었다. 오우거의 가죽 갑옷을 벗고 면 티만 걸치고 있던 태랑은, 순식간에 상의가 들리고 말았다.

"뭐, 뭐하는 짓이야?"

태랑이 당황하며 저항하는 바람에 목과 팔에 걸쳐진 면 티가 태랑의 얼굴을 가리는 사이, 시은이 과감하게 태랑의 젖꼭지를 빨기 시작했다.

쭙쭙-

"으악!"

느닷없는 애무에 놀란 태랑이 시은의 머리채를 잡아 밀었다. 그 바람에 시은은 엉덩방아를 찧고 넘어지고 말았다. 태랑이 재빨리 옷매무시를 가다듬었다.

"아앗! 다칠 뻔했잖아. 보기보다 거친 걸 좋아하는구나. 김태랑."

어둠 속에서 들려온 목소리는 생전 처음 듣는 목소리였다.

"너 누구야?"

"어머, 이제 와서 갑자기 딴청이람?"

태랑은 주머니에서 지포라이터를 꺼내 시야를 밝혔다. 라이터 불빛 속에서 여인의 정체가 드러났다.

"세상에! 너, 곽시은?"

"헤에… 키스 잘하던데?"

태랑은 그녀를 유화로 착각하고 잠시나마 진한 키스를 나눈 것에 몹시 죄책감을 느꼈다. 만약 갑자기 불이 소등되지 않았더라면 그녀를 텐트에 들이지도 않았을 것이다. 생각이 그에 미친 태랑은, 불을 끈 것이 어쩌면 그녀의 소행이 아닐까 의심하기 시작했다.

"네가 불 끈 거야?"

"그래."

"오밤중에 남의 텐트에 쳐들어와서 이게 무슨 짓이지?"

"무슨 짓이라니? 같이 즐겨놓고 이제 와 딴소리네?"

"그건 네가 다른 사람인 줄 알았으니까!"

"흐응, 그래도 은숙이보다 내가 더 키스 잘하지 않아?"

"무슨 뜬금없이 은숙이야? 오해하나 본데 우린 그런 사이 아니야."

"뭐야? 그럼 다른 여자가 또 있어? 주변에 여자가 꽤 많나 보지?"

태랑은 그녀와 실랑이를 벌이는 것이 슬슬 짜증이 났다.

"내가 왜 그런 얘길 너한테 해야 하는데?"

"흥, 어차피 상관없어. 남자가 너무 경험 없어도 매력 없더라고. 난봉꾼만 아니라면 오케이야."

'제정신이 아니네. 대체 무슨 소릴 지껄이는 거야?'

만약 그녀가 남자 헌터였더라면 벌써 치고받았을 것이다. 무단침입에 성희롱까지… 이는 도저히 묵과할 수 없는 행위였다.

그러나 시은은 여자였고 더구나 한 클랜의 마스터이기도 했다. 그녀의 평판을 생각하자, 태랑이 마음이 약해졌다.

"곽시은, 네가 무슨 생각으로 여기 왔는지는 모르겠지만, 좋은 말로 할 때 썩 물러가. 그러면 방금 전 일은 없던 일로 해주지."

태랑이 나름 생각해서 꺼낸 말에 시은은 자존심이 확 상했다.

술김에 용기를 내긴 했지만, 그녀도 역시 여자였다.

자존심을 굽히고 텐트로 몰래 숨어들었는데 태랑이 단호하게 축객령을 내리자 마음속에 오기가 치솟았다.

'이게 진짜 보자 보자 하니까! 니가 날 찬밥 취급했다 이거지? 키스까지 해놓고 꺼지라고? 오냐, 오늘 끝까지 가보자. 내가 너 따먹고 말 거야.'

갑자기 시은이 입고 있던 재킷을 벗어 던졌다.

이너로 걸친 끈 나시만 아슬아슬 남으며 그녀의 속살이 훤히 드러났다. 태랑은 그녀의 과감한 행동에 고개를 홱 돌렸다.

'젠장! 아까보니 술에 잔뜩 취한 것 같은데… 주사 하나는 정말 최악이군.'

태랑이 시선을 내리깐 체 소리쳤다.

"야! 너 사람들 불러서 창피 줘야 정신 차릴 거야?"

"흥! 그래! 한 번 불러 봐."

"…뭐라고?"

"자신 있으면 불러 보라고. 내가 겁먹을 줄 알고?"

그녀는 나시까지 훌러덩 벗어버렸다. 이제 속옷만 남긴 그녀의 몸매는 감탄이 나올 만큼 잘 빠져있었다.

태랑은 차마 눈 뜨고 볼 수가 없어 지포 라이터 뚜껑을 닫아 버렸다. 다시 텐트 안이 어둠 속에 잠겼다. 어둠 속에서 시은이 말했다.

"지금 우리 모습을 사람들이 보면 뭐라고 생각할까? 그거 알지? 남자는 강간죄가 있어도 여자는 그런 거 없다는 거?"

"무슨 소리야! 여자가 왜 강간죄가 없어?"

그때 텐트 밖으로 누군가의 발걸음 소리가 들렸다. 두 사람은 동시에 입을 닫았다. 잠시 뒤 텐트 입구에서 목소리가 들려왔다.

"마스터, 벌써 주무시는 거예요? 소등하셨네요?"

'헉! 슬아잖아? 하필 이때!'

태랑은 브라만 입은 시은의 모습을 떠올리고는 차마 진실을 밝힐 수 없었다. 어린 슬아가 이 장면을 본다면 큰 충격을 받을 것을 우려했다.

시은이 어둠 속에서 배시시 웃는 사이 태랑이 둘러댔다.

"어, 어 좀 일찍 자야 할 것 같아서."

"아… 그래요? 다들 마스터 데려오라고 성환데… 제가 그래서 대표로 온 거예요."

"미, 미안 일을 많이 했더니 좀 피곤하네. 오늘은 그냥 잘 게."

"그럼 제가 어깨라도 주물러 드릴까요?"

슬아가 텐트로 들어올 기미를 보이자 태랑이 황급히 소리쳤다.

"아, 안 돼! 나 지금 팬티만 입고 있어. 괘, 괜찮으니까 신경 안 써도 돼."

"그러시구나. 아쉽지만 어쩔 수 없죠. 그럼 편히 주무세요. 마스터."

"응, 슬아 너도 잘자."

슬아가 물러나는 소리가 들리자 태랑이 안도하며 가슴을 쓸어내렸다. 지금 시은과 둘이 있는 장면을 들켰다면 분명 엄청난 오해가 벌어졌을 것이다.

"후후. 입으론 싫다더니 몸은 솔직한가 보네. 왜, 속옷 보니까 땡겨? 내가 그 젖소 같은 계집보단 못 해도 은근 빵빵하지? 솔직히 가슴은 크기보단 모양이지. 그리고 너한테만 말해주는데…."

시은이 과감하게 태랑을 향해 다가오며 속삭였다.

"…나 핑두야."

홀러덩—

브래지어가 바닥에 떨어지는 소리에 태랑이 끔찍한 괴물이라도 본 것처럼 눈을 감았다. 암순응이 완료된 두 눈으로 그녀의 나신이 비치기 시작했던 것이다.

'미쳤어. 제정신이 아니야. 말로는 도저히 안 통하겠어!'

시은의 육탄 공세에, 태랑이 사상 최악의 위기에 빠져들고 있었다.

태랑은 정신을 바짝 차렸다.

'이런 미친 여자와 잘못 엮였다간 분명 뒤끝이 좋지 못할 거야.'

물론 태랑이 고자가 아니었다. 특히 방금 전 시은이 속옷

까지 벗어 던졌을 땐 살짝 흔들리기도 했다. 세상 어느 남자가 준다는데 마다하겠는가? 그러나 본능대로 행동할 순 없는 일이다. 맥락도 없이 이런 행동을 벌일 적에는 분명 다른 꿍꿍이속이 있다고 여겼다.

"잠깐. 너무 서두르지 마."

태랑은 색계를 의심했다. 몸을 섞어 빌미를 만든 뒤 그것으로 다른 무엇을 요구할지 모른다.

"뭐야, 아마추어같이… 긴장돼서 그래?"

그녀는 거미줄에 걸린 먹잇감을 보듯 태랑을 바라보고 있었다. 완전히 주도권을 잡았다는 생각에 시은이 다소 여유를 부렸다. 그녀는 자신의 매력을 과신했고, 어느 남자라도 자빠뜨릴 수 있다고 믿었다.

'적당히 맞춰주면서 저의를 파악해봐야겠다.'

"아니 다 좋은데, 번갯불에 콩 볶아 먹는 식은 싫거든. 여긴 둘밖에 없으니 좀 천천히 가는 게 어때?"

"흐응, 이제 마음이 동한 거야?"

"남자라면 이런 기회를 마다할 리 있겠어? 이쪽으로 누워봐."

태랑은 야전 침대로 그녀를 이끌었다.

그녀의 나신이 신경 쓰였지만 애써 태연한 척 행동했다. 시은은 태랑의 손에 이끌려 다소곳이 침대에 누웠다. 매트리스가 없는 딱딱한 촉감이 마음에 들지 않았지만, 맨 바닥보단 훨씬 나았다. 태랑이 침상 끝에 엉덩일 걸쳐 앉으며 손끝으로 그녀의 볼을 어루만졌다.

"보기보다 대담한 성격이군. 원래 그렇게 저돌적인가?"

"난 원하는 것은 무조건 손에 넣어야 직성이 풀리는 사람이거든. 이번엔 그게 너였어."

시은이 누운 체 대답했다.

그녀는 점점 쇄골 쪽으로 내려가는 태랑의 터치를 음미하고 있었다. 태랑은 그녀에게 유혹당한 척 연기하며 스스로 티셔츠를 벗었다. 수련으로 단련된 탄탄한 그의 상체가 드러났다. 전에 없던 울퉁불퉁한 복근들이 알알이 박혀 있었다. 시은이 침을 꿀꺽 삼켰다.

"왜 나를 원하지?"

"강하니까."

"단지 그 이유로?"

태랑은 이제 시은의 가슴 언저리를 손끝으로 타고 내리며 변죽을 올렸다. 시은은 그 부근이 성감대인 듯 얕은 한숨을 내뱉었다.

"하아…."

"대답해봐. 난 공짜 점심은 없다고 믿거든. 이왕 이렇게 된 거 솔직하게 말해보시지."

"흡… 난 거기가 특히 예민한데…."

태랑은 더욱 과감하게 허리를 숙여 그녀의 배꼽 주변을 혀로 핥았다. 시은의 허리가 활처럼 꺾였다. 슬쩍 고개를 들자 유두가 바짝 곤두선 게 보였다. 태랑의 섬세한 애무에 그녀가 달아오르기 시작한 것이었다.

"솔직하게 말 안 해줄 거야?"

"하악… 너와 합치고 싶었어."

"합치다니? 뭘?"

"…히, 힘을… 너의 세이버와 우리 아쳐스 클랜을… 그리고 너와 나도…."

'설마 클랜 합병을 말하는 건가? 그런 이유로 이런 짓까지 벌이다니… 목적 달성을 위해서라면 물불을 안 가리는 여자로군.'

태랑은 시은의 의도를 파악하자 어이가 없어 실소가 나올 뻔했다. 마스터로서 클랜을 확장하고자 하는 심정은 어떻게든 이해한다손 치더라도, 색계도 서슴지 않는 정신세계는 도저히 받아들일 수 없는 행위였다. 또한, 그런 여자라면 줘도 갖고 싶지 않았다.

태랑은 천천히 그녀의 바지춤을 풀어내자, 시은이 이에 동조하며 엉덩이를 치켜들었다. 바지를 반쯤 내리던 태랑은 갑자기 뭔가 생각난 듯 말했다.

"참, 내 취향이 좀 독특한데 혹시 맞춰줄 수 있어?"

"때리는 것만 아니면… 뭐, 욕 정도는…."

시은은 이미 태랑의 애무로 충분히 달아오른 상태였기 때문에 무슨 요구든 받아줄 기세였다. 태랑이 바지춤에서 수갑 같은 체인을 꺼내 들었다.

"그건 뭐야?"

"난 사실 묶어 놓고 하는 걸 좋아하거든."

"흐으. 너 변태였구나? 이런 걸 평소에 가지고 다녀?"

"왜? 실망했어?"

시은이 홍조 띤 얼굴로 대답했다.

"아니. 사실 더 흥분돼. 나도 구속 플레이는 처음이거든. 어서 묶어줘."

태랑은 반항하지 않는 그녀의 두 손을 묶은 뒤 야전 침대에 달린 프레임 사이에 걸쳤다. 시은은 숨을 헐떡일 정도로 흥분해서 태랑에게 소리쳤다.

"하악. 뭔가 강압적인 이 기분 너무 좋아. 욕 해줘."

그러나 체인을 묶은 태랑은 갑자기 표정이 돌변하더니 벌떡 침대에서 몸을 일으켰다.

"마스터 곽시은."

"…응? 왜 그래 무섭게?"

"지금 너를 묶은 아티펙트는 마나번 체인이라고 한다."

"응? 갑자기 무슨 소리야?"

"마나 번 체인은 너의 포스를 남김없이 태워버리지. 포스를 쓸 수 없으니 체인도 풀지 못해."

"뭐, 뭐라고?"

시은이 말도 안 된다는 표정으로 몸부림을 쳤지만, 정말로 조금의 포스도 실리지 않았다. 체인은 평소 그녀의 포스라면 두 팔로 충분히 끊어낼 수 있는 굵기였지만 마나 번 체인은 요지부동이었다. 그제야 속은 것을 깨달은 시은이 격렬하게 저항했다.

"이이! 이 나쁜 자식! 감히 나를 속여?"

태랑은 담요를 펼치더니 그녀의 나신을 덮어 주었다. 계속 보고 있자니 민망했기 때문이었다.

"난 너와 엮이고 싶은 생각 추호도 없어. 기지로 돌아가."

"개새끼! 나한테 이런 굴욕을 줘?"

"굴욕이라고? 하ㅡ. 진짜 굴욕을 맛보게 해줘? 이대로 묶인 체 네 부하들에게 끌고 가면 볼 만하겠군. 홀딱 벗고 침대째 실려 오는 마스터라니."

"……."

"혼자선 체인을 못 풀 테니 가서 풀어달라고 해."

태랑은 프레임 봉을 두 손으로 잡더니 힘을 주어 끊어냈다. 그의 포스는 이제 철제 프레임 정도는 맨손으로 끊어낼 정도로 강력해져 있었다.

"너 두고 봐, 오늘 일 후회하게 만들어 줄테니!"

시은이 표독스럽게 노려보자 태랑도 지지 않고 받아쳤다.

"곽시은. 내가 분명히 경고하지."

"……."

"한 번만 더 나를 도발하면 그땐 절대 봐주지 않아. 너네 클랜을 아예 삭제시켜 버릴 수도 있어. 시험해 보고 싶으면 그렇게 해보던가."

포식의
군주 5

태랑이 살벌하게 협박하자 시은은 더 이상 대꾸 못 하고 지휘 텐트 뒷문으로 도망쳤다. 담요를 몸에 두른 시은을 쫓아낸 태랑은 의자에 걸터앉아 한숨을 내쉬었다.

"휴-. 살다보니 별 미친 여자를 다 보겠네."

그때 엉덩이쪽에서 뭔가 이물감이 느껴졌다. 손을 넣어 집어 드니 시은이 벗어 놓고 간 브래지어였다.

"으헉!"

태랑은 못 만질 것이라도 만진 사람처럼 황급히 집어 던졌다. 갑자기 뇌쇄적인 표정으로 속삭이던 그녀의 목소리가 머릿속에 울려오는 것 같았다.

―…나 평두야.

"…으으. 또라이 같은 년, 진짜."

다음날 9시.

숙영을 마친 연합 클랜들이 속속들이 집결지로 모여들었다.

각자의 냉병기를 손에 들고, 결기에 찬 표정을 짓는 헌터들에게선 어젯밤의 무절제한 분위기는 조금도 찾아볼 수 없었다. 다들 사안의 막중함을 인지하고 바짝 긴장한 상태였다.

"드디어 결전의 날이다."

높은 탑차 위에 올라선 막고라 길드의 마스터 박성규가 헌터들을 향해 입을 열었다.

"오늘, 여기 있는 누군가는 죽는다."

박성규의 말에 무거운 침묵이 내려앉았다.

"그는 누군가의 아버지이자, 어떤 이의 자식이며, 우리들의 동료일 것이다. 하지만 그 죽음은 결코 헛되지 않다. 오늘의 전투는 작게는 모든 클랜들을 위함이요, 크게는 인류를 해방시키려는 도전이기 때문이다! 헌터들이여! 목숨을 아끼지 마라! 싸우고, 무찌르고, 쳐부수자! 몬스터 놈들을 이 땅에서 몰아내자!"

"와아아아아!"

박성규의 출정 선언에 헌터들의 사기가 끌어 올랐다. 태랑이 옆에 있는 민준에게 조용히 속삭였다.

"확실히 큰 길드의 수장다운 언변이야."

"그러게. 한마디 말로 헌터들의 사기를 진작시켰어."

"우리 세이버 클랜은 한 명도 다치지 말자. 알았지?"

"네. 태랑이 형."

"당연하죠. 오빠!"

헌터들은 이제 각자의 임무에 따라 재편되었다.

되도록 기존의 클랜의 골격을 유지한 형태였지만, 유인조의 경우는 다국적군에 가깝게 여러 클랜이 뒤섞일 수밖에 없었다.

유화와 슬아가 태랑에게 마지막 인사를 하고 유인조로

이동했다.

"마스터, 그럼 다녀올게요."

"오빠. 나중에 봐."

"그래. 둘 다 몸조심해. 유인조 조장 철십자 클랜의 허재준에게 아침에 다시 일러뒀어. 절대 무리하지 말고 도망만 잘 다니면 돼."

"네."

태랑은 남은 헌터들에게 말했다.

"자, 우리 클랜은 단독으로 4번 출구 공략을 맡았어. 출구를 접수하고 나면 막고라의 전투원 일부가 우리 쪽으로 배치될 거야."

"오케이."

"그리고 래그나돈이 침투하는 쪽으로 나와 한모 형이 이동해야 하니 민준이 네가 책임지고 4번 출구를 수비해줘."

"알겠다."

작전이 개시되자 헌터들은 신속하게 이동을 전개했다.

유인조 40여 명을 제외한 나머지 병력은 먼저 이동하여 지정된 장소로 매복했다.

유인조를 이끄는 철십자의 허재준은 특유의 십자 투구를 깊이 눌러쓴 체 소리쳤다.

"이곳엔 철십자 기사단 외에 다른 클랜도 함께 있다. 그러나 전투 중엔 내 명령에 절대복종하길 바란다."

"네!"

"또 다들 숙지하고 있겠지만, 쉽게 말해 우린 미끼에 불과하다. 놈들을 도발하되 절대 적의 본대와 싸우려 들어선 안 된다. 알겠나!"

"네! 알겠습니다."

유인조 병력은 철십자 기사단 스무 명과 기타 차출병력으로 구성되어 있었다. 대부분 날랜 헌터들로 이루어진 유인조는 빠르게 고속버스터미널 역으로 진격을 시작했다. 유화와 슬아는 둘이 꼭 붙은 체였다.

"언니, 조심하세요."

"그래. 너두 슬아야."

두 사람은 태랑을 두고 다소 껄끄러운 사이였지만, 낯선 사람들 사이에 섞이자 자연스레 서로를 의지했다. 특히 태랑이 절대 한눈팔지 않고 유화에게 신뢰를 주고 있었기 때문에 유화도 필요 이상으로 예민하게 굴지 않았다.

선두에서 거침없이 나아가던 허재준은 리져드맨 정찰대를 발견하고 공격을 지시했다.

"전방에 도마뱀 인간들이다! 전원, 돌격!"

그의 명령에 철십자 투구를 쓴 병력들이 제일 먼저 움직였다. 철십자 기사단은 고속 돌격으로 유명했는데, 헤이스트 마법으로 속도를 끌어올려 마상 기동을 하는 것처럼 빠르게 돌진하는 것을 장기로 삼았다.

그들의 대쉬에 리져드 맨들이 순식간에 무너졌다. 특히 광휘의 기사라 불리는 허재준의 활약이 가장 눈에 띄었다.

그의 아티펙트 '라이트 소드'가 빛을 뿜자 시야를 상실한 리져드 맨 들이 속수무책으로 쓰러졌다.

마법의 빛은 '블라인드 마법'이 걸려있어, 빛을 본 몬스터의 시야를 일시적으로 빼앗는 무구였다.

'아, 저래서 광휘의 기사라 불리는구나. 민준 오빠보단 조금 투박하지만, 무척 빼어난 검술 솜씨야.'

유화는 허재준의 검술을 눈여겨보았다. 롱소드를 들고 종횡무진으로 날뛰는 그의 모습이 호전적인 자신과 조금 닮아 있었다.

'흥, 나도 질 수 없지.'

유화는 새롭게 얻은 스킬을 시험해 보기로 했다. 달려오는 리져드맨을 향해 유화가 한 손을 뻗으며 스킬을 발휘했다.

"기공파!"

그녀의 손에서 노란색의 파동이 뿜어지더니 덤벼들던 리져드맨을 향해 덮쳤다.

펑-!

기공파에 맞은 리져드 맨은 그대로 몸이 붕 떠올랐다.

'오. 에어본 효과가 상당한데?'

그녀는 떠오른 리져드 맨에게 연이어 공격을 날렸다. 추락하는 리져드 맨을 향해 그대로 주먹을 올려치자 턱을 걷어차인 리져드 맨이 공중에서 한 바퀴 돌더니 철퍼덕 바닥으로 쓰러졌다. 두 번 볼 것도 없이 즉사였다.

유화가 보여주는 놀라운 무용에 헌터들의 시선이 집중되었다.

특히 유인조의 조장을 맡은 허재준은 싸우던 것도 잊고 그녀를 바라보았다.

'대단하군. 저 여자가 소문 무성한 세이버 클랜 소속이었지? 엄청난 무투 실력이다.'

"조심해요!"

방심한 허재준을 향해 리져드 맨이 기습적으로 창을 내질렀다. 슬아가 재빨리 투검을 방출하여 리져드 맨의 미간과 심장을 꿰뚫었다. 동시에 두 개까지 방출되는 2레벨의 암기 발출 스킬이었다.

중독 속성이 추가된 투검의 효과로 인해 맞은 자리로 녹색의 피가 흘러나오며 리져드 맨이 거품을 물고 쓰러졌다.

"고, 고맙다."

"별말씀을."

슬아는 시크하게 대답하더니 곧장 속도를 높여 리져드 맨들 사이로 뛰어들었다. 재준은 신속한 그녀의 움직임에 감탄하며 다시 한번 세이버 클랜의 멤버들을 경외의 눈을 쳐다보았다.

'저 여자 또한 대단하구나. 눈으로 속도를 잡을 수 없을 정도야. 세이버의 김태랑은 대체 어떤 인물이기에 이런 자들을 수하로 거느리고 있는 거지?'

철십자 기사단과 유화와 슬아의 활약으로 서른 마리에 달하는 리져드맨 정찰대가 순식간에 정리되었다. 도망치는 적을 향해 슬아가 투검을 쏘려고 하자, 재준이 만류했다.

"아냐. 죽이지 말고 그대로 둬."

"네?"

"우리 유인조의 목적은 던전 보스를 끌어내는 거야. 놈을 살려줘야 자기편을 데려오지."

"아… 그렇네요."

"마법사들은 이동 버프 준비해. 놈이 달려 나오면 곧장 도망칠 준비를 해야 한다."

"넵."

후방에 서 있던 마법사들이 전투원들을 향해 이동 버프를 걸었다. 유화도 신속의 바람 오라를 켜 속도를 더했다. 몸이 날래진 유인조는 다시 이동을 재개하며 정찰조를 찾아다녔다.

역 주위를 배회하는 리져드 맨들을 들쑤신다면, 분명 흥분한 래그나돈이 튀어나올 것이다.

허재준이 이끄는 유인조는 그 뒤로 또 다른 리져드 맨 정찰부대와 마주쳤고, 마찬가지로 소수의 생존자만 돌려보내며 놈들을 무찔렀다.

'슬슬 입질 올 때가 됐는데….'

박성규의 사전 정찰에 따르면 역 주변을 순찰하는 정찰부대는 모두 3개. 그중 두 개의 정찰부대를 격파했으니, 래그나돈도 슬슬 바깥의 사태를 감지했을 것이다.

"저쪽에 적들이다!"

재준의 예상대로 지하철역 입구에서 갑자기 몬스터들이 쏟아져 나오기 시작했다. 출근길의 넥타이 부대처럼 떼를 지어 몰려나온 몬스터들은 래그나돈이 이끄는 놀 군단이었다.

도그 파이터의 친척인 놀 군단은, 하이에나의 머리를 한 수인형 몬스터. 어깨 견갑에 삐죽삐죽 튀어나온 스파이크는 미식축구의 방호구처럼 그들을 감싸고 있었다.

놈들은 A등급 몬스터 중에서 특히 체력이 뛰어난 것으로 정평이 나 있었는데, 아무리 오랜 시간 전투를 벌여도 쉽게 지치지 않는 특징이 있었다.

"우아, 대체 몇 마리야?"

놀 군단의 숫자는 입이 떡 벌어질 정도였다.

놈들은 쉴 새 없이 지하철 입구에서 튀어나왔다. 모든 출입구에서 동시에 쏟아져 나오는 놀 군단은 인해전술로 유명한 중공군을 떠올리게 했다. 어마어마한 쪽수.

"저, 저기!"

그때 놀 군단의 한가운데 사뭇 다른 느낌의 병사들이 눈에 들어왔다. 아까 정찰부대를 이루었던 리져드 맨보다 훨씬 덩치가 큰 리져드 워리어였다.

그들은 특별히 무쇠로 벼른 갑옷을 받치고 있어, 햇빛을 받아 전신이 반짝거렸다. 그리고 리져드 워리어의 가운데는 던전 보스인 래그나돈이 버티고 있었다.

래그나돈은 사람의 몸에 악어의 머리를 붙여 놓은 것처럼 전체적으로 주둥이가 툭 튀어나온 형상이었다. 피부 역시 질기고 단단한 가죽으로 뒤덮여, 그 자체로 갑옷을 이루고 있었다.

특히 인상적인 것은 놈의 양손에 달린 각도기 모양의 무기였다. 부채처럼 펼쳐진 놈의 무기는 너클 소드의 한 종류로, 가운데 부분의 손잡이를 쥐고 칼처럼 배는 형태였다. 유화는 태랑이 따로 해준 말이 떠올랐다.

-놈은 굉장히 독특한 기형병기를 사용해. 오라클이라고 불리는 아티펙튼데 날카롭기론 검과 같고, 파괴력은 도끼처럼 월등하지. 게다가 양손에 쥐고 방패처럼 공격을 막아낼 수도 있어.

'저게 태랑 오빠가 알려준 오라클이구나.'

유인조를 발견한 래그나돈이 놀 군단을 향해 손짓하자, 놈의 충성스런 부하들이 일제히 움직이기 시작했다. 사방의 출구에서 쏟아져 나온 놀 군단은, 하나의 커다란 줄기로 합류되며 노도처럼 밀려들어 왔다. 수백이 넘는 놀 군단의 돌격은 거대한 해일을 연상시켰다.

재준이 부하들에게 명령했다.

"가용한 모든 버프와 오라를 써서 신속히 물러난다.

놈들에게 덜미를 잡혀선 안 돼!"

처음부터 도주를 준비하던 유인조의 헌터들이 뒤도 돌아 보지 않고 후퇴를 감행했다. 많은 버프가 중복해서 걸린 유 인조의 움직임은 인간의 한계를 뛰어넘는 속도를 선보였 다.

유인조가 보이는 빠른 기동성에 놀 군단은 감히 따라붙 을 엄두를 내지 못했다. 격차는 점점 벌어졌고, 숫자가 많 아 뭉뚱그려있던 놀 군단은 긴 뱀처럼 장사진을 이루며 늘 어졌다.

재준이 뒤를 돌아 적 본대와 격차를 확인했다.

'너무 빨리 도망치면 추적을 포기할지도 몰라. 적당히 약을 올려야겠어.'

"전원 정지! 바로 뒤에 붙은 놈들만 쓸고 가자!"

"옙!"

도망치던 유인조가 그대로 반전하여 뒤따라오던 놀 군단 과 충돌했다. 갑작스런 헌터들의 반격에 일렬로 몰려오던 놀은 제대로 저항도 못 하고 속수무책으로 쓰러졌다.

재준이 이끄는 철십자 기사단은 명성처럼 강력한 차징을 선보이며 일거에 적들을 무찔렀다. 다시 적의 본대와 거리 가 가까워지자 재준이 후퇴를 지시했다.

그런 식으로 몇 차례 놀 군단을 잘라 먹자 래그나돈도 슬 슬 부아가 치미는지 놀 군단을 3갈래로 분산시켰다. 포위 망을 형성하려는 것이었다.

'상당히 약이 오른 모양이군. 하지만 지하철역에서 멀어 질수록 네놈의 본진이 위험하게 될 걸?'

놀 군단이 3방향에서 압박해 왔지만, 아직도 재준은 여유가 있었다. 그들은 사전에 지하철역 인근의 지형을 모두 파악해둔 상황. 일부러 골목을 드나들며 동선을 꼬자, 지형에 익숙하지 않은 놀 군단의 혼란이 가중되었다.

그러는 사이 벌써 적들은 지하철역에서 상당히 멀어진 상황이었다. 재준이 부하를 시켜 명령했다.

"막고라 쪽에 바로 연락 취해. 지금 던전을 점거하라고."

"넷!"

상가 건물 사이사이에 숨어 연락을 기다리던 태랑에게도 마침내 박성규의 무전이 떨어졌다.

-매복조는 현재 시점에서 지하철역을 접수한다. 눈에 보이는 모든 몬스터 잔당을 사살하라. 각자 맡은 출입구를 확보하는 데로 즉각 보고 할 것.

"좋아. 유인이 성공한 것 같다. 움직이자."

그때 은숙이 걱정스럽게 물었다.

"태랑, 그런데 만약 래그나돈이 자기 던전을 뺏긴 줄도 모르고 계속 유인조를 추적하면 어떡해? 놀 군단은 체력도 좋다며."

"그건 걱정하지 마. 모든 던전 보스는 자신의 던전과 연결되어 있어. 그것을 통해 함정을 발동시킬 수 있는 거거든. 던전이 공격받는 순간, 놈은 즉각 알아챌 거야."

"아하."

유화와 슬아를 제외한 세이버 클랜은 4번 출구를 향해 달려갔다. 가장 인원이 적은 공략대 였지만, 태랑이 소환수를 부리는 순간 순식간에 소대 규모로 병력이 증강되었다.

"아따 오랜만이구만, 요 귀여운 해골바가지들."

한모가 반질반질한 스켈레톤 전사의 머리통을 쓰다듬었다. 해골 병사가 불타는 검은 동공으로 한모를 스윽 쳐다보자, 한모가 움찔하며 손을 뗐다.

"뭐시여? 이것들 인자 말귀도 알아 듣냐?"

"아니에요. 제가 움직인 거예요."

해골 전사가 뼈만 남은 손을 들어 엄지를 치켜세웠다. 한모는 징그럽다는 듯 인상을 찌푸렸다.

"으따, 글지 마야. 진짜 살아있는 것 같은 께."

"사실 반쯤은 살아있는 거나 마찬가지예요."

"그건 뭔 소리여?"

"다수의 적과 교전할 때는 제가 하나하나 컨트롤을 못하잖아요. 그러면 애들이 알아서 전투를 하더라구요. 스킬 레벨이 오를수록 더 똑똑해지는 거 같아요."

"인공지능 같은 거여?"

"제 추측인데 축적된 경험이 어떤 알고리즘을 만들어 내는 거 같아요. 공격과 방어가 조금씩 정교해지는걸 보면."

"듣고 보니까 소환술도 완전 꿀이네? 나중에는 그냥 손가락만 빨아도 되는 거 아냐?"

은숙이 부럽다는 듯 말했다. 그녀의 손에는 지난번 오우거 메이지를 잡고 얻는 워 스테프가 들려있었다.

"다수의 적을 상대할 땐 소환술사도 확실히 강점이 있지. 근데 네 마법도 이제 아티펙트 빨 좀 받을 테니 상당할걸?"

은숙이 보유한 '워 스테프'는 포스 소모량을 25% 감소시킬 뿐 아니라, 모든 주문력을 30% 증강시키는 효과가 있었다.

거기다 3레벨까지 올린 매직미사일의 효과를 생각하면 한발 한발이 이제 치명적인 공격력을 갖게 될 것이었다.

"그렇지? 나도 얼른 멀티 매직 미사일 실전에 써보고 싶어!"

그녀의 주 기술 매직 미사일은, 이제 유도기능을 겸비한 체 3발이 동시에 쏟아졌다. 맨 처음 스킬을 얻을 당시와 비교하면 일취월장으로 강해진 은숙이었다.

수현이가 빛의 완드를 꺼내 시야를 밝히자 지하철 역사가 훤하게 밝혀졌다. 래그나돈이 대부분의 몬스터를 데리고 나가긴 했지만 아직 소수의 병력은 남아있었다.

"저기다!"

멀리 배회하는 놈을 발견한 은숙이 곧바로 매직 미사일을 쏘아냈다. 동시에 3발의 멀티미사일이 날아가며 놈을 덮쳤다.

퍼버벅-!

매직 미사일에 직격당한 놈들이 한방에 나가떨어졌다. 심지어 각종 아티펙트로 포스 점감을 받아, 그녀의 포스사용량은 평소의 절반밖에 되지 않았다.

"이햐! 진짜 세졌는데? 일타 삼피로 순삭이야."

"누나! 제 몫도 남겨줘요!"

수현이 애처럼 떼를 썼다.

"먼저 처치한 사람이 임자지, 무슨!"

4번 출구 밑에 있는 몬스터를 정리하는 데 얼마 걸리지 않았다. 다른 곳 역시 마찬가지일 것이다. 태랑의 기발한 전략으로 무혈입성에 가까운 점령 전이었다.

"이렇게까지 텅 빈 던전이라니… 마치 누가 벌써 클리어한 던전에 입성한 기분이군."

민준이 철혈도를 뽑아보지도 못한 것에 무척 아쉬워했다.

"너무 아쉬워 마. 던전이 공격받은 걸 눈치챈 래그나돈이 이제 병력을 돌려 돌아올 거야. 레이드는 그때부터 시작이지. 다들 긴장하자."

'계획대로 술술 풀려가고 있다. 하지만 호사다마라고 했지… 이럴 때일수록 더욱 조심해야 돼.'

태랑은 다가올 농성을 준비하여 각오를 다졌다.

❖ ❖ ❖

한편 래그나돈을 먼 전장까지 끌어내는 데 성공한 허재준은, 갑자기 적들이 포위망을 풀고 물러서는 것을 보고 생각했다.

'놈이 발을 빼기 시작하는군. 매복조의 던전 점령이 성공한 모양이다.'

"놈들이 지금 돌아간다고 무전 날려."

"네."

재준은 스스로의 성과에 몹시 만족했다. 부하들의 피해를 전혀 입지 않고 임무를 완수했다. 그 때문이었을까? 그는 물러나는 놀 군단을 보자 슬쩍 욕심이 났다.

'뒤에서 교란이라도 해볼까? 물러서는 놈들의 병력을 야금야금 잘라 먹는 것도 나쁘지 않을 것 같은데…'

재준은 스스로 판단이 합리적이라고 여겼다. 기지로 물러나는 놈들을 지연시킬수록, 본대의 농성준비시간을 벌 수 있을 것이다.

"놈들의 후미를 치자."

"네? 그건 계획에 없지 않습니까?"

그의 휘하인 철십자 기사단은 곧바로 명령을 따를 채비를 했지만, 다른 클랜에서 넘어온 헌터들이 반론을 제기했다.

작전에 따르면 유인조의 역할은 여기까지였다.

농성전이 한참 마무리될 무렵에나 다시 협공하기로 했는데, 갑작스레 재준이 공격 명령을 내리자 반발이 일어난 것이었다.

이는 여러 클랜이 뒤섞인 유인조의 태생적인 한계 일 수밖에 없었다.

그러나 재준은 물러서는 놀 군단을 보자 조급증이 생겼다. 뒤를 치려면 지금이 적기다. 이들을 설득하다간 기회를 놓치고 말 것이다.

"이봐. 유인조의 대장은 나다. 설마 명령에 불복하는 건 아니겠지?"

박성규는 리더쉽의 한계가 있을 수밖에 없는 연합군의 특성상 임시로 임명된 대장들에게 막강한 권한을 부여했다. 명령 불복 시 즉결 처분을 할 수 있도록 한 것이었다.

허재준에게서 명령 불복이라는 단어가 튀어나오자 이의를 제기한 헌터가 입을 다물었다.

"상황에 따라 작전은 얼마든지 유동적으로 변한다. 내 판단으론 지금 적의 뒤를 치는 것이 옳아. 이건 명령이다."

계획을 벗어난 독단적인 결정이라 할지라도 지휘관의 지시엔 따라야 했다. 이는 시시각각으로 변하는 전장 상황에 유연하게 대처할 수 있도록 처음부터 부여된 지휘권이었다.

유화 역시 한마디 하려다가 허재준이 '명령이다.'라고 선언하는 순간, 말을 삼킬 수밖에 없었다. 어쨌든 전투 상황에서 지휘권은 성역이나 마찬가지. 지휘관의 권위를 무시하는 순간, 부대는 지리멸렬하고 만다.

'어려서 그런 걸까? 전투에서 보여주는 모습은 괜찮아 보였는데, 지나치게 혈기가 앞서는 것 같은데….'

슬아도 걱정이 되는지 유화의 손을 붙잡았다.

"언니. 이래도 괜찮을까요?"

"어쩔 수 없지. 일단은 따르는 수밖에. 오빠 말대로 위급해지면 그냥 뒤도 안 돌아보고 도망치도록 하자. 알았지?"

"네."

그렇게 유인조는 후퇴하는 놀 군단의 뒤를 노리고 진격을 시작했다.

래그나돈은 빠르게 기지로 복귀하는 와중에 후미에 꼬리가 붙은 것을 알고 화가 치솟았다. 그는 자신의 친위부대라할 수 있는 리져드 워리어 부대를 후방으로 내돌렸다. 놈들의 농간에 놀아난 것에 대한 가장 강력한 대응이었다.

리져드 워리어는 일전에 태랑이 트롤 사냥 때 상대한 적이 있는 몬스터로서 백병전의 달인들이었다. 단순히 체력과 쪽수를 앞세운 놀 군단과는 질적으로 달랐다.

놈들을 뒤쫓던 유인조들은 갑작스레 등장한 리져드 워리어 부대를 보고 긴장했다. 거대한 중검을 치켜든 도마뱀 정예병들이 갈라진 혀를 날름거리며 다가오고 있었다.

재준이 소리쳤다.

"차라리 잘됐다. 시시한 놈 따위보단, 한 등급이라도 높은 놈을 해치워야지!"

그가 공격 명령을 내리자 철십자 기사단이 특유의 랜스 차징을 선보였다. 그러나 과연 리져드 워리어는 수준이 달랐다.

중구난방으로 덤벼들다 창에 꿰뚫리고만 놀 군단과 달리, 리져드 워리어는 적의 예봉을 슬쩍 피하더니 창과 창 사이의 빈 공간을 침투해 난전을 유도했다.

예상치 못한 역공에 철십자 기사단이 속수무책으로 무너졌다. 전열이 붕괴되자, 돌격은 더 이상 힘을 쓸 수 없었다.

"크헉!"

"으악!"

뛰어난 무용을 자랑하던 철십자의 헌터들이 하나둘 쓰러지자 허재준이 다급해졌다.

'뭐야! 아까 리져드 정찰부대보다 비교도 안 되게 강하잖아?'

재준은 부하를 살리기 위해 라이트 소드를 뽑아 들고 적진의 한가운데로 달려들었다. 그의 아티펙트가 번쩍 빛을 발하자 주변에 있던 리져드 워리어가 시력을 상실하고 마구잡이로 검을 휘둘렀다. 재준은 살아남은 부하들을 구해 내며 차분하게 놈들을 무찔렀다.

아무리 백병전 능력이 뛰어나도 앞이 보이지 않는 상태론 재준을 당해낼 수 없었다.

이에 재준이 다시 블라인드 마법을 펼치는데, 이번에는 놈들이 빛이 번쩍이는 순간을 기다려 눈을 감았다. 앞서 당한 수법에 두 번은 당하지 않는 것이었다.

"아뿔사!"

블라인드가 걸릴 것을 예상하고 깊숙이 파고든 재준이 위기에 몰렸다.

리저드 워리어의 큼지막한 중검이 단두대의 칼날처럼 떨어졌다. 재준이 겨우 검을 들어 막았지만, 무게에 짓눌려 무릎이 꺾일 정도로 충격을 받았다.

'크헉─ 엄청난 힘이다.'

연이어 사방에서 공격이 쏟아졌다. 한 번 기회를 잡은 리져드 워리어들은 집요하게 재준을 물고 늘어졌다. 재준은 수비조차 버거울 정도로 핀치에 몰렸다.

'젠장, 이렇게 허무하게 가는 건가!'

재준이 체념하며 최후를 직감한 순간, 멀리서 한줄기 검풍이 휘몰아쳤다.

쎄에엑─!

맹렬한 기운을 담은 투검이 날아들어 재준을 노리는 리져드 워리어의 심장에 박혔다. 두툼한 갑옷을 뚫어 버릴 만큼 강력한 암기. 그것은 슬아가 쏘아낸 투검이었다.

"어서, 제 손을 잡아요!"

슬아는 비호처럼 달려들어 위기에 몰린 재준에게 손을 내밀었다. 재준은 슬아의 손을 붙잡았지만, 이미 사방에 포위된 상황이라 자칫 구하러 온 슬아마저 위험한 지경이었다.

"절대 손을 놓으면 안 돼요."

"어, 어!"

재준을 붙잡은 슬아가 손을 뻗자 옆에 있던 건물의 옥상으로 고무줄 같은 탄성 있는 물체가 쭉 뻗어 나갔다. 그것은 슬라이머의 팔로 굉장한 접착력을 가진 물질이었다.

옥상 난간에 엉겨 붙은 슬라이머의 팔을 끌어당기자 길게 늘어진 팔이 순식간에 쪼그라들며 두 사람을 낚아채듯 들어 올렸다. 스파이더맨의 거미줄 묘기와 유사한 기술에 두 사람이 위기를 벗어났다.

재준은 날아가는 탄성을 예상치 못하고 옥상위로 몸을 뒹굴었고, 슬아는 고양이처럼 날렵한 착지를 선보이며 난간 끝에 몸에 세웠다.

"와아! 대단한데?"

"공중으로 완전히 날아올랐어!"

"저 고무줄 같은 팔은 뭐지? 스킬인가?"

슬아가 슬라이머의 팔을 이용해 재준을 구해내자, 가슴을 졸이며 지켜보던 헌터들 사이에서 탄성이 일었다. 그러나 위기는 끝난 것이 아니었다. 방금 전의 격돌로, 두 집단의 힘의 차이는 극명하게 드러났다.

슬아가 재준을 구출하는 사이 유화가 전면에 나서며 소리쳤다.

"모두 뒤로 후퇴하세요!"

"자, 자네는 어쩌고?"

"제가 시간을 끌 테니 얼른요!"

유화는 사람들을 물러 세우며 혼자서 리져드 워리어를 막아섰다. 리져드 워리어는 옥상으로 도망친 재준과 슬아를 닭 쫓던 개처럼 쳐다보다, 홀로 버티고 선 유화를 보고 분노의 화살을 돌렸다.

리져드 맨 하나가 중검을 머리 위로 들어 올려 유화를 내리쳤다. 그것은 재준을 한방에 주저앉힌 강력한 내리찍기와 똑같은 공격이었다.

"징그러운 도마뱀 놈! 어디서!"

유화는 쇄도하는 검을 겁내지 않고 살짝 횡이동으로 피해내더니 놈의 가슴팍에 우장을 먹였다.

팡–!

그녀의 매서운 공격에 리져드 워리어의 강철 갑옷에 손바닥 모양의 인장이 패이며 형편없이 나가떨어졌다. 겨우 몸을 일으킨 놈은 몇 걸음 걷지도 못하고 칠공에서 피를 쏟으며 주저앉았다.

"쿠헥!"

그녀의 장기인 칠보 장법의 한 수였다.

단 한방으로 놈을 쓰러뜨리자, 다른 리져드 워리어가 경계하는 눈빛으로 그녀를 노려보았다. 시선이 팔린 사이 유인조의 헌터들은 부상자들을 수습해 주춤주춤 뒤로 물러섰다.

"슬아야! 사람들 데리고 최대한 도망쳐!"

"언니 혼자 어쩌시게요!"

"내 걱정은 말고 어서!"

슬아가 질끈 입술을 깨물더니 재준에게 소리쳤다.

"당신! 당신이 대장이니까 얼른 명령해!"

"알겠다. 유인조! 전원 후퇴한다! 최초 집결지까지 모두 이동!"

재준의 명령이 떨어지자 머뭇거리던 헌터들이 뒤도 돌아보지 않고 도망치기 시작했다. 슬아는 도약을 발휘해 옥상에서 뛰어내리며 유화 곁에 섰다.

"언니만 혼자 두고 갈 수 없어요!"

"너 정말 말 안 듣는구나!"

유화는 달려오는 리져드 워리어를 향해 근거리에서 기공파를 발사했다. 공중으로 붕 떠오른 리져드 워리어를 향해 슬아가 재빨리 투검을 내던졌다. 쉴드를 무시하고 트루데미지를 선사하는 그녀의 특성이 발휘되며 리져드 워리어가 꼬챙이처럼 꿰뚫렸다.

"이만하면 호흡 좋지 않아요?"

"오빠가 무리하지 말고 무조건 도망치랬는데, 결국 이렇게 돼버렸네."

다른 유인조들이 도망칠 시간을 벌기 위해 스스로 미끼를 자처한 것을 한탄하는 유화였다.

"나도 돕겠습니다!"

부하들을 후퇴시킨 허재준이 다시 돌아왔다. 그는 자신의 명령으로 위기에 몰린 두 사람을 내버려 둘 수 없었다.

"당신까지 오면 어떡해요?"

"나는 목숨을 구해준 은인을 저버릴 만큼 도의를 모르는 사람이 아닙니다."

"그렇다고 셋 다 위기에 빠질 순 없잖아요."

"나에게 도망치기 좋은 스킬이 있어요. 대신 준비하는 데 시간이 오래 걸리니 두 사람이 잠깐만 시선을 끌어 주세요."

재준의 말에 유화가 고개를 끄덕였다.

"알았어요."

유화가 주먹을 불끈 쥐며 대답했다. 셋이서 리져드 워리어 전원을 상대하기는 무리다. 하지만 잠깐 시선을 끄는 정도면 충분히 가능하다.

슬아도 단검을 역수로 거머쥐며 전투를 준비했다. 곧 세 사람을 향해 중검을 든 리져드 워리어들이 몰려들었다. 놈들은 앞서 두 사람의 스킬을 충분히 봤기 때문에 무척 경계하고 있었다.

한 번 당한 공격에는 다신 걸려들지 않는 것으로 보아, 전투 지능이 무척 뛰어난 놈들이었다.

슬아가 투검을 뽑아들면 방패를 들고 몸을 가렸고, 유화의 사정거리에 들어가지 않기 위해 거리를 재며 검을 휘둘렀다.

리져드 워리어의 뛰어난 적응력에 두 사람이 점점 힘에 부쳤다.

"아직이에요?"

"거의 다 됐어요!"

마법 준비를 마친 재준이 하늘 위로 검을 치켜들었다. 그를 광휘의 기사라 불리게 한 필살기가 그의 검을 통해 펼쳐졌다.

"흑점 폭발!"

스킬을 발휘하자 그의 검 끝에 새하얀 빛무리가 뭉쳐지더니 곧 폭발하는 것처럼 사방으로 빛을 뿜었다. 워낙에 강력한 빛이었기 때문에 고개를 돌리거나 눈을 감아도, 사거리 안에 들어갈 경우 결코 피하지 못 하는 섬광의 마법이었다.

이 빛은 언데드 계열의 몬스터에겐 살짝만 비추어도 온몸이 촛농처럼 녹아내리는 강력한 항마력을 갖추고 있었다. 또 일반 몬스터는 빛에 노출되는 순간 한동안 시야를 잃게 만들었다.

"지금이다! 도망치자!"

거부할 수 없는 강력한 블라인드 스킬에 눈이 먼 리져드 워리어가 방황하는 사이 세 사람이 급히 뒤로 도망쳤다. 유화가 신속의 바람 오라를 발휘하며 속도를 더했다.

한참을 달려 안전한 곳에 이르자, 먼저 대피한 헌터들이 그들을 기다리고 있었다.

"마스터! 무사하셨습니까!"

철십자 클랜의 부하가 재준을 반겼다. 재준은 면목이 없어 고개를 떨구었다.

"…괜히 무리해서 애꿎은 희생만 늘고 말았다. 미안하다. 내 과오가 크다."

"아닙니다. 마스터. 놈이 가장 강력한 정예병으로 반격할 것은 누구도 예상 못 했을 겁니다."

재준은 부하들이 위기에 처하자 목숨을 걸고 달려들었다.

누구도 그의 진정성을 의심할 순 없었다.

유화가 겨우 한숨 돌리고 말했다.

"이미 지나간 일은 어쩔 수 없으니, 이제 남은 병력이라도 잘 추슬러서 나중을 대비하죠."

"알겠습니다. 두 사람이 활약이 없었다면 유인조 전체가 몰살 당했을 겁니다. 고맙습니다. 혹시 성함이라도 알 수 있을까요?"

"당신을 구해준 애는 슬아고, 전 유화라고 해요."

"두 분 다 세이버 클랜 맞으시죠? 과연 김태랑 마스터가 자부심을 가질만한 솜씨군요. 최정예 멤버로 구성했다고 하더니…."

"오빠가 그런 말도 했나요?"

"네. 대표자 회의에서요. 전 반신반의 했지만, 눈으로 보니 절대 과장이 아니었군요. 일당백이라고 해도 부족할 만한 솜씹니다."

허재준의 칭찬에 유화가 쑥스러워 어깨를 으쓱했다.

이번 레이드가 성공적으로 끝나면 세이버 클랜의 주가는 한참 올라갈 것이 확실했다.

❖ ❖ ❖

4번 출구를 접수한 세이버 클랜은 곧 박성규에 지원을 요청했다. 막고라에선 바로 헌터들을 10명 급파하여 출구의 수비를 강화했다.

"민준아. 이곳은 너한테 맡길게. 몸 조심해."

"우린 걱정 말고 던전 보스만 잘 막아줘."

"그래."

태랑과 한모는 따로 지휘부 쪽으로 이동했다. 그곳에는 래그나돈을 상대하기 위해 조직된 결사대가 속속들이 모여들고 있었다.

"김태랑 마스터, 잘 왔소. 위에서 경계 중인 부하가 보고하기를 지금 놈들이 구름처럼 몰려오고 있다고 하오."

박성규가 붉은 망토로 몸을 휘감은 체 태랑을 반겼다.

"네. 이제 곧 놈들이 사방에서 몰아칠 것입니다. 저희는 래그나돈이 침투할 곳을 막아야 합니다."

결사대에는 막고라 길드의 정예병들과, 적법사의 일부 버퍼들, 그리고 아쳐스가 자랑하는 궁수부대가 집결해 있었다. 이들은 오로지 래그나돈을 상대하기 위해 차출된 인원들이었다.

아쳐스의 마스터 곽시은은 태랑을 마주하는 순간 매섭게 쏘아보며 눈을 흘겼다.

"흥!"

포식의 군주 5

팔짱을 끼고 홱 고개를 돌리는 곽시은의 모습에 한모가 넌지시 물었다.

"저 가스나 지금 너보고 그러는 거여?"

"네. 어제 좀 일이 있었어요."

"아따, 무슨 찬바람 쌩쌩 부는 게 한이라도 품은 것 같네."

태랑도 그녀와 같은 공간에 있는 것이 불편했지만, 농성 전을 대비해서는 아쳐스 궁수부대의 조력이 꼭 필요한 상 황이었다.

'방구 뀐 놈이 성낸다더니, 누가 열 받아야 하는지 모르 겠군.'

태랑은 곽시은의 태도가 못마땅했지만, 굳이 사람들 앞 에서 그녀를 면박을 줄 필요는 없어서 잠자코 있었다.

박성규는 후드를 눌러쓴 적법사의 마스터 이준형을 향해 말했다.

"전투가 벌어지면 최대한 많은 버프를 걸어주시오."

"네. 걱정 마십시오."

준형은 자신만만하게 대답했지만, 속으로는 코웃음을 치 고 있었다.

'크큭. 멍청하긴. 아무리 용을 쓰고 막아도, 결국 던전은 뚫리게 될 걸.'

그는 부하들에게 일러, 적당한 타이밍에 완전히 출구를 개방하라고 지시해 둔 상황. 박성규는 그의 꿍꿍이속도 모 른 체 준형의 어깨를 토닥이며 격려했다.

"럭셔리 버프라 불리는 그대의 솜씨를 기대하고 있겠소."

이어 박성규는 철십자 템플러의 고민경에게도 물었다.

"고르곤의 눈동자 쿨 타임이 어떻게 되지?"

"5분 정도입니다."

"필요하다고 생각되면 명령을 기다리지 말고 써주시오."

"네."

박성규는 래그나돈을 대적하기 위해 모인 헌터들을 한 명씩 일일이 격려하며 사기를 북돋웠다. 그때 그의 허리춤에 걸린 무전기로 정찰병의 무전이 전달되었다.

─마스터. 던전 보스가 2번 출구로 향하고 있습니다! 나머지 병력들도 모든 출구를 향해 공격을 개시했습니다!

"이제 시작이군. 서둘러 2번 출구로 이동합시다."

드디어 던전의 주인이 뒤바뀐 공방전이 막이 올랐다.

래그나돈은 놀 군단의 머릿수를 앞세워 모든 출구를 동시 공략했다. 사방에서 요란한 함성이 울려 퍼졌다.

2번 출구는 싸울아비 클랜이 맡고 있었다.

"한 놈도 남기지 말고 도륙해라!"

싸울아비의 마스터 연창모는 부하들을 독려했다.

소속 헌터 대부분이 검을 무기로 쓰는 싸울아비 클랜은, 뛰어난 근접능력을 선보이며 놀 군단을 상대하고 있었다.

아무리 놀의 숫자가 많다 한들 계단을 통과하려면 좁게 밀집될 수밖에 없었다. 밑에서 대기하는 싸울아비의 전사들을 내려오는 족족 놈들을 쓰러뜨렸다.

태랑의 예상처럼 좁은 지형에선 병력의 양보다 질이 훨씬 중요했다. 거기다 좁은 입구에 의지에 몰려오는 놀 군단에 비해, 오히려 밑의 넓은 공간을 차지하고 있는 헌터들이 포위 공격을 펼침으로써 순간적인 병력의 역전이 벌어지고 있었다.

"이것들 별것 아닌데?"

또 한 마리의 놀의 머리를 잘라내며 윤대운이 소리쳤다. 싸울아비 클랜의 공격대장을 맡은 그는, 가장 선두에서 진두지휘하며 전투를 이끌고 있었다.

그때 전투가 잠시 소강상태에 빠지며 놀 군단의 공격이 잦아들었다. 지하철의 특성상 볼 수 있는 시야가 제한되었기 때문에 그들은 위에서 무슨 일이 벌어지는지 알지 못했다.

"뭐지? 공격을 중단한 건가?"

"쫄아서 도망가 버린 거 아냐? 으하하!"

"엇, 놈들이 다시 내려온다!"

잠시 숨을 고르는 사이 놀이 다시 몰려오기 시작했다. 다만 아까와 다른 것은 놈들의 눈이 완전히 뒤집혀 흰자만 보인다는 점이었다.

광견병에 걸린 것처럼 숨을 헐떡이는 놈들의 모습은 처음이랑 확연하게 달라져 있었다.

"뭐, 뭐야? 저 하이에나 새끼들 약이라도 처먹은 건가?"

단지 모습만 달라진 게 아니었다. 놈들의 전투력은 비약적으로 상승해 있었다. 칼을 맞아도 멈추지 않았다. 양팔이 잘려나간 어떤 놈은 머리를 들이밀며 어깨를 물어뜯었다.

"으악!"

"다들 조심해! 이놈들 정상이 아냐!"

그것은 래그나돈이 가진 버서커 스킬이었다.

놈은 부하들을 능력 이상으로 광분시키는 술법을 가지고 있었는데, 광전사로 변모한 놈은 육체적인 능력의 한계를 돌파하여 폭주하게 된다. 이러한 무리는 결국 버서커에 걸린 몬스터의 육체를 갈기갈기 찢어 버림으로써 끝내 쓰러지게 만들었다.

어쨌든 순간적으로 강력해진 힘을 바탕으로 밀고 들어오는 기세에 싸울아비의 수비진이 요동치기 시작했다. 놈들을 쓰러지는 속도보다, 살아서 밀고 들어오는 숫자가 급격히 늘어났다.

"젠장, 뒤로 물러서!"

결국 싸울아비의 마스터 연창모는 병력을 뒤로 물리는 수밖에 없었다. 래그나돈이 직접 지휘하는 만큼 확실히 다른 곳보다 훨씬 공세가 거칠었다.

'지원군은 아직인가!'

그때였다. 멀리 어둠 속에서 형형색색의 안광을 번뜩이는 괴물들이 몰려왔다. 그것은 바로 태랑의 해골 전사들이었다.

처음 스켈레톤 병사들을 마주친 싸울아비의 마스터 연창모는, 그들이 적군인 줄 알고 흠칫 놀랐다.

던전 점령 중 미처 정리되지 않은 몬스터가 다른 구역에서 넘어온 것으로 착각한 것이었다. 그러나 스켈레톤 병사 옆에 선 태랑을 보고, 그가 직접 소환한 아군이라는 깨달았다.

'아참, 세이버 클랜의 마스터가 소환술사라 했지?'

"이것들이 당신의 부하들이요?"

"그렇습니다. 전황은 어떻게 되고 있습니까?"

"처음엔 잘 버티고 있었는데 갑자기 놀 군단이 눈이 뒤집히더니 미쳐 날뛰고 있소. 팔다리를 잘라도 바득바득 덤벼대는 통에 수비 라인이 점점 밀리는 형국이요."

"아마도 래그나돈이 버서커 스킬을 쓴 모양이군요. 이제 안심하십시오. 제 뒤로 결사대의 지원 병력이 뒤 따라오고 있습니다."

태랑은 곧바로 스켈레톤 병사들을 전선으로 투입하여 놀 군단과 대치하게 했다. 두려움을 모르는 스켈레톤 전사들이 물러서는 싸울아비의 헌터들을 대신했다. 이어 스켈레톤 궁수와 마법사가 뒤를 받치고 태랑은 그들의 중심에 서서 서리궁수의 화살을 뽑아 들었다.

'놈들이 더 이상 활개 치지 못하게 해야겠다.'

태랑의 원거리 소환수들은 그의 발사 타이밍에 맞추어 일제 사격을 퍼부었다. 각개로 날리는 것보다, 동시에 공격하는 편이 훨씬 효율이 좋았다.

랜덤으로 소환된 그의 해골 마법사는 독 폭탄을 던지는 마법사로서 그의 독발 특성을 십분 발휘하게 했다. 갑작스런 태랑의 가세에 광분하여 날뛰던 놀 군단이 기세가 확연하게 수그러들었다.

인간과 달리 공포라는 감정이 없는 스켈레톤 전사들은, 폭주하는 놀을 보고도 전혀 동요하지 않았다. 그들은 평소처럼 차분하게 놀을 상대했고 시간이 지날수록 무리하는 놀 군단은 제풀에 지쳐 쓰러졌다.

태랑을 필두로 한 해골 궁수들의 일제 사격 역시 적재적소에 공격을 집중시킴으로써 놀 군단의 전진을 가로막았다.

그중에서도 가장 치명적인 공격은 해골 마법사의 독 폭탄 마법이었다. 유탄처럼 곡사로 날아가 폭발하는 독 폭탄 마법은 적의 쉴드를 깎고 체력을 소모시키는 기술.

여기에 태랑의 '독발' 특성이 더해짐으로써 주변으로 중독 증세가 계속 퍼져나가며, 급성 전염병처럼 놀 군단을 휩쓸었다.

한 번 독에 중독된 놈은 죽기 전까지 온몸에서 독무를 뿜어댔다. 이는 좁은 계단 입구에 몰려있던 놀 군단에게 치명적인 타격을 선사했다. 그러잖아도 광전사로 변신한 놈들의 육체에 극심한 피로를 중첩시킨 것이었다.

태랑과 소환수들의 활약으로 순식간에 전세가 뒤집혔다.

안쪽까지 깊숙이 밀고 들어왔던 놀 군단은 다시 원점으로 후퇴했다. 잠시 뒤 결사대의 본대 병력이 모두 당도했다.

박성규가 신속하게 병력의 배치를 지시했다.

"싸울아비 클랜을 비롯한 근접 전사들은 모두 전방에 서고, 아쳐스의 궁수들과 마법사들이 뒤를 받친다. 그리고 적법사 클랜에서는 지속적으로 버프를 걸 수 있도록!"

"옙!"

"알겠습니다!"

일사불란하게 움직이는 헌터들은 금세 견고한 수비진형을 갖추었다. 박성규는 가장 먼저 도착해 놀 군단을 몰아낸 태랑의 공을 치하했다.

"태랑군이 이토록 지하철 지리에 능숙할 줄 몰랐군. 뒤에 길잡이로 남겨 준 사냥개 덕에 금방 따라붙을 수 있었소."

태랑은 안내견으로서 좀비 들개를 일행에게 붙여주고 가장 먼저 달려온 것이었다. 그의 신속한 가세 덕에 1차 저지선이 뚫리는 것을 막아낼 수 있었다.

"역사가 복잡해서 미리 공부해 둔 게 도움이 되었습니다."

"과연, 철두철미하오."

박성규는 태랑의 옆에 선 해골 병사들의 모습에 신기해했다.

"이들이 말로만 듣던 소환수 들인가."

"네. 제 스켈레톤 병사들입니다. 해골 전사와 궁수, 그리고 마법사로 이루어져 있습니다. 지금 보시는 게 해골 독마법사입니다. 독 폭탄의 중독 마법을 씁니다."

녹색의 흉흉한 안광을 번뜩이는 해골 마법사를 흥미롭게 쳐다보던 박성규가 물었다.

"해골 마법사들 중 혹시 화염마법을 쓰는 종류도 있소?"

"네. 마법사 종류는 랜덤이긴 한데 가끔 파이어 볼을 날리는 화염 마법사도 있습니다."

"파이어 볼이라… 이런 걸 말하는 건가?"

박성규가 왼손을 들어 주문을 외우자 손바닥 위로 농구공만 한 불덩이가 불쑥 솟아올랐다. 태랑은 뜨거운 기운이 두려워 고개를 돌렸으나 신기하게도 어떤 열기도 느껴지지 않았다.

"하나도 뜨겁지 않군요."

"파이어 볼 마법이 3레벨에 이르면 밀도와 열기를 조절하는 것이 가능하오. 지금은 형광등 정도로 온도가 낮지만…"

박성규가 파이어 볼을 조준해 힘껏 던지자 지하철 입구에 몰려있던 놀 군단으로 거대한 불 폭탄이 터져 나갔다.

퍼어어어엉-!

3레벨의 파이어볼 위력은 과연 놀라웠다.

단 한방에 수십 마리를 잿더미로 만들었다. 그 모습을 보며 박성규가 말을 이었다.

"이렇게 폭발하는 순간에 맞춰 온도를 끌어올릴 수 있지."

박성규의 파이어 볼 공격에 연합군의 사기가 끌어 올랐다.

대한민국 최고의 공격마법사라고 불리는 존재가 뒤를 받치자 앞서 싸우던 전사들도 힘이 솟았다.

"놈들을 모두 몰아내자!"

싸울아비의 공대장 윤대운이 부하들을 독려했다. 방금 전 까지만 해도 그들뿐이었지만, 이제는 태랑의 해골 전사와 더불어 막고라의 정예 전투원들까지 모두 합류한 상황. 아무리 광전사로 분한 놈이라도 이들의 공세를 막아낼 순 없었다.

이제 놀 군단은 계단 위까지 쫓겨 밀려나게 되었다.

"자네 말대로 좁은 지형에선 놀이 힘을 못 쓰는군."

"아직은 안심하기 이릅니다. 래그나돈은 버서커 스킬 외에도 각종 버프와 마법을 가지고 있으니까요."

"그런가?"

지상까지 쫓겨난 놀 군단이 잠시 전열을 정비해 쳐들어왔을 때는 분위기가 사뭇 달라져 있었다. 놈들 가운데 군데군데 털이 하얗게 바랜 놈들이 나타난 것이었다.

'설마 저것들은!'

태랑은 그 모습을 보는 순간 놀라 소리쳤다.

"모두 물러서세요!"

"뭐?"

"겨우 저지선까지 몰아냈는데 물러서라니 갑자기 무슨 소리야?"

그때였다. 털이 바랜 놀이 무작정 헌터에게 달려들더니 갑자기 몸속에 폭탄이라도 설치된 것처럼 자폭해 버린 것이었다.

놈의 몸속에 있던 온갖 장기와 뼈들이 박살나면서 사방으로 튀어나갔다. 내장들을 비롯한 체액은 지독한 산성 용액이 되어 쉴드를 녹였고, 뼈는 그대로 날카로운 파편이 되어 근접 전사에게 뿌려졌다.

"크학!"

"컥!"

"아니 저것들은 뭔가!"

박성규가 놀라 물었다.

"'폭탄마' 스킬입니다. 몬스터의 생체 에너지를 끌어 모아 자폭을 시키는 최악의 수법이지요. 놈이 수비진을 무너뜨리기 위해 부하들을 자폭시키는 것 같습니다."

"젠장, 악독한 놈이 아닌가! 근접 전사들은 모두 뒤로 대피하라!"

박성규의 명령에 전사들이 황급히 물러섰다. 태랑은 일부러 해골 전사들을 앞세워 시간을 끌며 후퇴를 도왔다.

"아쳐스! 피부가 하얀 놈들을 노려! 놈들이 달라붙기 전에 해치워야 해!"

태랑의 다급한 요청에도 곽시은은 콧방귀를 낄 뿐이었다.

"네가 뭔데 나한테 명령질이야? 니가 내 보스라도 돼?"

'아니 이런 미친년이! 이 와중에 무슨!'

곽시은은 전방의 상황을 보자마자 궁수부대를 준비시켰으나 태랑의 요구에 갑자기 태도를 돌변했다. 어젯밤 일로 빈정이 상한 것이었다.

보다 못한 박성규가 대신 말했다.

"곽시은양. 이건 내 부탁이네."

"마스터의 부탁이라면… 알겠어요."

결국 곽시은이 발사를 지시하자 대기하고 있던 아쳐스의 궁수들이 특유의 3단 사격을 전개했다.

아쳐스의 궁수부대는 시위를 장전 시간을 최소화하기 위해 3열로 대열을 이루고 있었다. 앞선 부대가 발사하고 뒤로 물러서면 뒷 열에 대기하던 부대가 곧바로 화살을 쏘며 연속으로 발사하는 공격이었다.

적들이 숨 돌릴 틈도 없이 끊임없이 화살을 퍼붓는 연사가 바로 아쳐스가 자랑하는 3단 사격이었다.

아쳐스의 궁수들은 평소에도 끊임없는 훈련으로 그 정확도가 대단했는데, 곽시은의 주도하여 이루어지는 공격으로 폭탄마로 변신한 놀 들이 맥없이 쓰러졌다.

자폭하기 전에 놈들을 쓰러뜨리자, 자살 폭탄 공격도 무용지물이었다.

태랑은 멋대로 행동하는 곽시은이 얄밉긴 했으나, 아쳐스 클랜의 궁수부대는 이번 수비 전에서 상당한 비중을 차지함을 알고 있었기에 어쩔 도리가 없었다.

'쳇. 급한 상황만 아니면 확 엉덩이를 걷어 차주고 싶군. 두고 보자.'

아쳐스의 활약으로 회심의 반격마저 무위로 돌아갔다.

래그나돈은 버서커와 폭탄마 수법까지 모조리 실패하자 부아가 치밀었다. 다른 출구 쪽의 공격도 진퇴를 거듭하며 부질없는 소모전만 이어지고 있었다.

마침내 래그나돈이 직접 나섰다.

지하철 계단의 끄트머리에 악어 머리를 한 괴수가 모습을 드러냈다.

유인조를 뒤쫓던 리져드 워리어는 그들을 놓치고 허무하게 본대로 발길을 돌리는 중이었다.

그때 그들 앞으로 가면을 쓴 사내가 나타났다.

눈과 코를 가린 반가면은 눈처럼 새하얀 색을 띠고 있었다. 그에 반해 망토와 가죽 부츠는 검은색으로 극명한 대조를 이루고 있었다.

"쩨에엑!"

빈손으로 돌아가던 리져드 워리어는 느닷없이 나타난

인간에 흥분했다. 어디서 온 것인지는 알 수 없지만, 낙오된 헌터 중 하나라고 여겼다.

유인조를 놓친 분풀이라도 하겠다는 듯이 수 십마리의 리져드 워리어가 두툼한 중검을 들고 다가왔다. 먹잇감을 노리는 놈들의 갈라진 혓바닥이 입술을 핥았다.

"…귀찮은 조무래기 들이군."

B급 몬스터이자 백병전 전문가 리져드 워리어를 조무래기라고 무시할 사람은 거의 없다. 그러나 그는 정말 성가신 파리 때라도 쫓는 말투였다.

가면의 사내가 다가오는 리져드 워리어를 보면서 왼손에 낀 가죽 장갑을 천천히 벗어냈다. 곧 크리스털처럼 투명한 그의 손이 모습을 드러냈다. 인간의 것이라고 할 수 없는 기괴한 형태였다.

그는 앞으로 손을 뻗어 소리쳤다.

"얼어붙어라."

그러자 놀랍게도 다가오던 리져드 워리어들이 모두 얼음 조각으로 변해 버렸다. 그의 앞으로 얼음으로 된 몬스터 조각상 수십 개가 도열해 있었다. 거대한 칼을 치켜든 역동적인 포즈는, 처음부터 얼음으로 깎아 만든 것처럼 정교했다.

가면의 사내는 순식간에 얼어붙은 리져드 워리어를 주먹을 들어 하나씩 깨뜨렸다. 살짝 두들겼는데도 얼음조각들은 모래성처럼 산산이 부서져 내렸다.

"…한심하군. 아직도 이런 허접스런 몬스터들이랑 소꿉

장난이나 하고 있단 말인가, 김태랑. 정말 실망이다."

몬스터 수십 마리를 손쉽게 처리한 가면의 사내는 망토를 휘날리며 지하철역을 향해 저벅저벅 걸어갔다. 그의 부츠가 딛고 지나간 땅들은 빙판처럼 단단하게 얼어붙어 살얼음을 남기고 있었다.

래그나돈이 등장에 헌터들이 바짝 긴장했다. 거대한 주둥이를 벌리는 악어 괴물은, 존재만으로 굉장한 위압감을 선사했다.

박성규가 래그나돈을 보자마자 마법을 끌어 올렸다. 그의 붉은 망토가 바람도 없이 펄럭이며 마력의 증폭을 알려왔다.

"파이어 블래스터!"

그의 화염 마법이 발사되었다. 고도로 압축해 밀도를 높인 불덩이는 어마어마한 에너지를 품고 있었다. 쉽게 말해 그 자체가 조그만 태양과 같았다.

그러나 래그나돈은 거침없이 오라클을 휘둘러 날아오는 마법을 튕겨냈다. 튕겨 나간 불덩이는 하필 아군에게로 되돌아와 막고라의 헌터들 앞에서 폭발하고 말았다.

퍼어어어엉-!

"으아아악!"

"크헉!"

박성규의 필살기인 파이어 블레스터 마법은 폭발력이 어마어마했다. 폭발에 휘말린 헌터들은 어떻게 해볼 새도 없이 순식간에 불타 쓰러졌다.

자신의 마법으로 오히려 아군이 큰 피해가 발생하자, 박성규가 이마를 감싸 쥐며 괴로워했다.

"세상에! 내 마법을 튕겨 내다니!"

"마스터. 마법을 쓰지 마십시오. 놈의 무기에 마법을 반사하는 능력이 있는 것 같습니다."

"뭐라고?"

"놈을 제압하려면 직접 무기를 들고 쳐부숴야 합니다."

곽시은은 그 말을 듣고 곧바로 속사의 석궁을 갈겼다. 그러나 그녀의 화살은 놈의 가죽을 뚫지 못했다. 심장 쪽에 연거푸 날아간 화살은 벽에 부딪힌 것처럼 속절없이 튕겨 나갈 뿐이었다.

"뭐야? 화살도 안 통하잖아?"

"놈을 감싼 가죽 자체가 최고급 방어구에 맞먹는 수준이야. 어지간한 공격으론 꿈쩍도 안 할 거야."

"저거 완전 괴물이잖아."

원거리 공격마저 실패에 그치자, 이번에는 윤대운을 비롯한 싸울아비의 전사들이 나섰다.

"가자. 우리가 실력을 보일 시간이다!"

아쳐스가 궁술에 특화되어 있다면, 싸울아비 클랜은 근접전을 장기로 하는 헌터들이 많았다.

'마법과 화살도 안 통한다면 결국 놈을 해치울 수 있는 것은 우리뿐이군. 이번이 막고라 길드에 들어갈 수 있는 좋은 기회다.'

싸울아비의 연창모는 예전부터 막고라 길드에 편입되고 싶어 했다. 곽시은처럼 스스로 길드를 꾸리려는 사람도 있는 반면, 이미 완성된 길드에 몸을 의탁하고 싶어 하는 클랜장도 많았다.

그중에서도 막고라는 최근 가장 핫한 길드.

그는 처음부터 이번 레이드에 활약하여 박성규에게 눈도장을 찍으려는 의도를 가지고 있었다.

"대운아! 검진을 펼치자!"

"옛!"

싸울아비 클랜의 헌터들이 마스터인 연창모와, 공대장 윤대운을 중심으로 W자 모양의 검진을 구성했다. 전체적으로 학익진을 떠올리게 하는 그들의 검진은 강력한 몬스터를 제압하기 위해 구성한 포위 전술이었다.

양 날개에 선 연창모와 윤대운이 공격을 주도하며 래그나돈에게 달려들었다.

태랑은 싸울아비 헌터들의 움직임을 보며 생각했다.

'나름 집단전의 경험이 많은 모양인데… 팀원들의 합이 잘 맞는군. 하지만 래그나돈을 상대로도 과연 통할까?'

태랑 역시 래그나돈을 직접 보기는 처음.

잔인한 판단이지만, 태랑은 놈의 실력을 알아보기 위해

그들을 말리지 않았다. 스킬 같은 것은 대략 알고 있지만 실전에서 어느 정도의 위력을 발휘하는지 직접 눈으로 확인해야 했다.

래그나돈이 나선 순간부터 놀 군단은 뒤로 물러난 상태.

그들은 싸움 구경하는 관중이라도 되는 양 멀찌감치 떨어져 있었다. 그 모습에서 보스의 일기토를 방해하지 않겠다는 의지가 느껴졌다. 애초 래그나돈에 대한 신뢰가 확고하지 않다면, 단신으로 싸울아비의 겸진을 상대하는 것을 보고만 있진 않을 것이다.

모두가 긴장한 체 지켜보는 가운데 싸울아비 클랜의 공격이 전개되었다. W대형의 핵심은 왼쪽과 오른쪽 끝에 있는 양 날개.

위에서 보면 독사가 아가리를 벌려 집어삼키는 모양으로 래그나돈을 향한 좌우협공이 시작됐다.

커다란 박도를 다루는 윤대운과, 일본도를 사용하는 마스터 연창모가 동시에 검을 뿌렸다. 래그나돈은 두 다리를 뿌리박은 것처럼 굳건히 버티고 서, 양손을 펼쳤다.

그의 오라클은 넓적한 크기 덕에 방패대용으로도 손색이 없었다. 윤대운과 연창모의 검은 오라클에 부딪혀 튕겨 나갔다.

그러나 윤대운은 공격의 실패에도 아랑곳하지 않고 자신만만하게 소리쳤다.

"이제부터가 시작이다!"

검진은 다수의 병력을 활용해 고위 몬스터를 상대하는 전법.

첫 번째 공격이 무위에 그치자, 두 사람이 바로 물러서며 곧바로 W의 가운데 있던 헌터가 치고 들어왔다.

래그나돈은 당황하지 않고 침착하게 두 팔을 교차시키며 또다시 공격을 막았다.

그러자 이번엔 오른쪽에 있던 헌터들이 일제히 검광을 뿌렸다. 톱니바퀴처럼 유기적으로 이어지는 공격의 흐름은, 숨 돌릴 새도 없이 래그나돈을 몰아붙였다.

왼쪽을 막으면 오른쪽이, 오른쪽을 막으면 가운데가 달려들었다. 그사이 W 검진은 어느새 U자형의 말발굽 형태로 변해 래그나돈을 완전히 포위하게 되었다.

싸울아비의 공대장 윤대운은 마스터 연창모와 시선을 교환했다. 검진을 이용한 포위망이 완벽히 갖춰진 순간, 그들의 검이 동시에 사각을 좁히며 찌르고 들어왔다.

"받아라! 이것이 싸울아비 필살기! 팔문금쇄진!"

팔각의 여덟 방위를 모두 차단한다 하여 이름 붙은 싸울아비의 필살기. 과연 어느 경로로 피해도 벗어날 수 없을 만큼 물 샐 틈 없는 공격이었다.

8방을 틀어막은 방향도 방향이지만, 위아래 고저까지 모두 점하고 있어 검 끝이 향하지 않은 곳이 없었다. 마치 마술사가 오크통에 들어간 미녀를 향해 수십 개의 검을 찔러 넣는 형국이랄까?

포식의
군주 5

"오오! 과연 싸울아비의 협공은 명불허전이군!"

"저 봐! 래그나돈이 당황하고 있어!"

그러나 태랑의 생각은 달랐다.

'이건 아니야. 이제껏 래그나돈은 제대로 된 공격을 한 번도 보여주지 않았어. 오히려 싸울아비의 포위 공격을 유도한 것처럼 보이는 것은 내 착각일까?'

그때였다.

거대한 각도기를 닮은 오라클을 좌우로 펼친 래그나돈이 스스로 팽이처럼 회전하며 몸을 움직였다. 팔문금쇄진을 펼치며 찔러오던 싸울아비의 헌터들은 수비를 도외시한 괴이한 자세에 흠칫 놀랐다.

"신경 쓰지 마! 그대로 밀어붙인다!"

연창모는 래그나돈이 최후의 발악을 한다고 생각했다.

'어차피 공격을 피할 수 없으니 몇 놈이라도 끌고 가겠다는 심산이겠지. 하지만 그 정도 희생은 처음부터 각오한 바다!'

팔문금쇄진이라고 무적은 아니었다.

진형을 파훼하기 위해 어느 방향이든 공격에 노출될 수밖에 없었다. 그러나 그 순간 나머지 7방향에 대해선 무방비가 된다. 대를 위한 소의 희생은 불가피하다.

"놈을 끝장내자!"

그러나 래그나돈의 의도는 마스터 연창모의 판단을 한참 벗어나 있었다. 오라클은 처음부터 모든 방향을 노렸다. 팔문이 아니라 십육문이라도 상관없었다.

회전이 시작되자 오라클에서 시작된 칼날의 폭풍은 360도 전체를 향해 무시무시한 검기를 뿜어냈다. 푸른 빛을 띤 검기가 파문처럼 퍼져나가며 싸울아비의 검수들을 덮쳤다.

"크학!"

"으헉!"

"억"

그것은 눈 깜짝하는 순간.

마치 포위 공격을 기다렸다는 듯 펼쳐진 래그나돈의 회전 공격에, 싸울아비의 헌터들이 위아래가 양단되며 썰려 나갔다.

태랑이 기겁하며 소리쳤다.

"휠 윈드!"

그것은 몸체를 팽이처럼 돌리며 사방을 공격하는 래그나돈의 스킬이었다. 오라클을 들고 펼치는 놈의 휠 윈드의 일격에, 싸울아비 헌터들이 전멸에 가까운 타격을 받았다. 막고 자시고 할 것도 없었다. 검기는, 닿는 모든 것을 잘라 버렸다.

태랑은 눈 앞에 펼쳐진 끔찍한 장면에 치를 떨었다. 싸울아비의 실력으로 래그나돈을 제압하지 못할 것은 예상했으나, 이렇게 아무것도 못 해보고 몰살당할 것은 생각지도 못한 결과였다.

'세상에! 말도 안 되게 강하다! 저것인 G급 몬스터의 위력이란 말인가!'

휠 윈드 스킬에 싸울아비 전사 대부분이 쓰러졌다.

공격대의 수장 윤대운 홀로 가까스로 검기를 피했으나 이미 복부가 쩍 갈라져 내장을 쏟아냈다. 검진은 완벽하게 무너졌다.

"크헉!"

래그나돈은 유일한 싸울아비 생존자의 마무리를 위해 저벅저벅 걸어갔다. 놈은 튀어나온 주둥이를 딱딱- 소리를 내며 부딪쳤다. 그 소리가 마치 사망선고를 알리는 전주곡처럼 들렸다.

"이 놈!"

태랑은 윤대운이라도 살리기 위해 지체 없이 서리궁수의 화살을 날렸다. 그의 화살이 정확하게 래그나돈의 눈을 향했다.

눈으로 날아오는 화살에 래그나돈도 마냥 무시할 수 없었다.

래그나돈은 화살을 향해 왼손의 오라클을 집어 던졌다. 오라클은 화살을 정확히 반 토막으로 갈라내더니 그대로 사격자인 태랑을 노리고 날아왔다.

붕붕붕-!

태랑은 막을 엄두도 못내고 바짝 엎드렸다. 그의 머리칼을 스치고 지나간 오라클은, 다시 회전하더니 놈의 손으로 되돌아갔다. 부채꼴 형태라서 그런지 부메랑처럼 회귀하는 특성을 띤 것이었다.

"태랑 괜찮냐!"

한모가 놀라 태랑의 안부를 물었다.

"겨우 피했어요."

"젠장할, 저놈 무기는 투척까지 되는겨? 완전 전천후네!"

하지만 태랑이 시선을 끄는 사이 부상을 당한 윤대운은 엉금엉금 기어 놈에게서 빠져나올 수 있었다. 적법사 클랜의 마법사가 붙어 그를 응급 처치했다.

박성규는 마법을 튕겨내는 래그나돈 때문에 이러지도 저러지도 못하고 애만 태웠다. 그의 강력한 화염 마법이 지금만큼은 무용지물이었다.

"무슨 놈의 몬스터가 저리 강하단 말인가!"

이제 근접 전사들 마저 얼마 남지 않은 상황.

막고라 길드의 정예병들은 박성규의 튕겨 나온 마법에 반파되었고, 싸울아비 클랜도 방금 전 궤멸에 가까운 타격을 받았다.

이제 믿을 건 세이버의 태랑과 한모 두 사람뿐이었다.

"한모 형님, 철저하게 방어 위주로 버텨 주세요. 제가 공격할게요."

"알았다잉!"

서리마녀의 판금갑옷과 뼈의 장벽을 두른 한모가 태랑과 어깨를 나란히 하며 걸어나갔다. 태랑은 오라클의 공격에 머리가 잘릴 뻔했기 때문에 몹시 흥분한 상태였다.

'악어 괴물 자식… 반드시 네놈을 쓰러뜨려서 그 특성을 빼앗아 주마.'

한모가 시작부터 온갖 버프를 걸었다.

신속의 물약으로 스피드를 끌어 올리고, 오우거의 벨트에서 블러드 더스트를 걸어 파워를 증강했다. 갑옷의 기본 효과로 냉기가 은은히 뿜어져 나왔으며, 트윈헤드 오우거의 몽둥이에 달린 가시는 매섭게 번뜩였다.

"인자 나랑 한번 놀아보자잉!"

방금 전 싸울아비 클랜이 전멸당한 것을 봤지만, 그런 것에 겁먹을 한모가 아니었다. 그는 과감하게 방패를 들고 진격을 했다. 래그나돈 역시 오라클을 들고 맞섰다.

쾅-!

두 사람이 충돌하며 굉음이 일었다.

한모가 뼈의 장벽으로 놈의 공격을 막고는 곧바로 발을 굴러 대지격동을 발동했다. 래그나돈이 잠시 스턴에 빠졌지만, 역시 강력한 몬스터라 그런지 순식간에 기절에서 풀려났다.

한모가 기술을 쓴 것은 놈에게 스턴을 먹이려는 의도보다, 기술 발동 후 추가적으로 발생하는 방어버프를 위함이었다.

각종 버프로 무장한 한모는 이제 쉴드가 급격히 끌어 올라 엄청 단단해졌다. 그 증거로 래그나돈과 공방을 주고받으면서도 전혀 밀리는 기색이 없었다.

래그나돈은 자신의 공격을 대등하게 맞서는 한모를 보고 파충류 특유의 세로 눈동자를 껌뻑였다. 싸움을 거듭할수록 냉기 오라의 영향으로 움직임이 굼떠졌다. 냉혈동물인 래그나돈에겐 추위야말로 가장 강력한 디버프였다.

기회를 엿보던 태랑이 창을 들고 한모와 래그나돈 사이에 끼어들었다. 한모와 팽팽한 싸움을 벌이던 래그나돈은 갑작스런 태랑의 가세로 손발이 꼬여갔다.

'형님의 견고한 방어와 냉기오라에 당황한 모양이군. 여세를 몰아붙여야겠다.'

태랑이 놈의 뒤편으로 스톤 골렘을 소환했다. 등 뒤에서 등장한 스톤 골렘이 호시탐탐 놈의 후방을 노리고 공격을 날렸다. 느린 공격이라 놈에게 적중하진 못했지만, 시선을 끄는 효과는 충분했다.

사방이 포위당한 래그나돈이 다시 한번 휠 윈드를 준비했다. 양팔을 좌우로 펼친 자세를 보는 순간 태랑이 소리쳤다.

"형님! 아까 그 기술이예요!"

"너도 조심해라잉!"

래그나돈이 휠 윈드를 펼치자 그의 주위로 파문을 그리듯 검기가 뻗어 나갔다.

스치는 모든 것을 베어버리는 강력한 위력에 사거리에 가장 근접해 있던 스톤 골렘 하나가 매끈하게 잘려나갔다. 평소 스톤 골렘의 두터운 장갑을 생각한다면 결코 믿기지 않는 일이었다.

폭심의
군주 5

그러나 수많은 방어 버프가 중첩된 한모는 휠 윈드 공격을 방패를 들어 막아낼 수 있었다. 그에겐 데미지 점감이 중복해 걸려있어, 실제 위력의 1/4밖에 들어오지 않았다.

태랑은 피하지 않고 남은 골렘을 무릎 꿇게 하더니 그 등판을 밟고 위로 뛰어올랐다.

'기술의 약점은 벌써 간파했다!'

휠윈드는 둘러싼 적을 단번에 쓸어버리는 위력적인 스킬임은 분명했다. 그러나 360도를 모두 공격해도, 아래위까지 모두 방어할 수 있는 것은 아니었다.

일부러 포위 공격을 하는 것처럼 꾸며 놈의 기술을 이끌어 낸 태랑은, 골렘을 발판삼아 공중으로 뛰어오르며 놈을 향해 삼조격을 펼쳤다.

래그나돈은 몸을 돌며 기술을 펼치는 중이라 공중에서 펼쳐진 태랑의 공격에 완전히 노출되었다.

"받아라!"

빠르게 세 번의 창이 찔러지는 동안 각각 뇌전, 빙결, 화염의 마법이 연거푸 상처를 헤집었다. 왼쪽 쇄골 부위를 찔린 래그나돈은 고통스런 비명을 지르며 멈춰섰다. 연이어 한모의 몽둥이 타작이 이어졌다.

"이런 좆도 아닌 새끼가!"

한모가 맹렬한 파동 스킬로 면상을 후려치자 기술에 맞은 래그나돈의 턱이 돌아가며 뒤로 날아갔다. 스킬이 품고 있는 넉백의 효과였다.

'지금이다! 마법을 튕겨내진 못할 거야!'

태랑은 날아가는 놈의 뒤로 불타는 좀비를 일으켰다. 검은 좀비가 온몸을 불사르며 래그나돈과 충돌했다.

콰아아아앙-!

엄청난 폭발이 일었다. 강력한 열풍에 태랑과 한모가 고개를 돌렸다.

불꽃이 걷히고 나니 래그나돈이 아직 꿈틀대는 게 보였다. 놀라운 내구성으로 폭발을 견뎌낸 것이었다. 그러나 부상을 입은 듯 쉽사리 일어서질 못했다.

'제대로 먹혔어!'

그때 뒤에서 잠자코 지켜보던 놀 군단이 래그나돈을 보호하기 위해 뛰쳐나왔다. 태랑이 황급히 소리쳤다.

"놈들을 막아!"

래그나돈은 G등급 몬스터. 시간을 주면 분명 회복하여 다시 일어설 것이다. 놈이 부상을 당한 절호의 찬스를 놓칠 순 없었다.

태랑의 말에 박성규가 호응했다.

"모든 헌터들 총공격하라!"

철십자 템플러가 가장 먼저 움직였다.

그들의 수장 고민경이 고르곤의 눈동자를 이용해 놀의 발을 묶는 사이, 수많은 공격 마법들이 포탄처럼 떨어졌다. 마법사들의 스킬은 대부분 재사용 대기시간이 길기 때문에, 초반에 있는 데로 화력을 쏟아붓는 편이었다.

고르곤 눈동자에 마비된 놀 군단은 고스란히 마법에 얻어맞고 산화했다. 그러나 아직도 엄청난 수의 놀들이 래그나돈을 호위하고 있었다.

곽시은이 궁수부대를 이용해 래그나돈 쪽을 정조준했다.

"저 괴물부터 끝장내버려!"

수십 발의 화살이 래그나돈을 향해 쏟아졌다. 비록 가죽이 단단하다 한들, 부상을 입은 상태니 만큼 분명 공격이 먹힐 것이다. 그러나 놀의 충성심은 대단했다. 놈들은 보스를 지키기 위해 몸으로 화살을 막아섰다.

"꾸엑―"

"깽!"

놀 군단은 고기 방패를 자처하며 화살 공격을 육탄 저지했다. 한 놈이 쓰러지면 또 다른 놈이 목숨을 바쳐가며 래그나돈을 지켰다.

"빌어먹을 놈들 같으니!"

그 사이 래그나돈은 점점 뒤쪽으로 물러나고 있었다. 막고라의 박성규가 붉은 망토를 휘달리며 적진의 한가운데 뛰어들었다.

"곱게 보내줄 것 같으냐!"

그의 손이 휘둘러 질 때마다 불꽃의 파도가 일며 놀 군단을 잿더미로 만들었다. 그의 활약으로 래그나돈을 수호하던 놀 의 숫자가 확연히 줄어들었다. 놈들이 아무리 인해전술을 펼친다 한들, 투입되는 속도보다 줄어드는 속도가 더 빨랐다.

'좋아. 끝장낼 수 있겠어!'

태랑 역시 창을 휘두르며 래그나돈으로 향하는 길을 내
는 중이었다. 그러나 그 순간 말도 안 되는 일이 벌어졌다.

지하철의 안쪽에서 또 다른 놀군단이 몰려온 것이었다.

그것은 다른 출입구가 벌써 돌파되었다는 의미.

결사대는 순식간에 진퇴양난에 빠졌다.

"뭐, 뭐야! 대체 어디가 뚫린 거야!"

포식의 군주

3. 연합 전선(2)

　태랑은 눈앞에서 벌어지는 사태를 이해할 수 없었다.

　분명 적의 주공은 이쪽에 몰려 있었다.

　게다가 다른 출구를 지키는 헌터들 또한 허술하게 배치하지 않았다. 세이버 클랜만 해도 에이스 급인 민준과 수현, 은숙까지 모두 투입시킬 정도.

　하지만 안쪽에서 몰려오는 놀 군단의 규모는 이미 놈들이 다른 출구를 점령하고 내부로 침투해 들어왔다는 의미였다. 철옹성 같은 성이라도 빗장이 열리는 순간 무너지고 만다. 태랑은 이를 꽉 깨물었다.

　'…최악이다. 밖에 있던 놀 군단들이 뚫린 출구 쪽으로 모조리 몰려 들어왔구나. 이젠 던전 안에서 싸우는 수밖에 없어.'

"박성규 마스터! 무전을 통해 모든 출구의 봉쇄를 풀고 지하 2층으로 집결시켜주세요."

박성규는 곧바로 태랑의 의도를 알아차리고 무전병을 시켜 후퇴를 지시했다. 태랑은 몸을 빼는 래그나돈의 모습에 못내 미련이 남았지만, 당장은 활로를 개척하는 게 우선이었다.

놈을 뒤쫓으려 자칫 욕심을 부렸다간 이 자리에서 모두가 전멸할지도 몰랐다.

"한모 형님! 오른쪽 지하 2층으로 향하는 계단을 확보해야 돼요! 그쪽이 가장 가깝습니다."

"알았다잉, 워메 겁나게 많구만."

한모가 선두에 나서며 길을 열었다. 방패를 후려치고 몽둥이를 휘두를 때마다 홍해가 갈라지듯 놀 군단이 좌우로 쓸려나갔다.

그러나 지원군의 가세로 사기가 오른 놈들은 아무리 밀쳐내도 끊임없이 달려들었다. 사방이 적이었다. 지하철은 몬스터들로 가득 차 있었다.

결사대를 자처한 헌터들은 서로를 등지고 한 덩이로 똘똘 뭉쳤다.

"파이어 볼!"

박성규는 쿨타임이 찰 때마다 불덩이를 집어 던지며 대량 살상을 일으켰다. 마나코스트를 절반으로 줄이는 고유의 특성 덕에 포스는 아직 충분했지만, 결국 재사용

대기시간이 발목을 잡았다.

"제길! 마법을 아무리 난사해도 끝도 없이 몰려드는군!"

"애초에 우리의 예상보다 적들의 숫자가 훨씬 많았던 것 같습니다."

"던전을 모두 뒤지지 않는 이상 놈들의 수효를 정확히 파악하는 건 불가능하지. 그건 어쩔 수 없었어."

"꺄악!—"

몰아치는 놀 군단의 공격에 아쳐스 클랜의 궁수 하나 죽었다. 거리를 확보하지 못하는 난전 상황에서 궁수들이 특히 곤란한 처지에 처해있었다.

태랑은 광각의 심안을 이용해 빠르게 상황을 스캔했다.

'어둠 속에 가려 적들의 숫자를 정확히 가늠조차 할 수 없군. 눈에 들어오는 것들만 해도 벌써 300마리가 넘어. 반면 우리 숫자는 고작 40 정도. 싸울아비는 거의 전멸했고, 막고라 길드 헌터들은 열 명도 채 안 돼. 아쳐스가 데리고 있는 궁수 스물과 철십자 템플러의 마법사 다섯이 전력의 대부분이군. 가만… 그런데 적법사 클랜의 버퍼들이 왜 안 보이지?'

순식간에 많은 정보가 유입되면서 태랑의 머리에 과부하가 걸렸다. 광각의 심안을 쓸 때 나타나는 부작용에, 귓속에 삐— 하는 이명과 동시에 두개골이 지끈지끈 울렸다. 그러나 태랑은 고통을 참고 심안을 유지했다.

'난전 중에 전사한 것도 아니야. 시체도 안 보여.'

태랑이 스캔을 계속했지만 어디에도 붉은 후드를 뒤집어 쓴 적법사 클랜의 헌터들이 보이지 않았다.

　'설마 이 와중에 도망쳤단 말인가? 대체 언제?'

　실은 적법사 클랜은 입구가 뚫릴 것을 예상하고 있었기 때문에, 태랑이 한참 래그나돈을 상대할 무렵 슬그머니 발을 뺀 상황이었다.

　태랑과 래그나돈이 접전이 워낙 치열하여 다른 헌터들도 그들이 어둠 속으로 사라지는 것을 눈치채지 못했다.

　'뭔가 이상해. 다른 출구의 방어벽이 허무하게 뚫린 것도 그렇고, 적법사 클랜 멤버들이 중간에 사라진 것도…'

　하지만 당장은 그런 것을 생각할 겨를이 없었다. 그들의 부재 여부를 떠나 당장은 활로의 구축이 우선이었다.

　태랑은 아쳐스 클랜에 바짝 달라붙은 놀 군단을 창을 휘둘러 떨쳐냈다. 곧 그들을 보호할 해골 전사와 좀비 들개 역시 소환했다.

　"곽시은! 최대한 뒤로 물러서! 너희들이 당하면 2차 저지선까지 장담 못 해!"

　한참 석궁을 갈겨대던 곽시은은 태랑의 요구에 버럭 성을 냈다.

　"네가 뭔데 아까부터 이래라 저래라냐고! 우리 클랜은 내가 알아서 지휘해!"

　"진짜 이게 보자 보자 하니까!"

　태랑은 사태가 이 지경에 이르렀는데도 개인감정으로

협조를 거부하는 시은을 보고 버럭 화를 냈다. 태랑은 시은에게 다가가 왼손으로 멱살을 움켜쥐었다. 그답지 않은 과격한 행동.

"커헉- 뭐, 뭐야 놓으라구!"

"여기서 죽고 싶으면 멋대로 해! 대신 죽으려면 혼자 죽으란 말이야!"

그녀는 뭐라 항변하려다 하나 둘 쓰러져가는 헌터들을 보고는 입을 다물었다. 어리광부리듯 고집 피울 시기가 아니었다.

"흥! 절대 너 때문에 협조하는 거 아니야! 아처스, 소환수 뒤로 물러선다. 퇴로를 확보하는데 집중해!"

"네!"

"진작 그럴 것이지."

곽시은은 곧바로 몬스터의 한가운데 뛰어드는 태랑을 보고 눈을 흘겼다.

정말 얄밉기 짝이 없는 자다.

자신에게 굴욕을 선사하고 이젠 멱살까지 잡혔다.

'…김태랑! 이 나쁜 자식!'

하지만 그에게 제압당하던 순간 발끝에서 올라온 짜릿한 감정이 그녀를 두근거리게 했다.

자신을 이렇게 거칠게 대한 사람은 처음이었다. 천방지축으로 날뛰는 그녀를 번번이 골탕 먹인 태랑이었지만, 오히려 시은은 그런 박력에 더 매력을 느끼고 말았다.

'너, 기필코 내 앞에 무릎 꿇게 만들 줄 거야. 두고 봐!'

태랑과 한모가 앞뒤를 맞고, 좌우에서 태랑의 소환수들과 살아남은 헌터들이 마법사와 궁수를 호위했다. 활로를 뚫고 나가려는 헌터들은 목숨을 돌보지 않고 달려드는 놀 군단에 맞서 치열한 격전을 벌였다.

"아따 요 잡것들 보소!"

한모가 선두에 서서 길을 열었다. 버프로 강력해진 쉴드 탓에 어지간한 공격으로는 그에게 흠집조차 내기 힘들었다. 한모는 닥치는 대로 스킬을 퍼부으며 몬스터의 바다를 헤쳐나갔다. 이 순간 그는 돌진하는 기관차였고, 진격의 불도저였다.

그때 가운데서 강력한 주문을 준비하던 박성규가 마침내 손을 쳐들고 스킬을 발동했다.

"파이어 월!"

그의 손짓에 따라 바닥에 휘발유가 뿌려진 것처럼 불길이 화르륵 치솟았다. 사람 키만큼 솟아오른 불길은, 아래로 향하는 계단까지 불의 장벽을 일으켰다.

"지금이다. 모두 계단을 향해 뛰어!"

철길처럼 좌우로 뻗어 나간 불길은 시위대의 난입을 가로막은 바리케이트 같았다. 놀 군단의 일부가 불의 장벽으로 진입을 시도하다 온몸이 불타 쓰러졌다. 그 모습을 본 놈들은 감히 덤벼들지 못하고 장벽 밖으로 물러설 수밖에 없었다.

"파이어 월의 지속시간이 길지 못해. 조만간 사라진다!"

박성규의 말처럼 불의 장벽의 수위가 점점 낮아졌다. 불길은 도미노처럼 최초 발화점부터 점점 사그라지기 시작했다. 몬스터들도 그 모습을 보고 장벽 가까이 다시 몰려들었다.

　결사대는 있는 힘을 다해 계단으로 달렸다. 이번이 마지막 기회였다.

　선두에 선 한모는 다른 사람들을 계단 아래로 내려보내더니 마지막으로 당도한 태랑을 향해 입을 열었다.

　"나가 여기서 입구를 틀어막고 있을랑게, 니는 우리 애들부터 챙겨라잉."

　"형님 혼자 무리에요."

　"걱정 허덜 말고, 언능 가보랑께? 우리만 샌드위치 당하진 않았을 거 아녀? 은숙이랑 다른 애들도 위험할지 몰라야."

　한모의 다그침에 태랑이 겨우 정신을 차렸다.

　그의 말처럼 지금 한 쪽만 신경 쓸 게 아니었다. 빗장 수비는 실패했고, 대부분 출구가 그들처럼 몬스터 때의 습격을 받았을 것이다. 지금은 박성규과 함께 살아남은 헌터들을 추슬러 2차 저지선부터 확보해야 했다.

　"알았어요. 형님, 무리는 하지 마세요."

　"후딱 가."

　태랑까지 내려보낸 한모는, 좁은 계단 입구를 홀로서 몽둥이를 어깨에 얹고 소리쳤다.

"드루와, 이 개새끼들아. 여그 지나갈라믄 나를 밟고 가랑께!"

태랑은 아래로 피신해 있던 곽시은과 고민경을 보고 부탁했다.

"두 사람은 한모 형을 도와 이쪽 계단을 지켜줘. 여기가 뚫리면 더는 도망칠 데가 없어."

"알겠어요."

"……."

고민경이 곧장 대답하고 뛰어가는 데 반해, 곽시은은 여전히 못마땅한 눈초리로 태랑을 째려볼 뿐이었다. 태랑은 울컥했지만, 더 말다툼할 기운도 없었다.

"…곽시은. 부탁할게."

"쳇."

의외로 곽시은은 '부탁한다'는 한마디에 쉽게 움직였다.

'저 계집앤 대체 무슨 생각인건지….'

한모의 탱킹력에 더불어 두 클랜의 지원이라면 버티는 것은 해볼 만할 것이다.

계단을 틀어막은 태랑은 곧바로 중앙으로 달려가 박성규를 찾았다. 그는 어느새 다른 출구에서 내려온 헌터들을 한데 모아 재편하는 중이었다.

"오, 태랑군. 고생했네."

"제 기억으론 지하 2층으로 통하는 입구가 모두 네 군데입니다. 포위당하지 않으려면 지금 당장 모든 출구를 틀어

막아야 합니다."

"그러잖아도 세이버 클랜 소속 헌터들이 한쪽 계단을 수비하고 있다 하는군. 내가 잔여 병력을 둘로 나눴으니 자네랑 내가 각각 하나씩 맡는 게 어떻겠나."

"알겠습니다."

그렇게 태랑은 박성규와 병력을 나눠 남은 계단을 봉쇄하기 위해 흩어졌다. 그에겐 막고라 길드의 부마스터 박웅찬이 부하를 이끌고 뒤따랐다. 태랑은 그와 함께 나머지 출구로 달려가며 물었다.

"혹시 적법사 클랜 애들 보셨습니까?"

"적법사? 그쪽으로 합류한 거 아니었나?"

"네? 그게 무슨 말씀인지…."

"아니, 우리 쪽에 지원 나왔던 적법사의 헌터들이 수비 도중 호출을 받고 그쪽으로 간다고 했거든."

"네? 그런 말 못 들었는데…."

"저희 6번 출구에서도 그런 식으로 사라졌습니다."

둘의 대화 듣고 있던 헌터 하나가 말을 보탰다. 태랑은 단서를 포착한 느낌이었다.

'설마 적법사 클랜 놈들이 의도적으로?'

의견을 종합해보니 이들이 사라진 타이밍은 거의 일치했다.

여러 곳에 배치되었던 적법사의 헌터들은 한순간에 약속한 듯 자취를 감추었다.

"확실친 않은 정보지만 적법사 클랜 주도로 수비하고 있던 8번 출구가 가장 먼저 뚫렸다는 말이 있습니다."

또 다른 헌터가 말했다.

태랑은 적법사의 배신을 거의 확신하게 되었다.

'틀림없다. 놈들이 고의로 빗장을 연 거야. 그리고 포위 공격당할 것을 예상하고 슬그머니 자취를 감췄어. 하지만 도저히 이해가 안 돼. 대체 왜 그런 짓을 한 거지?'

적법사의 배신은 아귀가 맞지 않았다.

어떤 명분도 찾을 수 없다는 점이 첫 번째였고, 배신할 경우 자신들 마저 위험해진다는 부분도 납득이 가질 않았다. 연합이 전투에서 패배한다면 그들 역시 지하철에 갇혀 생매장당하는 꼴. 한마디로 이건 이해할 수 없는 트롤링에 불과했다.

계단에 다다른 태랑은 막고라의 헌터들과 함께 소환수를 일으켜 수비를 견고히 했다. 다행히 이쪽 출입구는 아직 몬스터들의 모습이 보이지 않았다.

"적법사 클랜에 대해 혹시 아시는 게 있습니까?"

어느 정도 여유가 생긴 태랑이 박웅찬에게 물었다. 그는 막고라 길드의 부 마스터이자 연합군의 실무자였다. 연합을 구축할 당시 상황에 대해 누구보다 잘 알고 있다고 생각했다.

"적법사의 마스터 이준형과는 몇 번 레이드를 함께 한 적이 있었소. 특별하게 문제를 일으키진 않았던 자요. 그래서 마스터 역시 흔쾌히 연합에 들인 것이고."

"제 생각에 이번 작전이 어그러진 것은 적법사 클랜의 농간이 분명합니다. 혹시 놈들에게 다른 배후가 있는 것은 아닐까요?"

"배후라니? 우리가 연합을 만들 때 그런 부분 역시 고려했었소. 여러 루트로 알아본 결과 분명 뒷배가 없는 깨끗한 클랜이었소."

연합의 실무자였던 박웅찬은, 태랑의 의혹 제기를 한사코 부인했다. 태랑의 말대로라면 애초 편성 단계에서부터 내부에 시한폭탄을 설치한 것이나 마찬가지 때문이었다.

그러나 막고라 길드의 정보력만 가지곤 적법사와 도둑 길드간의 연관성을 찾긴 당연히 어려운 일. 도둑 길드는 정보를 다루는 집단이었고, 중간에서 꾸준하게 적법사 클랜에 대한 흔적들을 없애왔다. 이 때문에 적법사 클랜은 외부에서 봤을 때, 하등 문제없는 성실한 클랜으로 비칠 수밖에 없었다.

태랑은 당장의 의문을 접고 눈앞의 수비에 집중하기로 했다. 비록 1차 저지선이 무너지긴 했지만, 아직은 충분히 해볼 만한 상황이었다.

연합군이 입은 피해의 곱절로 놀 군단 역시 피해를 받았다.

지하 2층에서 배수의 진을 치고 버틴다면 결코 쉽게 무너지지 않을 것이다.

❖　❖　❖

　사평역 던전을 클리어한 도둑 길드 마스터 태규는 심복 이준형의 연락을 기다리고 있었다. 멀리 떨어진 전장 상황을 알 길이 없으니 5분 대기조처럼 마냥 긴장한 체 준비하고 있을 뿐이었다.

　-치직… 마스터 접니다.

　"왜 이제 연락해? 어떻게 돼가고 있어?"

　-던전 보스인 래그나돈이라는 놈이 상상 이상으로 강력했습니다. 막고라 박성규의 마법도 통하지 않고, 싸울아비 클랜은 일격에 전멸당했습니다.

　"뭐라고? 그러면 완전히 나가린데?"

　-다행히 세이버 김태랑이라는 놈의 실력이 예사롭지 않습니다. 놈과 거의 대등하게 싸우더군요. 자칫 놈을 해치울지도 모른다는 생각에 말씀하신 데로 출구를 개방하고 사평역 방향으로 도주 중입니다.

　"좋아. 어쨌든 둘 다 피터지 게 싸우게끔 유도해서 일망타진해야 돼. 우리도 지금 출발할 테니 중간에서 합류하자."

　무전을 마친 태규가 도둑 길드의 정예 헌터들을 불러 모았다. 그간 암살자 교육을 통해 노력한 전사로 거듭한 부하들이 그 앞에 도열 했다.

　"가자. 얘들아. 수확의 시간이다."

"존명!"

"야, 그거 하지 마. 욕같이 들리니까"

"네, 넵."

도둑 길드의 헌터들이 어두운 지하철 터널을 따라 움직이기 시작했다.

치열하게 전개되던 전투는 잠시 소강상태에 접어들었다.

래그나돈이 입은 부상이 생각보다 컸던 모양인지, 끊임없이 몰려들던 놀 군단의 기세도 점점 잦아들었다. 놈들 역시 무의미한 소모전으론 답이 없다고 판단하고 숨을 고르고 있는 게 틀림없었다.

박성규가 그사이 피해 상황을 점검했다.

최초 200여 명이 넘었던 헌터의 수는 어느새 절반 가까이 줄어 있었다. 개전 초기만 해도 큰 피해가 없었는데, 출구가 뚫리면서 양방향 공격을 당하는 동안 많은 헌터들이 전사하고 말았다.

클랜으로 보면 싸울아비가 가장 막심한 피해를 보았다.

그들은 래그나돈과 대적하다가 공대장 윤대운을 제외한 모두가 전멸했다. 또 응급처치를 하긴 했지만 대운의 컨디션 역시 썩 좋진 못했다. 그런 식으로 부상으로 전열에 이탈한 인원을 제하고 나니 가용 병력은 대략 80여명 정도였다.

태랑을 비롯한 연합의 대표자들은 잠시 중앙으로 모여 의견을 나누었다.

"우리가 입은 피해도 피해지만, 놈들의 피해도 만만치 않네. 래그나돈이 약해진 지금 차라리 역공을 가하는 것은 어떤가? 돌아가면서 의견을 말해보게."

"지하철 밖에 아직 철십자 기사단을 비롯한 유인조 병력들이 대기 중이에요. 그들이 합류한다면 결코 적은 인원은 아니죠. 저는 해볼 만하다고 생각해요."

철십사 클랜의 고민경이 말했다. 그는 사촌 동생이 이끄는 철십자 기사단의 능력을 신뢰하고 있었다.

"저희 아쳐스도 같은 생각이에요. 래그나돈이 부상을 입고 물러난 뒤부터 버서커라든지 폭탄마 같은 특수병들이 보이질 않아요. 놈이 전투에 전혀 개입을 못 할 정도로 위중하다는 의미죠. 힘을 되찾기 전에 서둘러 반격해야 돼요."

박성규의 시선이 자연스럽게 마지막 남은 태랑을 향했다. 태랑은 뭔가 망설이는 표정이었다.

"왜 그런가? 무슨 문제가 있나?"

"조금 찝찝합니다."

"뭐가 말이죠?"

"적법사 클랜이 사라진 게 말입니다. 놈들은 일부러 출구를 개방하고 도망친 게 틀림없습니다."

"그들이 정말로 배신을 했다면 피의 보복으로 갚아 줘야지.

하지만 지금 당장 도망쳐버린 자들을 어찌할 방법이 없지 않은가?"

"아니, 제가 의문인 것은 대체 이들이 어디로 사라졌느냐는 겁니다."

태랑은 지하철을 둘러보면서 말했다.

"분명 모든 통로는 막혀 있습니다. 그들이 지키고 있던 곳은 몬스터의 출입구로 이용됐으니 그쪽 역시 쓸 수 없었을 테고요. 그렇다면 놈들이 사라질 곳은 이곳 지하밖에 없습니다. 하지만 이곳에도 놈들은 없었습니다."

대부분의 헌터들은 적법사 클랜이 수비 실패에 대한 책임을 면피하기 위해 달아났다 여기는 중이었다.

혼전을 틈타 지하철 바깥으로 나갔다고 생각했는데, 태랑의 추리를 듣고 나니 확실히 설명이 안 되는 부분이 있었다.

"듣고 보니 이상하네?"

"그럼 아직도 지하철 어딘가 숨어 있는 것일까?"

"지하철 자체가 거대한 밀실이나 다름없는데 대체 어디로 숨어?"

태랑은 고개를 저었다.

"정확히 말하면 밀실은 아니지."

"응?"

"그게 무슨 소리야?"

"지하철은 다른 지하철과 항상 연결되어 있으니까."

태랑이 손을 들어 플랫폼 바깥의 철로를 가리켰다. 스크린 도어로 막힌 거대한 구멍에서 음울한 기운을 뿜어져 나오고 있었다.

"설마!"

"혹시나 해 스크린도어 주변을 확인했습니다. 사평역 방향 쪽으로 사람들이 드나든 흔적이 보이더군요. 적법사 클랜이 터널을 이용해 달아난 게 틀림없습니다."

"음…."

박성규는 고민에 빠졌다.

태랑의 말대로라면 등 뒤에 계속 위험요소를 남겨 둔 체 적과 결전을 벌여야 하는 상황이었다. 놀 군단과 싸우는 도중에 후방에 기습을 받는다면 그거야말로 최악.

그러나 겨우 찾아온 반격의 기회를 이대로 놓칠 순 없었다. 래그나돈이 다시 힘을 회복한다면 이런 기회는 두 번 다시 오지 않을 것이다.

"자넨 어찌하면 좋겠나?"

태랑은 아까부터 생각했던 바를 꺼냈다.

"마스터께선 병력을 이끌고 래그나돈을 치십시오. 저 혼자 적법사 일당을 막아 보겠습니다."

"뭐라?"

"혼자서요?"

"너무 자신하는 거 아냐? 뭐하면 아쳐스라도 데려가든 지."

마스터들이 만류했지만, 태랑은 단호했다.

"말씀하셨던 것처럼 래그나돈이 다친 지금이 기회입니다. 밖에 있는 유인조와 합류하여서 놀 군단을 무찌르세요."

"하지만 자네 혼자서 놈들을 감당할 수 있겠는가? 그들 대부분 보조마법사 위주라고 하지만 결코 호락호락한 클랜은 아닐세."

"그렇다고 저희 병력을 쪼개서는 이도 저도 안 됩니다. 그리고 아까도 보셨듯이 저는 혼자가 아닙니다. 제게는 스무 마리가 넘는 소환수들이 함께하고 있습니다. 놈들을 최대한 빠르게 처리하고 전장으로 합류하겠습니다."

박성규는 곰곰이 실익을 따졌다.

적이 쳐들어오지 않는 상황에서 수비전은 시간 낭비일 뿐.

어떻게든 움직여야 한다면 태랑이 말한 방법이 가장 효율적이었다. 태랑의 전력이 막강하긴 하지만, 그가 없어도 놀 군단은 상대가 가능하다.

박성규는 고심 끝에 결정을 내리고 태랑의 어깨를 두들겼다.

"자네에게 큰 짐을 맡긴 것 같아 미안하네."

"아닙니다. 다들 목숨 걸고 싸우는 것은 똑같은데요."

"정말 괜찮으시겠어요?"

고민경이 한 발 앞으로 나서며 태랑의 손을 어루만졌다.

금은요동의 눈동자를 반짝이며 걱정하는 모습에 태랑의 심장이 살짝 두근거렸다.

'…확실히 매력적인 눈빛이군. 잠시지만 설렐 뻔했어.'

"민경씨는 중지의 권능을 최대한 발휘해 주세요. 그래야 헌터들의 피해를 최소화할 수 있습니다."

"물론이죠. 최선을 다할게요."

다른 사람과 달리 살짝 심통 난 표정으로 서 있던 시은이 겨우 입을 열었다.

"쳇, 멍청이도 아니고 왜 굳이 위험을 자초하는지 모르겠네."

"멍청해서 그런가 보지."

태랑은 더는 그녀와 말다툼 하고 싶지 않았으므로 대충 얼버무렸다. 그러자 성난 암고양이 마냥 날이 서 있던 시은이 조금 울컥해진 목소리로 소리치는 것이었다.

"너, 다치기만 해봐. 가만 안 둘 거야. 난 너한테 받을 빚이 많다고!"

"너나 조심해. 그럼 간다."

태랑은 말을 마치고 주저 없이 터널을 향해 뛰어들었다. 박성규는 그의 뒷모습을 끝까지 지켜보다가, 무전기를 잡고 명령했다.

"연합의 헌터들은 들어라! 현 시간부로 반격을 개시한다. 모두 수비를 풀고 공격하라!"

❖ ❖ ❖

태랑은 어두운 터널을 랜턴 하나에 의지해 걸어가면서 생각했다.

'설마 내가 적법사 클랜을 상대하는 사이에 래그나돈을 끝장내 버리는 건 아니겠지?'

그렇게 되면 자신이 바라고 있던 래그나돈의 특성 역시 획득 못 하게 된다. 물론 놈은 회복을 위해 후방으로 피신해 있을 테고, 따라서 놈을 처치하려면 놀 군단을 싸그리 정리한 후에야 상대할 것이므로 다소 시간이 걸릴 것이다.

'그래도 혹시 모르니 서둘러야겠군.'

태랑이 속도를 더했다. 터널이 살짝 커브로 꺾어지는 구간에 이르렀을 때 반대편에서 사람들의 목소리가 들려왔다.

"흐흐. 멍청한 놈들 지금쯤 신나게 치고받고 싸우고 있겠지?"

"이런 걸 보고 재주는 곰이 부리고 돈은 왕 서방이 번다고 하는 거지."

'놈들이구나.'

태랑은 랜턴을 끄고 어둠 속에 바짝 몸을 엎드렸다. 잠시 후 미약한 불빛에 의지해 몰려오는 사람들을 발견할 수 있었다.

광각의 심안으로 수효를 파악하자 그 수가 거의 60에 이를 만큼 많았다. 분명 서른이 채 안 되던 적법사 클랜의 인원을 고려할 때 두 배 가까이 늘어난 숫자였다.

'숫자가 더 불었다고? 처음부터 완전히 작정했던 거구나!'

태랑은 놈들의 음모를 확실히 파악했다.

이들은 처음부터 몬스터와 싸우려는 생각은 추호도 없었다. 전황을 지켜보다가 연합군이 유리해지면 일부러 피해를 유발한 뒤, 자신들이 뒤통수를 칠 생각뿐이었다.

'공략하기 쉬운 던전을 점령해놓고 거기서부터 땅굴을 팠구나. 평소 이런 침투는 몬스터들에게 대번에 발각되겠지만, 우리를 미끼로 이용해 시선을 돌렸군. 야비한 놈들.'

다행히 놈들은 조명을 거의 켜지 않은 상태. 기습을 위해 은밀 기동을 하는 중이었다.

따라서 철로 구석에 바짝 엎드려 모습을 감춘 태랑은 자연스럽게 어둠에 가려 은신할 수 있었다. 태랑은 일거에 기습을 성공시키기 위해 바짝 엎드린 자세로 최대한 가까이 오기를 기다렸다.

"이번 기회에 도둑 길드 같은 이름 말고 암살자 길드로 바꾸는 게 어떻습니까? 그쪽이 훨씬 폼나 보이는데."

"하긴 그냥 훔치는 것보다 죽이는 쪽이 강해 보이긴 하지. 도둑 길드는 왠지 없어 보인단 말이야?"

"크크. 막고라 놈들, 우리 강동지부를 박살 난 대가를 톡톡히 치러야 할 거야."

"박성규, 그놈의 숨통은 꼭 제가 끊고 말겠습니다."

"쉐도우 네가 말이냐? 하긴 놈에게 친구를 잃었다고 했지?"

태랑은 놈들의 대화를 듣고 정체를 깨달았다.

'도둑 길드라고? 적법사 놈들이 도둑 길드와 결탁했었구나. 아니면 처음부터 한패였을지도… 어쨌든 아귀를 맞춰 보니 지난번 블랙마켓에서 납치극을 벌인 놈들이, 바로 도둑길드 강동지부 소속이었던 모양이군. 쉐도우라고 불리는 놈은 그때 도망쳤던 그림자 능력자고… 이놈들 잘 만났다.'

정체불명의 납치범들은 세이버 클랜을 기만하고 달아나다, 길목에 잠복해 있던 박성규에 걸려 일망타진 되었다. 당시 태랑은 쉐도우 마스터를 놓친 것을 두고두고 아쉬워했는데 다시 이곳에서 놈을 만나게 된 것이었다.

이제 놈들은 태랑의 지척까지 접근해 왔다. 기습하는 마당에 설마 터널 안에 태랑에 매복해 있다는 사실은 꿈도 못 꾸는 듯, 구석에 숨어 있는 그를 발견하지 못한 체였다.

태랑은 광각의 심안을 이용해 쉐도우라고 불린 놈의 위치를 파악했다. 어둠에 잠긴 터널 안에선 그림자 능력자이야 말로 가장 까다로운 상대. 따라서 첫 번째 타겟은 바로 놈이었다.

태랑이 엎드린 자세로 서리궁수의 화살에 시위를 먹였다. 빈 활줄에 얼음 화살이 영글어지며 쉐도우라 불린 사내에게 조준되었다.

슈숙-

조명이 거의 없다시피 했지만, 광각의 심안을 통해 확장된 시야는 정확하게 쉐도우 정욱을 향해 날아갔다.

"으악!"

어둠 속에서 날아온 화살에 직격당한 정욱은 속절없이 당하고 말았다.

"뭐, 뭐야!"

"기습이다!"

"누군가 터널에 있다!"

"부, 불을 켜!"

얼음 화살이 폭발하며 주변에 있던 헌터들까지 파편을 맞고 쓰러졌다. 태랑은 곧바로 모든 소환수를 총동원하며 리치킹의 분노를 끌어 올렸다.

"으악! 모, 몬스터다! 스켈레톤이 나타났어!"

갑작스레 땅속에서 몸을 일으킨 해골 병사들에 아무것도 모르고 접근하던 도둑 길드는 일대 혼란에 빠졌다. 누군가 라이트 마법을 전개하자 해골병사 십 수 마리와 좀비 들개, 스톤 골렘이 무서운 기세로 달려드는 게 보였다.

'아군이 없으니 조심할 것도 없군. 새로운 스킬을 써먹을 기회다.'

태랑은 최근 오우거 메이지 레이드에서 '광란의 춤사위'라는 스킬을 획득했다. 소환수를 폭주시켜 피아를 가리지 않고 날뛰게 만드는 이 기술은 자칫 아군에게도 손해를 끼칠 수 있어 자제했지만, 지금처럼 모두가 적인 상황에선 거리낄 게 없었다.

태랑은 적진 한가운데 난입한 스톤 골렘에게 광란의 춤사위를 시전했다. 그러자 골렘의 연록색 눈빛이 붉은빛으로 물들었다. 평소 느릿하고 무게감 있는 움직임을 보이던 골렘은 갑자기 배로 빨라지며 눈에 보이는 모든 것을 닥치는 대로 파괴하기 시작했다.

태랑은 혹시나 해 조정해 보았지만, 전혀 통제가 먹히지 않았다.

'내가 소환한 소환순데도 말을 듣지 않는구나.'

심지어 스톤 골렘은 옆에 있던 좀비 들개마저 밟아 죽였다. 태랑은 그 모습을 보고 다른 소환수들이 폭주한 스톤 골렘의 반경에 들지 않도록 물러서게 했다.

"이 괴물들 대체 어디서 나온 거야!"

"세이버 클랜의 김태랑입니다!"

적법사의 이준형이 구석에서 소환수를 부리던 김태랑을 발견하고 소리쳤다.

"김태랑? 무슨 듣보잡 새끼가 감히!"

태규는 우선 난동을 부리는 스톤 골렘부터 제압했다.

그가 두 팔을 펼치자 등판에서 수십 가닥의 넝쿨이 뻗어 나왔다. 줄기는 살아있는 촉수처럼 골렘의 몸체를 옭아맸다. 골렘이 무지막지한 힘으로 버텨냈지만, 넝쿨의 힘은 골렘을 완전히 억누를 만큼 강력했다. 태랑은 그 모습을 보고 깜짝 놀랐다.

'뭐지 저놈은? 광란의 춤사위에 걸린 골렘을 힘으로 누르다니?'

그뿐이 아니었다. 줄기에는 가시가 돋아 있었는데, 넝쿨이 점점 골렘의 단단한 몸체를 파고들면서 돌 부스러기가 떨어져 나오는 것이었다. 골렘의 몸체가 오래된 콘크리트에 금이 가듯 쩍쩍 갈라지더니 해체되어 갔다.

'세상에… 스톤 골렘은 칼날도 박히지 않을 만큼 단단한데 넝쿨 줄기가 표면을 파고들 정도로 강력하단 말인가? 저놈이 대장인 게 틀림없군.'

태랑은 곧바로 모든 소환수를 동원해 태규에게 돌진시켰다.

그러나 줄기는 끝도 없이 뻗어 나왔다. 거대한 줄기에서 옆으로 가지를 치고 솟아난 싱싱한 줄기들이 달려오는 해골 전사를 채찍처럼 마구 후려쳤다.

촤학-! 촤학-!

어찌나 강력했는지 단 한방에 스켈레톤의 뼈가 우수수 무너졌다. 태랑은 점점 더 그의 능력에 놀라움을 금치 못했다.

자신이 누적한 쉴드량과 리치킹의 분노 특성까지 더해진 스켈레톤 전사는 절대 허약하지 않았다. 뼈대만으로 이루어진 소환수지만, 단단한 통뼈를 갖추고 두꺼운 갑옷으로 무장하여 저렇게 한방에 쓰러질 정돈 아니었다.

'가만, 저 능력 분명 어디서 본적이 있는데…?'

태랑이 빠르게 기억을 떠올렸다.

범상치 않은 줄기 능력자. 소설에 직접 등장하지 않았지만, 배경처럼 스쳐 지나갔던 기억이 났다.

'…맞다! 악마의 덩굴!'

각성이 시작되면서 나타난 특성의 가짓수와 종류는 무궁무진하다. 비슷한 능력처럼 보이더라도, 디테일한 부분까지 따지고 들면 모두가 달랐다.

그러한 특성 중에선 가끔 몬스터가 가진 특성을 고스란히 물려받는 경우가 있었다. 철십자 템플러의 고민경이 바로 그러한 사람 중 하나였다.

그녀가 가진 '중지의 응시'는 사실 고르곤이란 괴물이 보유한 능력이었다.

이처럼 몬스터의 능력을 물려받는 경우엔 대부분 외형적인 변화를 동반하는데, 이 때문에 민경은 왼쪽 눈이 황금색으로 바뀌어 금은요동을 갖게 되었다.

하지만 민경의 케이스처럼 용모 상의 사소한 변화 정도가 아니라 극심한 신체 변화를 일으키는 특성들이 있었다. 바로 물려받은 몬스터의 특성 자체가 너무나 강력하여, 스스로 몬스터화(化) 돼버리는 특성이 존재했으니, 이를 일컬어 '악마의 재능'이라 불렀다.

악마의 재능은 겉보기엔 각성자를 강력하게 하는 신의 선물과 같지만, 사실 독이 든 열매나 마찬가지다. 능력을 쓰면 쓸수록 영혼이 잠식당하면서 끝내 악마로 변해 버리는 것이다.

태랑의 꿈속에선 악마의 재능을 갖춘 인물이 직접 등장한 적은 없었다. 다만 몇 가지 언급되던 특성들이 있는데 그중 하나가 바로 태규가 가진 '악마의 덩굴'이었다.

'세상에! 악마의 덩굴을 가진 자가 현실에 존재했다니… 이 사람은 내 소설에, 그러니까 내 꿈에서 한 번도 나오지 않았던 자야. 분명 내가 현실에 개입하지 않았더라면 여기서 모습을 드러낼 일도 없었을 텐데….'

태랑의 예상처럼 두 사람이 만나게 된 것은 사소한 우연들이 겹쳐진 결과였다.

태랑이 블랙마켓에서 도둑 길드의 강동지부와 엮이면서 본래 접점이 없어야 할 두 사람 사이에 다리가 놓인 것이다. 그리고 운명처럼, 절대 만나지 않았을 두 능력자가 마침내 조우하게 되었다.

소환수를 모조리 해치운 태규가 등 뒤에 진녹색의 줄기를 매달고 터널을 저벅저벅 걸어왔다. 라이트 마법에서 발원한 광원 탓에 그의 모습에 역광이 졌다. 뒤쪽에 새까맣게 암전된 줄기가 살아있는 생물처럼 꿈틀거리는 모습은, 마치 악마가 혓바닥을 날름거리는 것처럼 소름 끼치는 광경이었다.

"세이버 클랜의 김태랑이 바로 네놈이냐?"

"그럼 당신은 도둑 길드의 마스터인가?"

"어떻게 알았지? 내 정보는 정보상들도 모르는 극비인
데?"

'뭐야? 극비라면서 왜 자기 입으로 시인하는 거지?'

태랑의 의아해하는 표정을 보던 태규가 씨익 웃었다.

"너 방금 왜 스스로 실토하냐고 생각했냐?"

"뭐라고?"

"상관없잖아. 넌 어차피 여기서 죽을 거니까."

"…웃기고 있네."

태랑은 더는 소환수가 통하지 않는다는 사실을 깨닫고
창을 뽑아 들었다. 최근 얻은 오우거의 특성은 소환수가 아
닌 본인 스스로에게 적용되는 특성. 이제는 그도 소환수 관
련 특성보다 전사로서의 특성을 훨씬 많이 갖추게 되었다.

"호오. 소환수를 부리는데 스스로 싸우기까지 하나? 한
마디로 짬뽕 같은 녀석이로구나."

"그럼 넌 식물인간이냐?"

"응?"

의미를 깨달은 태규의 미간이 살짝 꿈틀거렸다.

악당답지 않게 톡톡 튀는 말투가 인상적이었으나, 놈의
실력은 이제껏 만난 어떤 맨이터보다 뛰어났다. 정상적인
싸움으론 승리를 장담할 수 없게 된 태랑, 놈의 멘탈을
흔들어 승부를 유리하게 가져가야겠다고 생각했다.

"그 살아 움직이는 줄기, 악마의 덩굴 능력이군."

다가오던 태규가 흠칫 멈춰 섰다.

자신이 도둑 길드의 마스터란 사실은 대화로 유추할 수 있는 부분이라 해도, 자기 특성을 정확히 맞춘 것은 무척 의외였다.

"어떻게 그것을 알고 있지?"

"이름만 아는 정도가 아니지. 악마의 재능이 얼마나 위험한 것인지 알고 쓰는 거냐?"

"악마의 재능이라니? 그게 뭔데?"

"어떤 각성자들은 몬스터가 보유한 특성을 물려받는다. 하지만 그중에서 악마의 재능이라 불리는 종류를 받은 이들은, 끝내 몬스터에게 잡아먹히고 말지."

"…먹히다니?"

평소 햇빛만 보면 제멋대로 움직이는 덩굴 덕에 바짝 신경이 곤두서 있던 태규였기에, 태랑이 들려주는 말이 솔깃할 수밖에 없었다. 연유는 몰라도 세이버 클랜의 마스터는 자신이 모르는 사실들을 많이 알고 있는 듯했다.

"설명해봐. 먹힌다는 게 무슨 뜻이지?"

태랑은 그가 동요한다는 것을 눈치채고, 계속 그를 흔들었다.

"말 그대로야. 너도 슬슬 느끼고 있을 텐데? 그 능력은 절대 축복이 아니야. 오히려 재앙이지. 악마의 재능 특성은 쓰면 쓸수록 사용자의 정신을 잠식해 버린다. 끝내 스스로 악마가 되는 거야. 몬스터로 변해 버린다고."

'역시 그래서였나?'

최근 태규는 점점 스스로를 통제할 수 없을 거라는 두려움에 휩싸여 있었다.

침착했던 성격은 거칠어지고, 인명을 쉽게 헤치지 않으리란 각오마저 무뎌졌다. 부하들을 학대하고 여자들을 성노예로 일삼는 짓도 서슴지 않았다. 일이 벌어진 후에는 매번 후회했으나, 스스로 점점 안 좋은 모습으로 변해가는 것을 느끼는 중이었다.

'그러니까 등판에 붙은 넝쿨이 끝내 나를 집어삼킨다는 말인가?'

그는 절대 몬스터가 되고 싶지 않았다. 그가 원하는 부귀영화는, 인간으로서 누리고 싶었던 것이지 결코 몬스터가 되면서까지 원했던 게 아니었다.

태랑은 의혹에 빠져가는 태규의 모습에, 그가 평정심을 잃고 있다는 것을 깨닫고 더욱 몰아붙였다.

"충고하는데 지금이라도 능력의 사용을 중지하는 게 좋아. 진짜로 괴물이 되고 싶지 않다면 말이야."

태랑은 그러면서 슬슬 창간을 쥔 손에 힘을 주었다. 놈은 이제 몬스터로 변하는 것이 두려워 능력의 사용을 주저할 것이다. 놈을 멘붕에 빠뜨린 후 일격에 끝장낸다. 태랑의 계획은 의도대로 되어 가는 것처럼 보였다.

그때 태규가 위를 쳐다보며 광오하게 웃었다.

"푸하하하하하! 이놈 봐라? 교묘한 언변으로 나를 기만하려 들다니. 제법 웃긴 놈일세?"

"속이기는? 난 진실을 말한 것뿐이다."

"혹시 너도 악마의 재능이냐 그럼?"

"아니. 난 전혀."

"그렇다면 네 말을 더욱 신뢰할 수 없지. 겪어보지도 않는 것을 그렇게 자신 있게 말하다니…하마터면 깜빡 속을 뻔했네."

"믿든 안 믿든 네 자유지. 어디 그럼 능력을 맘껏 써보시던가!"

태랑은 더 시간을 끌었다간 도둑 길드의 부하들이 끼어들까 두려웠다.

그의 소환수 공격에 기습을 당했던 놈들은 상당한 한동안 정신을 못 차리고 있었으나, 태랑이 태규를 상대하는 동안 어느 정도 사태를 수습한 상황이었다.

태랑이 빠르게 진격해 창을 내지르자, 태규가 손을 들어 땅속에서 덩굴을 솟구쳐 올렸다. 그 크기는 거의 성인 남성 허벅지만큼 두꺼워 태랑을 향해 휘둘러졌다.

퍼억-!

창대로 쳐내 보려 했으나 어림없다는 듯 줄기가 밀고 들어와 태랑을 후려쳤다. 생긴 건 분명 넝쿨인데, 대들보에 얻어맞는 느낌이었다.

"크헉!"

태랑은 단방에 나가떨어져 꼴사납게 나뒹굴었다.

'무슨 힘이…'

태랑 역시 악마의 재능을 가진 능력자를 상대하기는 처음.

그는 태규의 괴물 같은 위력에 전율했다.

"얼씨구? 너 지금 식물인간한테 처맞은 거네?"

"…이런 미친놈, 몬스터가 되고 싶어서 환장했구나."

"웃기지 마! 나는 이딴 넝쿨 따위에 잡아먹히지 않는다. 이건 내 특성일 뿐이라고!"

태랑의 도발에 흥분한 태규가 다시 한번 매섭게 줄기를 후려쳤다. 엄청난 속도에 태랑은 피하지도 못하고 속절이 두들겨 맞았다.

"윽!"

옆구리를 맞은 부위가 갈빗대가 나간 느낌이었다. 그러나 태랑은 끝내 피하지 않았다.

'어디 얼마든지 때려봐. 쉴드가 벗겨질수록 나는 강해질 테니.'

태랑은 오우거 사냥을 통해 쉴드가 깎일수록 방어력이 증가하는 '괴수' 특성과 반대로 공격력이 증가하는 '전투 각성' 두 가지 특성을 포식했다. 이로 인해 놈의 줄기에 두들겨 맞을수록 점점 맷집도 단단해 지고 포스 역시 상승하고 있었다.

'조금만 더… 놈을 한 방에 보내려면 거의 바닥까지 쉴드를 떨어뜨릴 수밖에 없어.'

태랑이 의도적으로 공격을 맞아준다는 사실도 모른 체

도둑 길드의 마스터는 연거푸 채찍 같은 넝쿨을 휘둘러 댔다. 가시가 박힌 넝쿨이 피부에 박힐 때마다 태랑의 살점이 사정없이 떨어져 나갔다.

"크학!-"

"뭐야. 실망스럽군. 아까 그 기세는 어디 갔어? 정말이지 형편없는 놈이 아닌가? 입만 살아서는 말이지. 네놈 시체는 화장터에 태워도 입만 남을 거야."

태랑은 전신이 피투성이가 되고서도 차갑게 웃었다.

"글쎄. 난 입이라도 살지, 너는 조금 있으면 영혼마저 죽게 될 텐데. 저기 지하철에 가득한 몬스터들과 함께 어울리라고."

"이 자식이 아까부터!"

잔뜩 흥분한 태규가 모든 줄기를 뿜어냈다. 스톤 골렘을 제압할 때처럼, 온몸을 넝쿨로 휘감아 터뜨리겠다는 심산이었다.

'기다렸다. 바로 이 순간을!'

태랑은 줄기가 날아올 것을 예상하고, 아까부터 준비하고 있던 불타는 좀비를 자기 앞에 일으켜 세우며 뒤로 빠르게 물러섰다. 순간적으로 타겟을 잃은 태규의 넝쿨이 불타는 좀비를 옭아맸다.

전투 각성 능력으로 공격력을 평소의 3배 가까이 끌어올린 태랑은, 모든 줄기가 불타는 좀비를 휘감는 순간 기다려 터뜨렸다.

"타올라라!"

퍼어어어엉-!

줄기의 내구성이 아무리 단단하다 한들 3배로 뻥튀기된 태랑의 포스를 감당할 정돈 아니었다. 강력한 폭발에 휘말린 넝쿨들이 걸레짝마냥 찢어졌다. 마치 오징어포를 갈기갈기 찢어낸 모양새.

"으악!"

몸체와 직접 연결되어 있던 태규가 충격에 비명을 지르며 주저앉았다. 그의 몸에서 뻗어 나온 줄기 끝이 새까맣게 타들어 갔다. 그 모습이 마치 날개가 꺾인 타락한 천사 같았다.

"받아랏! 삼조격이다!"

태랑이 창을 들고 대쉬하며 무너진 태규를 노리던 순간, 갑자기 땅 밑의 그림자에서 손목이 솟아올라 태랑의 발목을 낚아챘다.

"뭐, 뭐야!"

태랑은 느닷없이 균형을 잃고 전방으로 넘어졌다. 넘어지는 그림자 속에서 이번엔 칼날이 튀어나왔다.

'쉐도우! 그놈이 아직 살아있었구나!'

태랑은 넘어지는 와중에 창대를 짚었다. 휘어지는 창대가 탄력을 받아 튕겨 나오는 타이밍에 맞춰 태랑이 공중으로 뛰어올랐다.

'젠장, 서리 궁수의 화살이 파편이 퍼지는 방식이라 놈을 일격에 죽이지 못했군.'

차라리 평범한 화살 공격이었다면 심장을 꿰뚫어 버릴 수도 있었을 것이다. 그러나 얼음 화살은 산탄처럼 퍼지는 방식이라 정욱이 죽지 않고 버텨낸 것 같았다.

"마스터를 보호하라!"

태규가 쓰러지자 적법사 클랜의 이준형이 살아남은 부하들에게 총공격을 지시했다. 아직 절반 가까이 남아있던 도둑 길드의 암살자들과 적법사의 버퍼들이 손을 쓰기 시작했다.

태랑은 몰려드는 자객들과 마법사를 상대하면서, 어둠 속에서 날아드는 칼날을 피해내야 했다.

'젠장! 정신이 하나도 없네!'

기습이 그대로 성공했다면 혼란에 빠진 도둑 길드를 일거에 쓸어버릴 수도 있었을 것이다. 그러나 생각지도 못했던 악마의 덩굴 능력자와 혈투를 벌이는 바람에 태랑은 점점 위기에 몰렸다.

무엇보다 전투 각성을 끌어내기 위해 쉴드를 급격히 소모한 것이 오히려 독이 되기 시작했다.

게다가 어둠 속에 숨어 예상치 못한 각도에서 칼날을 뿜는 쉐도우의 공격은 한 번만 삐끗해도 치명적인 상처를 남길 것이었다.

'이걸 어쩌면 좋지?'

4. 회중시계

포식의
군주

4. 회중시계

망토를 두른 사내가 고층 건물의 난간 위에 서 있었다.

발 폭 너비도 되지 않는 난간 위는 무척이나 위태로워 보였으나 사내에겐 어떤 두려움도 엿보이지 않았다.

그는 물끄러미 고개를 내밀어 밑을 내려다보는 중이었다.

지상에선 한창 전투가 벌어지고 있었다. 인간 연합군과 놀 군단의 싸움은 밀고 밀리는 등 시간이 갈수록 그 치열함이 더해갔다.

고속버스터미널 역 주변이 한눈에 내려다보이는 곳에서, 사내가 조용히 뇌까렸다.

"흠, 아무리 봐도 김태랑의 모습이 보이지 않는군."

연합군의 반격이 시작된 이후 전장은 지상 위로 이동했다. 던전 안에서 수비에 몰두하던 헌터들은 외곽에 대기 중이던 유인조 병력과 합류하여 양방향에서 놀 군단을 압박해 들어갔다.

머릿수에선 아직 놀 군단이 앞서고 있었지만 쓸데없는 소모전으로 이미 압도할 만한 병력은 상실한 상태.

헌터들은 래그나돈이 부상을 입은 틈을 타 가열차게 몰아붙였다.

"악어새끼 한 마리 잡으려고 저리 고생을 하다니…역시 열등한 각성자들이란 답이 없군."

망토의 사내가 심드렁하게 말했다. 그의 목표는 오로지 태랑을 찾는 것. 다른 인간들에겐 일절 관심 없었다.

'설마 아직 역사 안에 있는 건가?'

이윽고 사내가 망토를 크게 휘두르자 어디선가 강한 눈보라가 몰려왔다.

눈보라가 시야를 가로막을 정도로 강하게 쏟아진 후, 난간 위에 서 있던 사내는 흔적도 없이 사라진 상태였다.

태랑은 도둑 길드 마스터에게 파괴된 소환수를 다시 일으켜 세웠다. 악마의 덩굴에 속절없이 무너진 소환수들이지만, 도둑 길드의 암살자들을 상대하기엔 충분한 힘이 있었다.

다만 럭셔리 버프 이준형을 비롯한 적법사 클랜의 마법사들이 암살자들에게 각종 버프를 걸어주며 전황이 불리하게 돌아갔다.

공격력 증강, 이동속도, 방어막 향상 등 각종 버프로 무장한 암살자들은 조금씩 태랑의 소환수들을 무너뜨렸다. 쿨타임을 줄이는 특성을 이용해 끊임없이 소환수를 리스폰하며 버텨 보았지만, 한계에 봉착하는 것은 시간문제였다.

더욱이 가장 큰 위협은 그림자 능력자 쉐도우가 펼치는 암습이었다. 언제 어디서 날아들지 전혀 예상되지 않는 공격 앞에, 태랑은 움직임은 극도로 제한되었다.

'제길, 이대로는 불카투스의 창술을 제대로 펼칠 수가 없어. 하지만 놈이 완전히 은신하는 바람에 광각의 심안으로도 찾기 쉽지 않아. 어떡하면 좋지?'

군데군데 조명이 비추고 있다고 하나 터널 안은 어둠이 가득한 상황. 쉐도우가 능력을 펼치기엔 최적의 환경이었다.

'그렇지. 그림자를 아예 없애버리면 되겠구나.'

아이디어가 떠오른 태랑은 급히 허리춤에 걸어둔 가방 속을 뒤졌다. 가죽으로 된 조그만 힙쌕에는 그가 비상시 사용하는 아이템들이 담겨 있었다.

태랑은 빛의 폭탄을 꺼내 전방에 터트렸다. 순간 조명탄이 터진 것처럼 시야가 훤해졌다. 강력한 빛무리 앞에 터널 전체를 드리우고 있던 그림자들이 모두 물러났다. 어둠 속에 숨어 공격하던 쉐도우는 대낮처럼 밝아진 조명에 낭패감에 빠졌다.

'체엣. 약삭빠른 놈 같으니. 내 약점을 간파했구나!'

그림자가 없으면 능력 역시 발휘할 수 없었다. 밝은 빛이 있는 곳에선 그는 실업자 신세였다.

그러나 이미 시간은 충분히 벌었다. 불타는 좀비의 폭발로 인해 넝쿨이 찢겨나갔던 태규가 그사이 다시 힘을 회복한 것이었다.

본체에 타격을 입히지 않은 이상 그의 줄기는 언제든 다시 자라 날 수 있있다. 곤충이 허물을 벗는 것처럼 까맣게 타들어 가 잘린 부위가 떨어져 나가고 곧 싱싱한 진녹색의 줄기가 문어발처럼 꿈틀거렸다.

"이 개자식, 감히 나를 엿 먹였겠다?"

악마의 덩굴 능력을 다시 회복한 태규가 태랑을 향해 촉수를 뻗어내려는 순간.

갑자기 환해진 터널 안으로 눈보라가 휘몰아쳤다.

휘이이잉-!

매서운 바람을 동반한 눈꽃의 폭풍에 모든 헌터들이 팔을 들어 얼굴을 감쌌다. 몸이 흔들릴 정도로 강력한 풍압에 상대적으로 가벼운 스켈레톤이 살짝 들썩일 정도였다. 태규는 볼 끝에 달라붙은 눈을 손등으로 닦으며 소리쳤다.

"어이, 짬뽕. 너 마법도 쓸 줄 알았냐? 창술에 소환술에 마법사라니 그냥 짬뽕도 아니라 삼선짬뽕이었네?"

그러나 느닷없는 눈보라에 당황한 것은 태랑 역시 마찬가지였다.

그는 적법사 측에서 냉기 마법을 펼친 줄 알고 급히 뒤로 물러섰다. 냉기 마법 계열에 당하면 동작이 급격히 느려질 수 있게 때문이었다.

다들 출처를 알 수 없는 마법에 당황하는 사이 눈보라가 그치고 검은 망토를 걸친 사내가 느닷없이 전장의 가운데 나타났다.

'헛! 공간이동 능력자?'

태랑은 자신의 눈을 의심했다.

공간이동이란 스킬이 없는 것은 아니었지만, 에픽급으로 분류될 만큼 강력한 스킬이었다. 정체불명의 사내가 만약 적이라면 최악의 사태. 도둑 길드의 마스터 하나도 감당키 버거운 상황에서 저 정도 능력자가 합류한다면 혼자선 역부족일 게 분명했다.

다들 긴장한 가운데 망토의 사내가 스윽 고개를 돌려 주변을 돌아보았다. 곳곳에 헌터들의 시체와, 부서진 소환수들이 널려 있었다.

그러다 그의 시선이 태랑 앞에 멈춰 섰다.

가면을 쓴 얼굴에 차가운 미소가 걸렸다.

"드디어 찾았군. 김태랑."

"나, 나를 알아?"

망토를 걸친 사내는 가면에 가려져 얼굴을 확인할 수 없었다.

"알다 마다. 보아하니 아직까지 기억을 되찾지 못…."

"야! 넌 또 뭐하는 새끼야? 너도 연합군이냐?"

태규가 말허리를 자르고 들어왔다.

태규는 망토의 사내가 태랑을 아는 체하는 것을 보고, 같은 편이라고 확신하는 중이었다.

"얼씨구. 복장 한번 요란하네. 그 가면은 또 뭐야? 오페라의 유령이라도 찍다 왔냐? 이 계절에 장갑은 왜 또 끼고 있어?"

그의 도발적인 발언에 무표정한 가면의 사내가 휙 몸을 돌렸다. 그리고는 그의 등 뒤에서 뻗어 나온 넝쿨을 보고 말했다.

"넌 악마의 덩굴 능력자인가?"

"어랍쇼? 누가 내 능력 정보상에 팔아먹은 거야? 무슨 개나 소나 다 알고 있어."

"개나 소?"

"이 자식 어디서 알량한 재주 하나 믿고 깝죽거리는 모양인데, 너 상대 잘못 골랐어!"

태규는 "잘못 골랐어!"라고 말하는 타이밍에 맞추어 등판에 넝쿨을 동시에 뽑아냈다. 뱀처럼 머리를 흔들며 수십 가닥의 줄기가 가면의 사내를 향해 찌르고 들어왔다.

태랑은 가면의 사내가 당할지도 모른다는 생각에 자기도

폭식의
군주 5

모르게 소리쳤다.

"조심해! 놈의 넝쿨에 붙잡히면 끝이야!"

그러나 경고는 늦었다. 벌써 넝쿨은 사내의 온몸을 미라처럼 휘감아 버렸다. 팔, 다리는 물론 몸통까지 줄기로 칭칭 감긴 사내는 금방이라도 터질 것처럼 조여졌다.

"흐흐. 등장만 요란했지 별 좆도 아닌…."

흡족하게 웃던 태규는 말을 다 마치지 못했다. 갑자기 냉기가 엄습하며 넝쿨들이 깡그리 얼어붙은 것이다. 새하얗게 서리가 낀 줄기들은 잠시 후 과자 부스러기처럼 투두둑− 끊어지기 시작했다.

"어, 어라? 이거 봐라?"

가면의 사내가 살짝 힘을 주자 그를 옭아맨 넝쿨이 유리처럼 산산조각났다. 또다시 넝쿨을 잃은 태규가 고통스러운 얼굴로 남은 넝쿨을 회수해 냈다. 가면의 사내가 태규를 향해 말했다.

"그런 허접스런 식물 줄기 따위로 나를 어떻게 해보겠다고?"

"이, 이 자식이!"

열 받은 태규가 오른팔을 들어 회초리처럼 휘둘렀다. 그의 주먹이 무시무시한 줄기로 변하며 사내를 향해 날아갔다.

'건방진 새끼 같으니라고, 어디 심장이 뽑히고도 한 번 까부나 보자.'

신체를 줄기로 변형시키는 기술은 태규의 필살기였다. 너무 부작용이 커 자체 봉인했던 스킬이지만, 다시 넝쿨을 회복하긴 시간이 부족했다.

그의 팔이 길게 늘어나며 가면 사내의 심장을 찌를 것처럼 날아들었다. 사내는 태규의 팔이 근접하기를 기다렸다가 기민하게 그 끝을 낚아챘다.

"윽."

팔목이 붙잡힌 태규가 힘을 주어 잡아당겼으나, 사내는 한치의 미동도 없었다. 오히려 자신 쪽으로 끌어당기자 태규가 질질 끌려왔다.

'이, 이럴 수가 내 힘을 이겨내다니!'

일전에 시험한 바에 따르면 신체를 변형시킨 식물 팔의 힘은, 차량도 들어 올릴 만큼 강력했다. 고속으로 찌르면 콘크리트 벽도 뚫어낼 정도.

하지만 가면의 사내가 힘을 주자 태규는 도무지 버틸 재간이 없었다. 붙잡은 팔을 세게 잡아당기자 태규의 발이 붕 떠오르며 터널 천장에 사정없이 부딪혔다.

쿵—

오히려 공격을 위해 뻗어낸 팔이 이제는 그에게 족쇄처럼 작용하고 있었다. 벽면과 부딪혀 되 튕겨 나오던 태규는, 순식간에 팔 길이를 줄어들게 하여 스스로 가면 사내 쪽으로 돌진했다.

'아직 왼손 남았다!'

사내에게 일부러 뛰어든 태규는 왼손을 칼날처럼 변형시켜 목을 향해 휘둘렀다. 그러자 사내가 냉소하듯 말했다.

"허접스런 수작. 프로스트 노바!"

주문을 외치자 가면 사내의 몸에서 수십 개에 달하는 냉기 구체가 360도로 뿜어져 나갔다. 달려들던 태규 외에도 근처에 몰려있던 도둑 길드의 암살자들에게 냉기의 폭탄이 폭사 되었다.

"크학!"

"으아!"

냉기 폭탄에 적중당한 헌터들은 한 방에 얼어붙어 버렸다. 태랑은 그 모습에 경악을 금치 못했다.

'프로스트 노바? 저런 최상위 스킬을 어떻게?'

스킬도 스킬이지만, 가면의 사내가 보여주는 무용 앞에 태랑은 기가 막힐 지경이었다. 그는 자신이 힘겹게 상대하던 악마의 덩굴 능력자를 문자 그대로 가지고 놀고 있었다.

프로스트 노바에 적중당한 헌터들은 일격에 얼어붙으며 즉사했다. 태규는 온몸이 얼어붙어 입가에 차가운 입김을 내뿜고 있었다. 그나마 쉴드가 높은 편이라 버텨낸 것 같았다.

"이, 이, 자식 대, 대체, 뭐, 뭐, 야."

온몸에 한기가 도는지 입이 옆으로 돌아간 태규는 제대로 말을 잇지 못했다. 그의 피부는 동사 직전의 시체처럼 새까맣게 변해있었다.

가면의 무릎 꿇은 태규를 향해 천천히 가죽 장갑을 벗으며 말했다.

"뭐냐니? 네 입으로 말했잖아."

장갑을 벗어 드러난 손은 투명했다. 마치 다이아몬드 원석을 깎아 만든 것처럼 빛을 받아 반짝거렸다. 그가 손바닥을 펴 태규의 정수리에 살포시 얹으며 말했다.

"…개나 소겠지."

손끝에서 뻗어 나온 냉기에 숨을 헐떡거리던 태규가 단숨에 얼어붙었다. 얼음 동상이 된 그의 몸을 가죽 부츠로 툭 차자 태규의 몸이 산산이 부서져 내렸다. 수백 조각으로 분리된 시체는 뼈도 못 추릴 정도였다.

'뭐야? 저놈은 대체 누구야? 냉기 능력에 얼음 손 그리고 독특한 가면… 왜 기억에 없는 거지?'

태랑은 한참 기억을 떠올렸으나 도무지 떠오르는 게 없었다.

악마의 덩굴을 가진 태규의 경우도 그렇지만, 꿈속에서 접점이 없는 인물의 경우 자신이 알아볼 방법은 전무했다.

그것은 주인공 시점에서 전개된 예지몽의 한계이기도 했다.

일순간에 도둑 길드와 적법사의 헌터들을 궤멸시킨 의문의 사내가 태랑을 향해 걸어왔다.

"너를 계속 찾아 헤맸다. 김태랑."

"나를? 그 전에 넌 대체 누구지?"

태랑의 물음에 가면의 사내가 멈칫했다.

"정말 아무것도 기억 안 나?"

"기억이라니? 나를 만난 적 있어?"

가면의 사내가 머리를 쓸어 올렸다. 이윽고 그는 얼굴을 덮은 가면을 벗어냈다. 눈을 가리는 하얀 반 가면이 탈피되자 그의 얼굴이 드러났다.

깊은 우물처럼 차가운 눈. 오뚝한 콧날. 왼쪽 눈가에 깊이 파인 흉터가 흠이긴 했지만 굉장한 미남이었다. 어쩌면 가면을 쓴 이유도 흉터를 가리기 위함인 것 같았다.

"…이래도 모르겠나?"

태랑이 혼란스러운 표정으로 고개를 끄덕였다.

사내의 정체를 알 순 없지만, 자신에게 적대적이진 않은 것은 분명했다. 프로스트 노바 마법을 펼칠 때도 자신이나 소환수는 공격하지 않았다.

가면의 사내가 푹- 한숨을 내쉬었다.

"김태랑. 넌 회중시계의 부작용을 심각하게 받은 모양이군."

"회중시계라니? 대체 무슨 말을 하는 거야?"

"잠깐. 아직 쥐새끼들이 남아있다."

의문의 사내가 손을 뻗어내자 손끝에서 암기와 같은 얼음 표창 수십 발이 쏟아졌다. 눈꽃의 결정을 닮은 얼음 표창은 사방으로 휘어져 뻗어 가더니 아직 숨이 끊어지지 않은 도둑 길드의 헌터들의 미간을 단숨에 꿰뚫었다.

푹-

그나마 숨을 부지하고 있던 헌터들마저 모조리 처리되었
다.

"오랜만의 재회인데 장소가 영 마음에 들지 않는군. 잠
시 자릴 옮기도록 하지."

"자, 잠깐 무슨 영문이라도 알아야…."

태랑이 저항해 보려 했으나 사내의 완강한 힘을 이겨낼 수
없었다. 곧 검은색의 망토가 펄럭이며 눈보라가 휘몰아쳤다.

눈보라가 그쳤을 땐 태랑과 사내의 모습은 찾아볼 수 없
었다.

이윽고 시체들 사이에 몸을 숨기고 있던 쉐도우 정욱이
모습을 드러냈다. 그는 약삭빠르게도 그림자 능력을 이용
해 마법을 피해낸 것이었다.

'도둑 길드의 정예들을 한방에 몰살시키다니… 엄청난
괴물이 나타났군.'

혹시나 하여 다른 생존자를 찾았으나 마스터 태규는 물
론 적법사의 이준형까지 모두 죽은 채로 발견되었다. 홀로
살아남게 된 정욱은 시체를 뒤져 아티펙트를 모두 챙긴 후
달아났다.

'세상에 강력한 놈들이 너무 많구나. 나도 이제 내 살길
을 찾아야겠어.'

그는 수뇌부가 전멸한 도둑 길드로 되돌아갈 생각은 눈
꼽 만큼도 없었다.

❖ ❖ ❖

　정체불명의 가면 사내와 태랑이 다시 나타난 곳은 높은 건물의 옥상이었다. 눈 깜짝할 새 던전 밖으로 공간이동을 경험한 태랑은 속이 울렁거리는 충격에 바닥에 손을 짚고 한동안 헛구역질을 했다.

　"우욱— 무, 무슨 짓을…."

　"이런… 몸까지 허약하지 짝이 없군. 너 정말 내가 알던 김태랑이 맞긴 한 건가?"

　가면의 사내가 조소하듯 물었다. 태랑은 차츰 몸 상태가 진정되자 난간에 등지고 기대앉았다.

　"…누구냐 넌. 나를 안다고 하는데 왜 난 아무 기억조차 없지?"

　"이걸 보고도 모르겠어?"

　사내는 장갑을 벗어 태랑에게 자신의 손을 보여주었다. 수정처럼 투명한 손. 냉기가 흐르는 그 손은 예술가의 조각품처럼 정교했다.

　"얼음의 군주, 프로스트 핸즈 장건우다."

　"프로스트 핸즈? 얼음의 군주라니?"

　"하—. 기가 막히는군. 무한의 포식자 김태랑이 이 손을 보고도 아무것도 떠오르는 게 없다니…."

　자신을 건우라고 소개한 사내는 골치 아픈 표정으로 이마를 짚었다. 그의 팔은 도무지 사람 같지가 않아서 팔에만 기계를 붙여 다 논 사이보그처럼 보였다.

"설마… 너도 예지몽을 꾼 건가?"

태랑은 불현듯 생각나는 것이 있어 물었다. 어쩌면 그는 꿈속에서 자신을 봤을지도 모른다. 자신이 유화와 박성규 등을 보고 알아챈 것처럼, 그의 꿈에도 자신이 나왔던 게 아닐까?

물론 두 사람이 꿈에서 만난 사이가 맞다면 한쪽만 기억하고 있다는 사실이 아귀가 안 맞지만, 당장 그것밖에는 설명되지 않았다.

"예지몽이라니? 너 설마 과거의 일을 꿈이라고 착각하고 있는 거냐?"

건우가 어이없다는 표정으로 되물었다.

"과거의… 기억?"

"그래. 회중시계의 부작용은 회귀 시점에서 과거의 기억을 송두리째 날려버리지. 넌 어디까지 기억하고 있지?"

태랑은 눈앞에 있는 사내를 종잡을 수 없었다.

도둑 길드 마스터를 대신 해치운 것으로 보아 자신에게 적대적인 것으로 보이진 않았다. 물론 그렇다고 해도 이 자가 자신을 기만할 가능성도 염두에 두어야 했다.

'…이 자를 믿고 꿈에 대해서 말해도 되는 걸까?'

태랑이 의심하는 눈길을 보내자, 건우가 어이가 없다는 듯 실소했다.

"나를 전혀 못 믿는 눈치군."

태랑이 솔직하게 대답했다.

"그럴 수밖에. 갑자기 나타나서 이해가 되지 않는 소리만 해대는데 내가 대체 널 어떻게 믿어?"

"좋아. 그럼 내가 짤막하게 현 상황을 설명해 줄 테니 잘 들으라고. 어쩌면 기억이 다시 떠오를지도 모르니까."

장건우가 이야기를 시작했다.

❖　❖　❖

커널을 막으려는 태랑의 시도는 끝내 실패로 돌아갔다. 그 과정에서 자신과 함께했던 대부분 동료가 죽었다.

자괴감에 빠진 태랑이 스스로 삶을 포기하려 할 때.

마지막 유화의 말이 떠올랐다.

—오빠. 꼭 살아요. 살아서 이 지옥을 끝내주세요.

그녀의 마음은 진작 알고 있었다.

어쩌면 본인은 짝사랑이라 여겼겠지만, 태랑 역시 평화로운 세상이 오면 그녀에게 청혼할 생각이었다. 그러나 유화는 최후의 순간까지 자신을 살리기 위해 희생했다.

그녀를, 동료를 죽인 괴물들에게 복수하고 싶었다.

이대로 포기할 순 없었다.

태랑은 다시 마음을 다잡았다.

인류는 커널에서 쏟아지는 강력한 괴수를 막을 힘이 없었다. 3년 전 몬스터 인베이젼 사태는 커널 확보를 위한 교두보에 지나지 않았다.

위세를 자랑하던 군주들이 하나둘 목이 떨어지고, 안전지대라 여겼던 영지는 폐허가 되었다. 세상은 종말을 향해 빠르게 달려갔다. 누구도 폭주하는 기관차를 막을 수 없었다.

이에 숨죽이고 있던 태랑이 분연히 떨치고 일어났다. 그는 살아남은 세력을 규합해 최후의 항전을 준비했다.

하지만 90% 이상이 궤멸해 버린 헌터들의 힘은 역부족이었다. 좀 더 힘을 빨리 모았어야 했다. 아니, 처음부터 서로 영역 다툼을 하지 않고 커널을 막아내는 데 집중했다면 사태가 이 지경까지 이르진 않았을 것이다.

인류끼리 반목하고 경쟁하는 사이 이미 헬 게이트는 열려 버렸다. 적은 이제 턱밑까지 도달했다. 몇 놈을 죽이고 죽느냐 뿐, 패배는 정해진 운명과 같았다.

그때 부산 지역의 맹주, '불멸의 군주' 최헌도가 의견을 냈다.

그것은 자신이 이면 세계를 탐험하면서 얻게 된 아티펙트에 대한 이야기였다.

"이제껏 누구에게도 밝히지 않았지만 나에겐 '시간 역행의 회중시계'란 아티펙트가 있소."

"그게 뭡니까?"

"쉽게 말하면 시전자의 정신을 과거로 타임워프 시키는 물건이오."

"타임머신 같은 건가요?"

"엄밀한 의미에서 다르지만 비슷하다고 볼 수 있지. 나 역시 설명만 보고 사용하진 않아서 정확히 모르겠소. 사실 사용하는 순간 이 세상과는 작별이기 때문에 감히 건드릴 생각도 못 했어."

저항군의 수뇌부를 담당한 네 명의 군주들과 태랑은 아티펙트의 사용을 두고 열띤 토론을 거듭했다.

아직 살아남는 사람들을 위해 끝까지 몬스터와 항전을 해야 한다는 측과 이미 늦었으니 차라리 과거로 돌아가 처음부터 다시 시작해야 한다는 측이 팽팽히 맞섰다.

결국, 3 vs 2로 회중시계를 사용하는 쪽으로 중지가 모였다.

결정된 이상 더 이상의 논란은 없었다.

"그런데 대체 누가 과거로 갑니까?"

"인원은 최대 5명 까지요. 아티펙트를 사용하는 순간 여기 모인 모든 이가 이동하게 되오."

"그렇다면 차라리 잘된 일이군요. 우리 모두가 과거로 돌아간다면 처음부터 힘을 모아 금방 강해지지 않겠습니까? 그렇게 되면 이번처럼 커널이 생성되는 것을 막을 수 있을 거구요."

김태랑이 '정령의 군주' 송희주의 말에 코웃음을 쳤다.

"…진작부터 당신들이 나를 도왔다면 이렇게까지 될 일도 없었겠지."

태랑은 동료들이 모두 죽은 뒤로 냉소적으로 변해있었다. 그의 말에 모여 있던 군주들은 아무 말도 할 수 없었다.

"인제 와서 지나간 일을 후회해 봐야 무슨 소용이겠소. 어쨌든 이 회중시계는 우리가 취할 수 있는 마지막 수단임은 분명하오. 하지만 한 가지 문제가 있소."

"문제라니요?"

"아티펙트의 설명에도 나오지만, 이 물건을 통해 과거로 돌아가면 일부, 혹은 대부분의 기억을 상실할 수도 있다는 것이요."

"아니, 기억을 잊어버리면 아무 의미가 없지 않습니까? 몬스터 인베이젼이 벌어지기 전으로 돌아가 봐야 지금까지의 일을 전혀 기억 못 하고 똑같이 되풀이할 텐데요."

"그래서 우리 다섯이 모두 움직이자는 거요. 여기 모인 다섯 분은 하나같이 내로라하는 헌터들. 김태랑씨를 제외하고는 모두 군주에 올랐고 가진 바 능력 역시 출중하오. 우리 중 하나라도 기억을 되살릴 수 있다면 미래를 바꾸는 것도 불가능하진 않을 것이요."

"정녕… 도박을 걸어보는 수밖에 없단 말인가…."

방어선은 시시각각으로 무너져가고 있었다. 당장 내일 모두가 전멸한대도 어색하지 않았다.

'얼음의 군주'라 불리던 프로스트 핸즈 장건우가 말했다.

"그렇다면 만약을 위해 빠르게 레벨업 할 수 있는 아티
펙트의 위치를 공유하도록 하죠. 그렇게 한다면 각성이 시
작되자마자 빠르게 힘을 되찾을 수 있을 겁니다."

"그에 대한 데이터베이스라면 제가 가지고 있어요."

'강철의 군주' 이명훈은 과거 유명한 정보상 출신이었
다. 그는 수많은 아티펙트와 몬스터에 대한 정보를 체계적
으로 정리해 두었다.

치밀한 사전 준비를 마친 끝에 다섯 명의 남녀가 회중시
계 앞에 모였다. 최헌도가 회중시계 위에 튀어나온 용두를
누르는 순간, 빛이 번쩍이며 의식이 끊어졌다.

그리고 김태랑은 몬스터 인베이젼이 벌어지기 2달 전으
로 회귀했다.

"뭐야? 그럼 넌 설마 회귀 후에 떠오른 기억을 그냥 꿈이
라고 착각했단 말이야? 그걸 그저 소설 소재로 써먹었다
고?"

건우는 태랑의 대답에 기가 차 말도 나오질 않았다.

그는 자신이 기억하는 김태랑과는 무척 다른 모습이었
다.

무한의 포식자, 김태랑.

세력을 이루는데 치중한 여타 군주들과 달리 처음부터

커널을 파괴하기 위해 불철주야로 노력했던 인물. 특성
포식이란 사기적인 능력을 바탕으로 누구보다 강력한 힘
을 지녔지만, 개인의 사사로운 욕심보다 인류의 구원을
위한 구도자의 길을 걸었던 진정한 영웅.

수천의 헌터를 거느렸던 군주 중에서도 그보다 뛰어난
헌터는 없었다. 그래서 태랑이 최후의 저항을 향한 기치를
내걸었을 때 모두 그의 밑으로 모여들었다.

건우는 회귀 후에도 당연히 그에게 가장 큰 기대를 걸고
있었다. 그런데 불안전한 자각을 꿈으로 착각해 소설을 쓰
는 데 시간을 허비해 버렸다니.

"내 꿈은 커널을 파괴하려고 모이기 직전 끝났어. 그래
서 네가 말한 회중시계나 그 이후에 대한 기억은 전혀 없
어."

"부작용이로군. 만약 그 뒤까지 꿈이 계속되었다면 회귀
를 했다는 사실도 깨달을 수 있었을 텐데…."

"그럼 넌 모든 걸 기억하고 있어?"

"그래. 난 운이 좋았지. 나도 처음엔 너처럼 끝없이 이어
지는 꿈을 꾸었어. 그 꿈은 회중시계를 사용하기 직전까지
계속되었지. 긴가민가했는데 몬스터 인베이젼이 시작되자
그것이 사실이란 걸 깨달았어. 그 뒤부턴 정해진 계획에 맞
춰 빠르게 레벨업을 진행할 수 있었던 거야."

"왜 처음부터 다른 회귀자들을 찾지 않았지?"

장건우가 다소 흥분한 목소리로 말했다.

"찾으려고 했었지. 하지만 나 역시 각성 초반엔 아무런 힘이 없었어. 사람 찾다가 몬스터에 맞아 죽을 판인데 어떻게 해? 그리고 넌 기억 못 하겠지만, 당시 모였던 군주들은 전국 단위로 흩어져 있었어. 피난민의 도시 부산, 핵폭발로 폐허가 된 북한 근처… 지금 시점에 서울에 있는 것은 너와 나 둘뿐이야. 최후의 저항군이 조직되기 전 서울에 근거지를 둔 군주들은 죄다 쓸려나가 버렸으니까."

태랑은 장건우의 이야기를 모두 듣자 머리를 망치로 한 대 얻어맞은 느낌이었다.

그는 수많은 각성자 중 왜 자신에게만 예지몽이 나타났는지 이해할 수 없었다. 그러나 그것이 사실 꿈이 아니라, 과거의 기억이었다는 설명에 모든 것이 이해되었다.

"지금 수완 좋은 정보상을 이용해서 다른 회귀자들 마저 찾는 중이야. 전국으로 흩어져있긴 하지만 조만간 모두 찾아낼 수 있을 거야."

"그 공간이동 마법을 이용해 찾아갈 순 없어?"

"눈보라 망토로? 이건 사람을 찾아다니는 물건이 아니야. 장소를 떠올려 움직이는 거지. 그리고 거리의 제약 때문에 고작 1Km밖에는 못 가. 사용횟수도 제한되어 있고."

"아!… 그럼 혹시 여긴 지하철역 부근인가?"

"밑을 봐."

태랑이 황급히 몸을 일으켜 옥상 밑을 보자 연합군 대 놀 군단의 전투가 치열하게 전개되고 있었다. 건우와 대화를 하느라 정신이 팔려 전혀 눈치채지 못한 것이었다.

"이런! 난 가봐야겠어!"

"어딜?"

"래그나돈 잡으러."

"그딴 악어 괴물은 뭐하러? 내가 대신 잡아줄까?"

"안 돼. 꼭 내 손으로 처치해야만 돼."

"아… 넌 특성 포식자였지? 놈의 특성이 필요한 모양이군."

"그래. 어쨌든 네 얘기는 알겠어. 네 말대로, 목적을 띄고 과거로 돌아왔는데 불안전한 기억으로 임무를 자각하지 못한 상태라는 건 이해했어. 하지만 아직 난 힘을 회복하지 못했어. 최대한 빨리 힘을 키울 테니 넌 다른 회귀자들을 끌어 모아줘."

장건우는 손끝으로 턱을 쓰윽 매만지더니 대답했다.

"그냥 지금부터라도 나랑 같이 다니는 게 낫지 않아? 언제까지 허접한 놈들이랑 소꿉장난이나 하고 있을 건데?"

"…소꿉장난? 허접한 놈들이라고?"

태랑이 표정을 굳히자 건우도 말실수 했다는 것을 깨달았다.

"흠, 내 말이 좀 과했다면 사과하지. 하지만 알다시피 특성이 곧 계급인 세상이야. 자질이 부족한 수십, 수백 명보다 한 명의 특출난 헌터가 필요하다고. 그러니 너도 동료랍시고 다 같이 커나갈 생각 그만하란 소리야."

"······."

"다음에 다시 볼 때도 이 상태면 정말 실망할 거다. 김태랑."

"잠깐, 한 가지 묻고 싶은 게 있어."

"뭐지?"

"커널을 파괴하기 위한 소멸자 세트. 혹시 제조법 기억하나?"

"뭐라고? 너 설마 그것마저 까먹은 거냐? 그건 회귀자 중에서도 너밖에 모르는 거야. 커널을 파괴하려고 했던 사람은 오직 너뿐이었으니까."

"음…."

'결국, 63빌딩의 공략은 피할 수가 없겠군.'

그때 장건우가 태랑의 손에 검은색 보석이 박힌 펜던트를 건넸다.

"이걸 항상 몸에 지니고 있어. 상대가 어디 있더라도 위치를 탐지할 수 있게 해주는 아티펙트야. 다음에 네가 어디 있더라도 찾을 수 있을 거야."

"신기한 물건이군. 이런 것도 있었나?"

"네 꿈이 커널에서 끊어졌다면 그 후로 등장한 아티펙트에 대해선 모르는 게 많을 거야. 전혀 기억 못 하겠지만, 커널이 뚫리고 나서도 인류는 1년 넘게 더 저항했어. 그때의 넌 정말 전장의 화신 같았지."

"내가?"

태랑은 미래의 자신에 관한 이야기에 귀가 솔깃했다. 혹시 세이버의 팀원들도 자기가 미래를 얘기할 때 이런 기분이었을까?

"그래. 지금의 모습과는…."

장건우는 태랑을 위아래로 쭈욱 훑어보았다. 왠지 못마땅한 표정. 어렸을 적 세상에서 가장 예쁘다고 추억하던 여자 동창을, 나이 들어 아줌마가 되어 만났을 때의 어색함이랄까?

조금 퇴색해 버린, 혹은 너무 기대와 달라진.

"아무튼, 상상도 못 할 만큼 다른 사람이었지. 귀기(鬼氣)가 넘쳐흐를 만큼 카리스마가 있었거든."

그러면서 장건우는 피식 웃었다.

"이제 보니 그건 네가 동료를 잃고 난 이후라 그랬을지도 모른다는 생각이 드는군. 하지만 보기 나쁜 건 아냐. 지금의 모습이 그 시절보단 훨씬 행복해 보이거든. 이건 진심이다."

"……."

"그리고 아까 네 능력을 살짝 훑어봤는데, 스킬은 많은데 전체적으로 레벨이 낮아서 활용도가 떨어지더군."

"스킬 레벨 올리기가 힘들어서 그래."

"경험치를 통해 포인트를 올리는 건 당연히 한계가 있지. 그러니 아티펙트부터 빨리 구했어야지. 쳇. 원래는 정령 군주 주려고 하나 더 챙겨뒀던 건데… 빌빌대는 모습이 안쓰러워 안 되겠군. 나중에 다시 갚아."

장건우는 품에서 뭔가를 하나 꺼내더니 태랑에게 던졌다. 태랑이 허공에서 낚아챘다. 단순한 은빛의 반지였는데 척 보기에도 범상치 않은 기운이 느껴졌다.

"이게 뭐야?"

"조던링이야. 모든 스킬 레벨을 한 단계씩 올려주지."

"헉! 정말?"

　태랑이 조던링을 모를 리가 없었다. 그는 빠르게 반지를 감식했다.

　[조던의 반지] 9등급 아티펙트

　-대마법사 조던의 반지.

　+보유한 모든 스킬 레벨 +1

　+반지의 효과는 중복되지 않음.

"…9등급 아티펙트!"

"뭘 그렇게 놀래? 나중에 가면 어지간한 군주들은 죄다 끼는 평범한 반지라고."

"하지만 지금 시점에 나오기엔 너무 빠른데…."

"뭐, 그거야 네가 아직 타워 공략을 못 했으니 그렇겠지. 난 벌써 두 개나 구했어."

"자, 잠깐 네가 차고 있는 아티펙트는 혹시 그렇다면 모두…."

"그래. 다 타워에서 구한 거야. 초반에 폭랩하느라 고생 좀 했지."

"잠깐 견식이 가능할까?"

"얼마든지."

태랑은 감식의 눈을 통해 건우의 아티펙트를 열람했다.

[눈보라 망토] 9등급 아티펙트

−눈보라를 불러일으키는 망토. 평소 검은 색이지만, 스킬 사용 시 새하얗게 변함.

+빙결계 마법에 대해 200% 추가 데미지.

+모든 속성마법으로부터 피해 50% 감소 효과.

+ '공간이동' (2Lv) 스킬 사용 가능.

'헉! 9등급짜리 아티펙트를 실물로 보게 되다니….'

태랑은 이어 그가 낀 부츠도 감식했다.

[빙벽의 등반자] 8등급 아티펙트.

−딛는 발자국마다 혹한의 흔적을 남기는 장화.

+발을 딛는 반경 10M를 혹한의 대지로 바꿈.

−혹한의 대지는 상대방의 빙결계 저항 능력을 절반으로 떨어뜨림.

+ '서릿발' (4Lv) 스킬 사용 가능.

'서릿발이라면… 상대를 한순간에 얼려버리는 스킬? 그것도 4레벨짜리가 붙어있어? 정말 사기적인 아이템이군!'

"뭘 그렇게 유심히 봐?"

"아니 정말 대단해서… 난 겨우 5등급 아티펙트를 얻은 게 전분데…."

"던전만 털어선 상급 아티펙트를 구하기 힘들지."

"혹시 그 장갑도 아티펙트야?"

"맞아. 내 프로스트 핸즈가 녹지 않도록 보호해 주지."

"녹아?"

"아참, 너 지금 내 능력을 모르고 있겠군. 기억이 끊겼다고 했으니… 프로스트 핸즈는 내가 받은 특성이야. 모든 빙결계 마법을 포스 소모 없이 사용하게 해주지."

"노코스트라고? 대단한데?"

"뭘 그런 걸 가지고. 회귀한 동료들은 다들 헌터로선 정점에 올랐던 자들이었어. 물론 그중에서도 네가 가진 특성 포식이 가장 뛰어났지. 지금 모습은 좀 의외지만…."

"난 성장하는데 다소 시간이 걸려서 어쩔 수 없어."

"아무튼, 내 특성은 햇볕을 쬐면 능력이 감소해. 일종의 페널티랄까. 그래서 '보온의 장갑'을 항상 착용해 줘야 해. 각성이 시작되고 가장 먼저 구한 것도 바로 이 장갑이었어."

"그렇군."

"이제 감상 다 했나?"

"잘 봤어. 근데 다른 회귀자를 찾는데 얼마나 걸릴 거 같아?"

"글쎄? 그들이 나 정도만 기억을 갖고 있다면 그리 오래 걸리진 않을 거야. 그들 역시 우릴 찾고 있을지도 모르고."

건우의 이야기를 모두 듣고 난 태랑이 선언하듯 말했다.

"좋아. 다음에 네가 다시 나를 찾아올 땐 실망시키지 않을 정도로 단련해 두겠어. 그때가 되면 함께 커널을 파괴하러 가자. 선물은 잘 쓸게."

"훗-. 기대하지."

건우가 얼음 손을 감추기 위해 다시 가죽 장갑을 착용했다. 그리고는 얼굴의 흉터를 가리려고 가면도 뒤집어썼다. 태랑은 그 모습을 보고 그가 사람들의 시선에 무척 신경 쓰는 타입 같다고 생각했다.

"참, 혹시나 해서 말해 두지만, 회귀에 관한 이야기는 다른 사람에게 절대 꺼내지 마. 세상에 큰 혼란이 올지도 모르니까. 나도 그 때문에 철저히 비밀리에 움직이고 있거든."

"알겠어."

"그럼 다음에 다시 보자구."

건우가 공간이동을 펼치기 위해 망토 끝을 부여잡자 태랑이 다급히 소리쳤다.

"자, 잠깐."

"왜 또 할 말 있나?"

"저 아래까진 내려주고 가. 내려가긴 너무 멀어서."

"…나 원참."

꽃 꽃 꽃

지상에 착지한 태랑은 건우의 모습을 찾을 수 없었다. 아마도 그를 내려주고 바로 다른 곳으로 이동한 모양이었다.

'장건우라…'

태랑은 그의 이야기에 무척이나 충격을 받았다.

자신이 사실 회귀자였다는 것과, 그런 회귀자가 다섯이나 함께 과거로 돌아왔다는 사실이 그를 무척 흥분시켰다.

'정말 신기한 일이군. 이게 나의 두 번째 삶이었다니…'

장건우가 들려준 이야기에 따르면 과거의 그는 소수의 인원을 가지고 커널 파괴에 도전하다 끝내 실패하게 되었다고 한다. 이는 지금껏 자신이 세웠던 계획과 매우 흡사한 것이었다.

사람의 생각이란 쉽게 변하지 않는 것일까? 그는 과거를 기억하지 못하는 상황에서도 똑같은 행로를 밟고 있었다.

'그가 나타나지 않았더라면 같은 실수를 또 한 번 반복했겠지.'

장건우가 해준 이야기 중 함께한 동료를 모두 잃게 되었다는 부분이 가장 충격적이었다. 특히 유화가 목숨을 던져 자신을 구했다는 부분에서 심장이 찌를 것처럼 아파왔다.

'…과거의 유화는 나로 인해 불행한 최후를 맞았구나. 이번에는 절대 그렇게 만들지 않겠어.'

293

태랑은 다시 각오를 다졌다. 저 멀리 전투 중인 연합군의 모습이 눈에 들어왔다.

'어디 조던링의 효과를 체험해 볼까?'

그는 소환의 가락지 옆의 손가락에 조던링을 착용했다. 그러자 전심에 빛이 감돌며 스텟 창의 변화를 알려왔다.

태랑은 바뀐 스텟을 확인하기 위해 스텟 창을 켰다.

[성명 : 김태랑, ♂(27)]

포스 : 50.74

{파워 건틀릿-포스 7%↑}

{서리 궁수의 활-포스 12%↑}

{소환의 가락지-소환수 개체 +1}

{조던 링-모든 스킬 레벨 +1}

쉴드 : 56.59

{오우거의 가죽바지-포스 14%↑}

{오우거의 가죽갑옷-포스 17%↑}

스킬 : (385/729 Point)

'레이즈 스켈레톤' (4Lv)

+포스의 30%를 사용해 동시에 21마리의 해골을 소환해 둘 수 있음.

+전사, 궁수, 마법사, 광전사의 비율은 3:2:1:1을 따름.

+메이지 스켈레톤은 랜덤으로 소환됨.

-다음 스킬레벨에 도달하면 동시에 33마리의 해골을

소환할 수 있음.

　-다음 스킬레벨에 도달하면 소환할 메이지 스켈레톤을 선택할 수 있음.

　-다음 스킬레벨에 도달하면 해골 궁수의 무기가 석궁으로 업그레이드 됨.

　-다음 스킬레벨에 도달하면 해골 전사의 갑옷이 플레이트 메일로 업그레이드 됨.

　'불카토스의 화신' (3Lv)

　+가장 위대한 전사, 백병전의 황제라 불린 불카토스의 무기술을 사용할 수 있게 함.

　+불카토스의 아티펙트를 사용할 시 공격력 500% 증가.

　+1Lv 랜스 마스터(숙련도 : 34%)

　-특수기 개방 : 삼조격

　+2Lv 아처리 마스터(숙련도 : 25%)

　-특수기 개방 : 다발 사격

　+3Lv 엑스 마스터(숙련도 : 0%)

　-다음 스킬레벨에 도달하면 불카토스의 대검술을 사용할 수 있음.

　'좀비 들개' (2Lv)

　+포스의 10%를 소모하여 좀비 들개를 6마리까지 소환할 수 있음.

　+좀비 들개는 '추적자의 본능' 고유 특성을 가지고 있음.

- '추적자의 본능' -목표로 한 대상을 끝까지 추적함.

-다음 스킬 레벨에 도달하면 거대 좀비 들개나 좀비 들개 9마리를 선택해서 소환 가능함.

-대형 좀비 들개는 탑승 가능.

-다음 스킬레벨에 도달하면 좀비 들개의 공격력이 15% 상승함.

'불타는 좀비' (2Lv)

+포스의 15% 소모하여 불타는 좀비 2마리를 소환할 수 있음.

+불타는 좀비는 '불의 고리' 고유 특성을 가지고 있음.

- '불의 고리' -불꽃에 닿으면 공격력의 200% 데미지를 줌.

+불타는 좀비는 목표된 대상에게 자폭하여 공격력의 1000% 데미지를 유발함.

-다음 스킬레벨에 도달하면 불타는 좀비에게 '불걸음 (1Lv)' 스킬이 자동 시전 됨

'불걸음' 발자국이 닿는 곳이 불에 타오름.

-다음 스킬레벨에 도달하면 불타는 좀비의 내구도가 10% 상승함.

'좀비 부활' (2Lv)

+포스의 10%를 소모하여 죽은 몬스터를 2마리 부활시킴.

+부활한 몬스터는 부여된 포스가 소모될 때까지 유지 됨.

+부활한 몬스터는 생전의 능력을 고스란히 발휘할 수 있음.

　+부활시키는 대상이 시전자의 포스와 쉴드를 능가할 경우 부활되지 않음.

　-다음 스킬레벨에 도달하면 몬스터의 부활시간이 40% 늘어남.

　-다음 스킬레벨에 도달하면 몬스터의 부활 개체수가 4마리로 증가.

　'분노의 일격' (2Lv)

　+무기에 마력을 걸어 데미지를 150% 증폭시킴.

　+마력무기의 데미지는 물리피해와 마법피해를 동시에 입힘.

　+마력이 유지되는 동안 무기의 내구도가 300% 상승.

　-다음 스킬레벨에 도달하면 마력으로 상승하는 데미지가 200% 증폭.

　'광란의 춤사위' (2Lv)

　-몬스터나 소환수를 폭주하게 만들어 피아를 가리지 않는 광전사로 돌변시킴.

　-폭주하는 동안 몬스터의 공격력과 방어력을 300% 증가.

　-다음 스킬레벨에 도달하면 시전 대상이 아군의 소환수인 경우 피아의 식별이 가능해짐.

특성 : 특성 포식자

–죽인 몬스터의 특성을 강탈함.

–획득 특성(9)

+리치킹의 분노 : 일시적으로 소환수들의 공격속도와 체력을 두 배로 올려줌. 지속시간 10분, 재사용대기 10시간.

+광각의 심안 : 활성화시 시전자의 시야를 270도까지 확장함. 공간지각과 인식능력을 상승시킴.

+독발 : 중독 계열의 스킬 적중 시 중독된 개체가 지속적인 독무를 일으켜 독을 전이함.

+성급한 부활 : 소환 계열 마법사용 시 재사용대기시간과 포스 소모량을 절반으로 줄여 줌.

+쉼 없는 재생

–회복계열 마법 효과를 누적시간 없이 단번에 적용시킬 수 있음. 단 회복력은 주문의 효과에 한정됨.

+군단의 깃발 : '소환수'가 전술대형을 전개할 때 공격력과 방어력이 150% 상승함. 현재까지 보유한 전술대형(0)

+저항하는 육체 : 마법으로 인한 피해를 30% 감소.

+괴수 : 쉴드가 깎일수록 방어력이 증가.

+전투 각성 : 쉴드가 떨어지는 수치에 반비례하여 공격력이 증강. 최대 공격력 증가, 3배.

스텟을 확인해 보니 모든 스킬레벨을 하나씩 올려준 것만으로도 엄청난 전투력 상승을 가져왔다. 태랑은 고급 아티펙트의 효과를 확인하고는 부르르 몸을 떨었다.

'대박이다. 올 스킬 +1이라는 것은 상상했던 이상이구나.'

그는 장건우가 어떻게 그렇게 강력한 힘을 갖추게 되었는지 알 것 같았다. 레벨링이 거듭될수록 강해지는 속도 역시 급격히 빨라진다.

이는 마치 부자가 더 빨리 돈을 버는 것과 흡사한 것이었다.

처음 종잣돈을 모으기 위해선 갖은 고생을 하며 오랜 시간이 필요로 하지만, 일단 그것이 모이고 나면 다시 그만큼 모으는 데는 훨씬 빠르게 도달할 수 있는 것과 같았다.

'부익부, 빈익빈이랄까.'

강한 자는 더 높은 사냥터에서 더 좋은 아티펙트를 차지하고 그로 인해 더욱 강해지게 된다.

태랑도 이번 래그나돈 특성을 포식할 수 있다면 타워 공략 역시 가능해질 것이다. 그것은 마침내 종잣돈이 다 모였다는 의미와 같았다.

'좋아. 기필코 손에 넣겠어.'

태랑은 등 뒤에서 서리 궁수의 활을 뽑아 들었다. 어느덧 특수기가 개방되어 '다발사격'을 사용할 수 있게 되자 시위에 맺히는 냉기 역시 수배로 늘어 있었다.

"내가 왔다!"

태랑은 놀 군단의 측면을 향해 얼음의 화살을 뿌렸다.

15발로 늘어난 냉기의 파편들이 부채꼴처럼 펼쳐지며 놀 군단을 도륙했다.

"끄헥!"

"컥!"

갑작스레 등장한 태랑의 기습에 십 수 마리의 놀들이 쓰러졌다. 놈들이 흥분해서 태랑을 향해 달려왔다.

"어디 신참 솜씨 좀 구경해 볼까? 일어나라! 나의 병정들이여!"

그가 손을 뻗어 올리자 땅속을 뚫고 22마리의 스켈레톤이 동시에 몸을 일으켰다. 두 배 가까이 늘어난 해골 병사들을 보자 그는 갑자기 부자가 된 기분이었다.

태랑이 지하 터널에서 홀로 도둑 길드를 상대하는 사이, 세이버 클랜의 헌터들은 지상에서 전투를 벌이고 있었다.

"진짜 끝장나게 많네."

은숙이 물소 떼처럼 달려드는 놀 군단을 보고 질리는 표정을 지었다.

입구 막기 소모전을 통해 적군의 병력을 절반 이상 줄이긴 했지만, 아직도 놀 군단의 숫자는 까마득했다. 하이에나를 닮은 몬스터는 끝없이 죽여도 부활하는 좀비처럼, 거친 숨을 헐떡거리며 달려들었다.

폭식의
군주 5

"멀티 매직 미사일!"

세 갈래로 뻗어 나간 그녀의 마법이 놀의 머리통을 두들겼다. 워 스테프로 강화된 매직 미사일의 위력은 빈 깡통 찌그러뜨리듯 놈들의 골통을 짓이겼다.

"젠장, 이걸로는 턱도 없어. 강력한 한방이 필요해! 수현아 아직이니?"

"지금 준비됐어요!"

"저기, 민준이 앞에다 갈겨!"

"넵! 라이트닝 스피어!"

수현의 번개창이 허공을 격해 뭉쳐진 놀 군단으로 쏟아졌다. 곧바로 체인 라이트닝 효과가 발동하며 물수제비를 뜨듯 사방으로 스파크 번져나갔다. 벼락에 감전된 놀이 입가에 침을 흘리며 부들부들 경련을 일으켰다.

이때 철혈도를 치켜든 민준이 감전 충격을 받은 놀 무리를 향해 뛰어들었다.

"나이스 어시스트, 수현!"

그의 철혈도가 검광을 뿜자 놀의 몸뚱이가 무참히 썰려 나갔다. 기절에 빠진 시간은 잠깐이었지만, 신속의 물약을 복용한 민준의 움직임은 전광석화처럼 빨랐다.

그가 검을 휘젓고 지나가는 자리로 트랙터가 벼를 추수한 것처럼 길이 뻥 뚫렸다. 무한의 검제 특성으로 놀과 같은 하급 몬스터는 휘두르는 대로 썰려 나갈 수밖에 없었다.

"이햐! 민준이 진짜 무시무시하구나!"

은숙이 감탄사를 내뱉었다.

졸업식장의 학사모처럼 공중으로 솟구치는 놀의 목은, 그가 빠른 움직임 속에서도 최대한 효율적인 공격을 하고 있다는 증거였다.

민준의 분발을 본 한모는 조바심이 났다.

'아따, 민준이한테까지 밀려 블믄 쪽팔린디.'

지금은 탱커를 맡아 수비적인 포지션을 자처하고 있지만, 그 역시 끝 발 날리던 조폭 출신. 헌데 세이버 클랜에 와서 최강의 폭딜러 유화에 치이고, 이제 민준까지 치고 올라오자 점점 입지가 좁아지는 기분이었다.

'나도 한방 있당께!'

"잡놈의 새끼들 덤벼봐!"

한모가 도발 스킬을 시전하자 그를 중심으로 사방에서 놀 군단이 자석처럼 빨려들었다. 도발에 걸린 몬스터는 맹목적으로 어그로가 끌려 시전자를 향했다.

한모는 최대한 많은 적이 접근할 때까지 참을성 있게 기다렸다. 강력한 방호능력을 갖춘 판금갑옷을 믿고 버텨내는 수밖에 없었다. 잠시 후 몰려든 놀에 파묻힐 정도가 되었을 때, 한모가 크게 발을 구르며 대지 격동을 일으켰다.

쿵-!

발을 구른 곳을 중심으로 유리에 금이 가듯 바닥이 쩍쩍 갈라지며 충격파가 전달되었다. 몰려들던 놀들은 춤을 추듯 휘청대며 스턴에 빠졌다.

"흐아!"

이어 한모는 위협의 포효를 내질렀다.

지난번 트윈헤드 오우거를 해치우고 얻은 디버프의 함성은 적의 방어력을 10% 끌어내리는 효과가 있었다. 3연속 이어진 콤보는 이제 마지막 단계를 맞이했다.

"으라차차!"

오우거 벨트에 걸린 귀속 스킬, 블러드 더스트가 시전되며 한모의 파워가 일시적으로 두 배까지 증강되었다. 쉴드의 소모가 우려되었지만, 아직 위험한 단계는 아니었다.

한모는 오우거의 몽둥이를 양손에 쥐고 해머를 돌리는 것처럼 크게 휘둘렀다.

"가서 뒈져브러야잉!"

퍼버버버벅-!

몽둥이 반경 안으로 들어온 놈들이 사방으로 튕겨 나갔다. 그 힘이 어찌나 대단했던지, 맞는 순간 투석기에서 발사된 것처럼 튀어나간 놈들은 또 다른 놈을 깔아뭉개며 2차 피해를 일으켰다.

적을 끌어들여 스턴을 먹인 후 디버프를 거는 일련의 스킬 콤보는 매우 정교하면서도 효율적인 공격이었다. 한모의 무용 앞에 다른 길드의 헌터들이 입을 쩍 벌리며 탄성을 내질렀다.

"우아! 봤어?"

"완전 힘이 장사네!"

"내가 본 최고의 딜탱이야!"

"저 사람도 세이버 클랜이랬지?"

'나 아직 안 죽었구마잉.'

콤보를 완성시킨 한모가 흡족하게 웃고 있는데, 갑자기 머리 위로 뜨거운 열기가 훅 느껴졌다.

"뭐, 뭐시여?"

놀란 한모가 거북이처럼 고개를 밀어 넣고 위를 쳐다보았다. 자신의 머리 위로 거대한 불덩이 5개가 포물선을 그리며 날아가고 있었다.

콰과과과광!

그것은 야포에서 발사된 포탄처럼 폭발하며 놀 군단을 초토화 시켰다. 불꽃의 연금술사 박성규가 강력한 화염마법을 시전 한 것이었다.

그의 능력은 필드에 나오자 진가를 드러냈다. 광활한 전장은 그에게 완벽한 놀이터였다. 웅축된 마법이 쏟아질 때마다 수십 마리의 놀이 불타 죽었다.

박성규의 마법으로 전열이 흐트러진 놀 군단을 향해, 철십자 기사단의 헌터들이 매서운 차징을 선보였다.

"지금이다! 돌격!"

랜스를 옆구리에 낀 철십자 기사단이 맹렬한 속도로 달려와 적을 측면에 부딪쳤다. 그 충격으로 놀 군단이 도미노처럼 와르르 무너지며 자기들끼리 뒤엉켜 쓰러졌다.

지휘관이 부재한 놀 군단은 날개 꺾인 독수리요, 이빨 빠진

호랑이나 마찬가지였다. 놈들은 변변찮은 저항도 못 하고 시간이 갈수록 애꿎은 병력만 잃어갔다.

기세가 오른 박성규는 연합군의 헌터들을 독려했다.

"놈들을 싸그리 쓸어버려라! 승리가 목전에 있다!"

그 순간 놀 군단의 중심에서 웅성대는 소리가 들렸다. 높은 곳으로 뛰어오른 슬아가 단망경을 눈에 가져가 상황을 파악했다. 망원경 렌즈 안으로 주둥이가 삐죽 튀어나온 악어 괴물의 모습이 들어왔다.

'아니 저 괴물은!'

놀 군단이 버티는 사이 부상을 입었던 래그나돈이 다시 힘을 회복한 것이었다. 대장이 부활하자 놀 군단이 다시 흥분으로 달아올랐다. 래그나돈은 그들의 중심에 서서 아군을 고무시키는 함성을 내질렀다.

"끄으으으으아!"

엄청난 범위의 버프기가 펼쳐졌다.

전장에 있던 모든 놀들이 체력이 다시 회복되고 공격력과 방어력이 동시에 끌어 올려졌다. 잔뜩 고무된 놀 군단이 머리 위로 무기를 치켜든 체 포효했다.

"아아! 이런… 거의 다 몰아붙였는데… 래그나돈이 되살아나 버렸군요!"

고민경이 안타까운 목소리로 말했다.

그녀의 철십자 템플러는 아쳐스와 힘을 합쳐 협공을 펼치고 있었다. 고민경이 중지의 응시로 적의 발을 묶으면,

곽시은의 아쳐스 부대가 3단 사격을 통해 적을 쓸어 담는
식이었다.

"젠장, 갑자기 화살이 박히지 않아!"

래그나돈 재등장 이후, 놀 군단의 모든 능력이 급상승했
다.

방어력은 물론 공격력까지 강화되었다. 한참 놈들을 몰
아붙이던 연합군의 헌터들은 갑작스레 거세진 놈들의 반격
에 다시 밀리기 시작했다.

"마법사들은 현 시간부로 공격을 중단하라! 놈에겐 마법
을 튕겨내는 능력이 있다!"

던전에서 래그나돈에게 호되게 당했던 박성규가 재빨리
마법사들을 통제시켰다. 자칫 아군의 공격에 같은 편이 맞
을지도 몰랐다.

후방의 지원이 끊기자 전방의 상황도 불리하게 돌아갔
다. 민준과 유화, 한모 등이 고군분투했지만, 아까처럼 일
격에 쓸어내기는 쉽지 않았다. 놈들은 더욱 질겨졌고, 보다
교활해졌다.

"엇! 저쪽에 웬 해골병사들이!"

"태랑이다! 김태랑이 왔어!"

김태랑이 해골들을 잔뜩 이끌고 나타난 건 그 무렵이었
다.

❖ ❖ ❖

63빌딩 안.

얼굴에 십자가 문신을 한 청년은 서서히 죽어가고 있었다.

"이보게. 정신 차리게. 조금만 더 버티면…"

"그, 그만… 이제 못하겠어요."

한때 경기동부연합의 폭주족이었던 사내, 우연히 태랑의 노트북을 훔쳐갔던 신덕환은 호흡이 점점 거칠어졌다.

"이제껏 잘 버텨왔지 않은가? 우린 분명 살 수 있어."

"…서대위님, 아니 아저씨 솔직히 말해주세요."

"응?"

"제 상처… 가망 없는 거죠?"

"……."

"더는 고, 고통을 참을 수 없어요. 차라리 아저씨가 대신 죽여주세요…"

그와 함께 63빌딩에 갇히게 된 서일웅은 고뇌에 빠졌다.

덕환의 곪은 상처에선 지독한 악취가 풍겨 나왔다. 제대로 치료를 못 해 세균에 감염된 것이 틀림없었다. 복부는 소말리아 난민처럼 부풀었고, 얼굴색은 누렇게 떴다.

그의 정성스러운 간호가 아니었다면 삼일은커녕, 단 몇 시간도 버티기 어려웠을 것이다.

'제길… 그때 조금만 신속하게 움직였더라면…'

책임감이 강한 서일웅은 스스로를 몹시 자책했다.

방공포대에 위치한 와이번 둥지로 끌려온 직후 그들을 가까스로 탈출에 성공했다. 그러나 62층 철문에 막혀 시간을 허비하는 사이 끝내 배회하던 새끼 와이번에게 들키고 말았다.

새끼 와이번은 비록 새끼지만 여전히 와이번이었다.

타조보다 좀 더 큰 크기의 놈은, 인간을 보는 순간 본능적으로 부리를 쪼아 댔다. 아직 각성이 시작되기 전이었으므로 그들에겐 저항할 수단이 전혀 없었다.

겨우 몸을 피해 달아나는 사이 새끼 와이번의 강력한 부리가 그들을 가로막고 있던 철판을 종잇장처럼 찢어 버렸다.

"문이 열렸다! 저 아래로만 내려가면 여길 벗어날 수 있어."

"네!"

"서로 흩어져서 놈을 유인하세!"

일단 새끼 와이번을 철문에서 떨어뜨려야 했다. 두 사람은 와이번의 시선을 돌리기 위해 위험을 무릅쓰고 다가갔다.

와이번은 아직 제대로 걸음마도 못하는 수준이었다. 뒤뚱거리며 그들을 쫓았으나 혼자 벽에 부딪히고 넘어지는 등 자연스레 철문에서 멀어져 갔다.

다시 철문으로 달려온 두 사람은 반쯤 벌어진 문짝 사이로 몸을 빼냈다. 먼저 도착한 서일웅이 탈출하고, 신덕환이 뒤를 따랐다. 그러나 덕환이 빠져나오기 직전, 우그러진 철문에 옷이 걸렸다. 찢어진 철판이 미늘처럼 휘어져 그를 옭아맨 것이었다.

그 사이 새끼 와이번이 달려와 부리로 그를 찍었다.

"으헉!"

서일웅이 반대편에서 거세게 잡아당겨 새끼 와이번에게 끌려가는 것은 막았지만, 이미 덕환은 배에 큰 상처를 입은 뒤였다.

그는 상처를 입은 덕환을 업고 61층 계단 문을 열고 들어가 몸을 피했다. 아직 새끼라 지능이 떨어지는 것인지, 아니면 몸이 걸려 문을 통과하지 못하는지 놈은 아래층까진 따라오지 않았다.

61층은 전체가 고급 레스토랑이었다. 각종 식재료가 가득해 한동안 음식 걱정은 덜 수 있었다.

"아, 아저씨 저 버리면 안 돼요."

상처를 입은 덕환은 도저히 걸을 수가 없었다. 무리했다간 상처가 벌어져 내장이 쏟아질 판이었다. 지금 계단으로 내려간다면 혼자서라도 빌딩을 탈출할 수 있었지만, 책임감 넘치는 군인 서일웅은 끝까지 그를 포기하지 않았다.

"걱정하지 말 게. 내가 끝까지 자네를 데려가겠네."

생수로 피를 씻겨내고, 깨끗한 천을 구해와 상처를 드레싱 했다. 출혈은 어느 정도 잡았지만 제대로 된 치료는 불가능했다. 설사 서일웅이 군인이 아니라 의사였더라도 도구가 없는 이곳에선 별수 없었으리라.

서일웅의 정성스러운 간호에도 신덕환의 상태는 나날이 악화하였다. 그렇게 두 사람은 같이 발이 묶이게 되었다.

그들이 61층에 머물러 있는 동안, 63빌딩은 몬스터들의 타워로 변신해 갔다.

강력한 몬스터 와이번이 꼭대기를 차지하자 놈을 따르는 몬스터들이 속속들이 빌딩 안으로 들어찼다. 그나마 다행인 것은 60층 위로는 몬스터가 올라오지 않는다는 사실이었다.

최상급 포식자 와이번의 영향으로, 60층 위는 자연스레 안전지대가 되었다. 아래층에서 몬스터의 괴성을 들은 서일웅은 진퇴양난에 빠진 것을 깨달았다.

위로는 드래곤을 닮은 괴물이, 밑으로는 엄청난 층간 소음을 일으키는 미지의 몬스터가 가득 들어차 있었다.

그 사이 두 사람은 각성을 경험했다.

신덕환은 의식이 있다가 없다가 했으므로 자신에게 무슨 일이 벌어지는 알지 못했다. 그러나 서일웅은 이것이 놀라운 변화라는 것을 직감할 수 있었다.

그는 냉철한 판단으로 빠르게 사태를 파악했다.

'정체불명의 괴물이 나타난 뒤 3일. 어쩌면 인간에게 그들을 제압할 힘이 주어진 걸지도….'

그러나 당장은 각성에 신경 쓸 겨를이 없었다. 눈앞의 청년은 점점 죽어가고 있었다.

"제발요. 아저씨… 너무 괴로워요."

덕환은 사정하듯 매달렸다. 감염열로 인해 머리는 깨질 듯 아팠고, 하루에도 몇 번씩 오한과 발작을 참아내야 했다.

의사도 없고 구조대는 더더욱 없다. 그들은 몬스터 사이에 끼었고, 어차피 희망은 1mg도 존재하지 않았다.

그래. 고통에 빠져 허우적대다 죽느니, 의식이 있을 때 편히 가자.

"아저씨…."

서일웅은 마침내 결단을 내렸다. 주방에서 가져온 날카로운 사시미를 이용해 그의 심장을 찔렀다.

"미안하네…."

서일웅은 진심으로 괴로워했다.

의지할 사람이라곤 둘 뿐인 이곳에서 신덕환의 죽음은 정신적 고립을 가져올 것이다. 그러나 그를 더 이상 방치하는 것도 인간적으로 못 할 짓이었다.

덕환이 죽고 난 뒤 갑자기 차크라가 흘러나왔다. 그것은 스킬 차크라였다.

"어? 이게 무슨…."

인간이 인간을 죽이더라도 낮은 확률로 스킬 차크라가 드랍된다. 그 희박한 확률이 지금 서일웅에게 펼쳐지고 있었다.

그는 스탯창을 띄워 랜덤으로 부여된 최초의 스킬을 확인했다.

[성명 : 서일웅, ♂(31)]

포스 : 10

쉴드 : 10

스킬 : (2/9 Point)

'은신' (1Lv)

+스킬을 사용한 3분 동안 몬스터로부터 발각되지 않음.

+ '탐지' 능력을 갖춘 몬스터에게는 통하지 않음.

－다음 스킬레벨에 도달하면 은신의 지속시간이 5분으로 늘어남.

특성 : 몬스터의 지배자.

－등급에 상관없이 몬스터를 정신지배 할 수 있음. 단, 몬스터를 지배하기 위해선 대상의 눈을 1분간 응시해야 함. 이 시간은 레벨업을 거듭할수록 감소함.

지배당한 몬스터가 얻은 경험치는 모두 귀속되며 지배할 수 있는 개체수는 포스에 비례.

〈6권에 계속〉